VIER HOCHZEITEN UND EIN HERZENSBRECHER

POPPY J. ANDERSON

Weitere Buchreihen der Autorin

- Die New York Titans Reihe
- Die Fitzpatrick Reihe
- Die Hailsboro Reihe
- Die Ashcroft Saga
- Die Taste of Love Reihe

Hier erhältlich

Poppy J. Anderson

Vier Hochzeiten
und
ein Herzensbrecher

Liebesroman

1. Auflage Mai 2018

Covergestaltung: Catrin Sommer rausch-gold.com
Unter Verwendung von © WhiteBarbie – shutterstock.com
© Ksw Photographer – shutterstock.com © NemesisInc – shutterstock.com
Korrektorat: SW Korrekturen e.U.
www.poppyjanderson.de

Poppy J. Anderson

c/o copywrite Literaturagentur

Georg Simader

Woogstr. 43

60431 Frankfurt

PROLOG

Es gab nichts Besseres als ein heißes Date, um sich von der deprimierenden Tatsache abzulenken, dass man in Politikwissenschaften durchfiel und einen alternden Lustmolch zum Professor hatte, der dank seiner sexistischen Kommentare eigentlich in ein anderes Jahrhundert transportiert werden sollte.

Eine schöne junge Frau wie Sie, Miss Nicholson, sollte sich das hübsche Köpfchen nicht allzu sehr über Systemtheorien zerbrechen. Wenn Sie erst einmal verheiratet sind, Gartenpartys veranstalten und ein paar Kinderchen aufziehen, interessiert es niemanden, wie Ihre Zwischennote auf dem College war.

O Mann!

Professor Whiteley war ein solcher Idiot und sexistisch dazu! Anstatt ihr einen Ratschlag zu geben, wie sie ihre Note aufbessern konnte, war es Mac vorgekommen, als würde er ihr lieber Tipps geben, wie sie sich einen reichen Mann angeln konnte, um ausgesorgt zu haben. Der Mann war unerträglich und dabei widerlich vertraulich gewesen, als er ihr onkelhaft zugezwinkert hatte. Wäre er nur einen winzigen Zentimeter näher gerutscht, hätte es passieren können, dass sie ihm einen gut gezielten Schlag gegen die Nase verpasst hätte. Sie hatte Blair, Harper und Lucy schließlich nicht umsonst in diesen Selbstverteidigungskurs für Frauen geschleppt!

Dass sie die taktischen Verteidigungsgriffe irgendwann gegen ihren Politikprofessor anwenden müsste, war ihr nicht im Traum eingefallen. Mac hatte eher an übergriffige, betrunkene Studenten gedacht, die einem an die Wäsche wollten, aber nicht an einen alternden Kerl mit dicker Hornbrille und dem Hang, permanent über die Bücher zu sprechen, die er geschrieben und veröffentlicht hatte und die sich gemessen an der einen abgewetzten Hose, die er immer trug, grottenschlecht verkauft haben mussten. Da war es wirklich kein Wunder, dass Mac es aufgegeben hatte, seinem Unterricht zu folgen.

Die Quittung dafür würde sein, dass sie womöglich in Politik durchfiel.

Dabei mochte sie Politik und war sogar im ersten Jahr am College in einem Debattierclub gewesen, bis sie den Fehler gemacht hatte, mit dem Bruder der Vorsitzenden des Clubs auszugehen und nach drei

Dates mit ihm Schluss zu machen. Ihre Abfuhr hatte ihm schwer zu schaffen gemacht – sprich: Seine Schwester war ziemlich eklig geworden. Also hatte es Mac für klüger gehalten, den Club zu verlassen.

„Woran denkst du, Baby?"

Mac zuckte zusammen – nicht etwa wegen der Hand, die auf ihrem Knie gelandet war. Bei Mike Powell musste man schließlich damit rechnen, dass er einen befummelte, wenn er die Chance dazu bekam.

Nein, sie war zusammengezuckt, weil sie völlig vergessen hatte, dass er neben ihr saß.

Ihre Gedanken kreisten noch immer um den vergangenen Nachmittag und um die Tatsache, dass Professor Whiteley nicht damit aufgehört hatte, ihr mehr oder weniger durch die Blume zu sagen, dass sie ihr Studium an den Nagel hängen und sich lieber darauf verlassen sollte, einen Mann zu finden – so hübsch, wie sie war.

Wer brauchte schon einen Collegeabschluss, wenn man gut aussah und sich einen reichen Mann angeln konnte?

Das Schlimme war, dass Professor Whiteley nicht der Erste war, der solche Andeutungen machte.

Bereits der Schuldirektor ihrer Highschool hatte sich erstaunt gezeigt, dass sie nach Wellesley ging – auf ein College, das nur Frauen aufnahm. Mac erinnerte sich nicht mehr an den genauen Wortlaut, aber ihr ehemaliger Direktor hatte durchblicken lassen, dass ein gemischtes College für sie besser gewesen wäre, um einen Mann zu finden.

Wieso ging alle Welt davon aus, dass es ihr Ziel war, einen Mann zu heiraten, der für sie sorgen würde? Sie war eine unabhängige, junge Frau, die nicht die Absicht hatte, sich an einen Mann zu binden, der Karriere machte, Erfolg hatte und sie zu Hause ließ, damit sie sich um den Haushalt und die Kinder kümmern konnte. Das war nicht das Leben, das sie führen wollte!

Mac wollte etwas erleben! Sie wollte durch die Welt reisen, fremde Menschen kennenlernen, Abenteuer bestehen und aufregende Erfahrungen machen, an die sie noch denken würde, wenn sie eine Erwachsenenwindel trug und ihre Suppe aus einer Schnabeltasse trank.

Mikes Hand kroch langsam höher und wollte sich anscheinend unter den Saum ihres Rocks schieben.

Innerlich verdrehte sie die Augen und griff nach seiner Hand, um sie festzuhalten.

„He", empörte er sich entrüstet. „Was tust du da?"

Was sie da tat?

Sie hielt seine Hand fest, weil sie keine Lust auf Sex in seinem penetrant nach Lufterfrischer stinkenden Camaro SS hatte, der direkt vor ihrem Wohnheim parkte.

So gelassen, wie man sein konnte, wenn man neben einem Mann saß, der es vermutlich für ein Kompliment hielt, wenn er sich dazu herabließ, jemanden in seiner protzigen Karre zu befummeln, erwiderte Mac: „Die Frage lautet doch eher, was du da tust."

Allem Anschein nach hatte Mike keinen Sinn für ihren trockenen Sarkasmus. „Ich dachte, wir würden endlich zum interessanten Teil des Abends kommen."

Seine plumpe Vertrautheit stieß sie ab. „Noch interessanter als deine Geschichte, wie du bei eurem letzten Spiel einen Touchdown gemacht hast?"

Er runzelte die Stirn, als würde er darüber nachdenken, ob sie ihn auf den Arm nahm oder es wirklich interessant gefunden hatte, die sterbenslangweilige Footballgeschichte zu hören, in der er sich selbst derart heroisch dargestellt hatte, dass Mac fast nach seinem Superheldencape gesucht hätte.

Was sie sich dabei gedacht hatte, sich auf ein Date mit dem Kapitän des hiesigen Footballteams einzulassen, war ihr schleierhaft. Er war ein Aufschneider und sah nicht einmal besonders gut aus – dafür waren seine Zähne zu groß und seine Augen standen zu eng beieinander. Ein bisschen erinnerte er sie an diesen Breitmaulfrosch aus der Waschmittelwerbung, der zu einem unerträglichen Jingle ins Bild gehüpft kam. Schon den ganzen Abend hatte sie einen Ohrwurm des Werbesongs, der sich verstärkt hatte, als Mike mit einem breiten Grinsen in seinen Burger gebissen hatte.

Ja, er hatte sie tatsächlich in ein Schnellrestaurant ausgeführt.

Das hatte bisher keine ihrer Verabredungen

gemacht. Vermutlich sollte sie dankbar darüber sein, dass Mike nicht an den Autoschalter gefahren war, sondern sich mit ihr auf die Hartschalenplastikstühle gesetzt und sogar einen Tisch ausgesucht hatte, auf dem keine Spuren von salzigen Fritten und klebrigen Milchshakes zu entdecken waren.

Tatsächlich war dies ihr erstes Date, bei dem sie Papierservietten benutzte, mit den Fingern aß und ohne Einleitung in einem Auto befummelt wurde, das dem gelben Camaro aus Transformers – inklusive der Ralleystreifen – nachempfunden war. Zum Glück war Mac ziemlich versiert in der Welt des College-Datings. Nicht auszudenken, was passiert wäre, wenn die süße, unschuldige Lucy zu Mike in dessen Aufreißerkarre gestiegen wäre!

„Willst du mich etwa verscheißern?"

„Nein, überhaupt nicht."

Wieder starrte er sie an, als sei er sich nicht sicher, ob sie die Wahrheit sagte. Leider bestätigte Mike das Klischee, dass Sportler nicht besonders helle waren. Dabei war Mac bereits mit Tennisspielern, Schwimmern, Lacrossespielern, Ruderern und einem Basketballspieler ausgegangen und hatte bei keinem das Gefühl gehabt, dass sie dumm waren. Leider war Mike die Ausnahme. Vermutlich hatte er den Ball einmal zu oft an den Kopf bekommen.

„Was ist jetzt?", fragte er mürrisch nach. „Läuft heute noch irgendetwas? Der Coach hat uns für morgen ein mörderisches Training versprochen, also sollten wir langsam zur Sache kommen, damit ich mich nicht allzu spät in die Falle legen kann. Für eine Runde sollte die Zeit noch reichen."

Mac zwinkerte ungläubig und öffnete vor lauter Staunen den Mund.

Offenbar hielt Mike das für eine Einladung, ihr seine Zunge in den Mund zu schieben.

Eine Nacktschnecke würde sich vermutlich erotischer anfühlen als Mike Powells starre Zunge, die in ihrem Mund herumstocherte, während er seine Lippen so hart auf ihre presste, dass Mac zusammenzuckte.

Sie wollte ihn und seinen nach Cheddar und Zwiebeln müffelnden Atem so schnell wie möglich loswerden und legte ihre Hände gegen seine Brust, um ihn von sich wegzuschieben, doch leider bestand der grobschlächtige Footballspieler nur aus Muskeln. Genauso gut hätte sie versuchen können, eine Wand zur Seite zu schieben.

Er stöhnte in ihren Mund, während sich Mac in den Sitz presste, um so weit weg wie möglich von ihm zu kommen. Leider rückte er nach, sodass sich Mac regelrecht zwischen ihm und der geschlossenen Autotür eingekeilt fühlte. Auch als sie versuchte, den Kopf zur Seite zu drehen, und dabei in Kauf nahm, sich den Hals zu verrenken, folgte er ihr und stocherte weiter in ihrem Mund herum.

Wenn er schon so küsste, wollte sie – bei allem, was

ihr heilig war – nicht wissen, wie er sich anstellte, wenn er nackt war und Sex hatte. Sie fühlte sich bereits jetzt traumatisiert genug.

Ihr blieb nichts anderes übrig, als ihre Hand zwischen ihren Körpern nach unten zu schieben, was beileibe nicht einfach war, weil Mike förmlich auf ihr lag.

Noch während er stöhnte und anscheinend glaubte, dass Mac so verrückt war, hier mit ihm in seinem Auto zur Sache kommen zu wollen, tastete sie nach seinem Ständer und griff fest zu.

Augenblicklich war sie frei und konnte wieder atmen.

Mike dagegen heulte auf, als hätte er einen Ball mit einhundert Stundenkilometern in die Eier bekommen.

„Verdammt! Spinnst du ...!"

„Spinnst du?", hielt sie ihm entgegen und wischte sich mit dem Handrücken über ihren malträtierten Mund. Dass er sich krümmte und beide Hände schützend über seinen Schoß hielt, hätte lustig aussehen können, wenn sie nicht so wütend gewesen wäre.

„Du hast mir fast den Schwanz abgerissen!"

Mac schnalzte mit der Zunge, denn Mike übertrieb gewaltig. Noch immer krümmte er sich, als litte er unter einem akuten Blinddarmdurchbruch, und stieß ähnliche Grunzlaute aus, mit denen er Mac bereits beim Essen beglückt hatte, als er über seinen Burger hergefallen war.

„Ich stehe nicht auf Sadomaso oder was auch immer das hier für eine Nummer werden sollte! Du hast …"

„Sadomaso?" Mac schnaubte und schnappte sich ihre Handtasche, die zu Boden gefallen war, als er sie förmlich attackiert hatte. „Du Armleuchter! Ich wollte nur, dass du mich endlich loslässt, bevor ich ersticke. Wenn du wirklich geglaubt hast, dass ich mit dir in deinem Auto eine Nummer schieben wollte, dann solltest du zum Neurologen gehen und dich gründlich untersuchen lassen!"

Mike funkelte sie aus seinen zu eng beieinanderliegenden Augen böse an. „Du prüde, frigide Zicke! Ich dachte …"

„Denken scheint bei dir Zeitverschwendung zu sein", blaffte sie ihn an. „Außerdem bin ich weder prüde noch frigide. Wenn du dich nicht wie ein zurückgebliebener Höhlenmensch benommen hättest, der wie ein Schwein isst und dabei Grunzlaute von sich gibt, könntest du jetzt den besten Sex deines Lebens haben." Mac hob die Nase in die Höhe und hielt ihm vor: „Du hast ja keine Ahnung, was dir entgeht! Ich habe Sachen drauf, von denen du nur träumen kannst."

Seine kleinen Schweinsaugen weiteten sich erst, bevor er sie wieder zusammenkniff. „Schlampe."

Mac musste lachen. „Kannst du dich bitte entscheiden? Zwischen einer prüden, frigiden Zicke und einer Schlampe liegen Welten." Sie öffnete die Tür und stieg aus, während sie die zuvor angehaltene Atemluft ausatmete. Selbst wenn er nicht wie ein Schwein gegessen und Grunzlaute von sich gegeben hätte, hätte sie nicht mit ihm geschlafen.

So nötig würde sie es niemals haben.

Seine grollende Stimme ließ Mac zurück ins Auto schauen. „Du musst nicht glauben, dass du alle Männer an der Nase herumführen kannst! Nur weil du heiß bist, bist du nichts Besonderes." Mikes Stirn war gerunzelt und sein Mund abfällig verzogen. „Irgendwann bekommst du einen fetten Arsch. Dann wird sich kein Mann mehr nach dir umdrehen."

Anstatt ihm eine Antwort zu geben, zeigte sie ihm lediglich den Mittelfinger und stöckelte anschließend in Richtung Wohnheim, um ihm einen letzten Blick auf ihren Arsch zu gönnen, den er niemals in seine Finger bekäme – ob fett oder nicht.

KAPITEL 1

Wisconsin, heute

DASS MAN IHR einen Platz in der letzten Reihe zugeteilt hatte, sagte Mac alles, was sie wissen musste.

Sogar auf der Beerdigung ihres Vaters gehörte sie nicht zur Familie, sondern war an den sprichwörtlichen Katzentisch verbannt worden und musste den Hals in die Höhe recken, um verfolgen zu können, wie ihr Vater unter die Erde kam. Während sie hier hinten saß, hatte sich die Familie in der ersten Reihe der Trauergesellschaft versammelt und lauschte den Worten eines rothaarigen Mannes, der das Lebenswerk des Verstorbenen hervorhob und über die einzigartige

Karriere sprach, die Forrester MacKenzie Huntington hingelegt hatte.

Neben einem sechzigjährigen Leinwandjubiläum, vier Oscars, zwei Tonys, einem Emmy und einem Grammy gehörte der Siebenundsiebzigjährige zu den letzten großen Hollywoodstars seiner Zeit. Jedenfalls behauptete das P.J. Campbell Junior, dessen Stimme immer wieder brach.

Einer der einflussreichsten Produzenten Hollywoods, sowie der Patensohn des Verstorbenen, hatte sichtlich damit zu kämpfen, dass Macs Dad unerwartet an einem Schlaganfall verstorben war. Mac dagegen reagierte verhaltener auf den Tod ihres Vaters, aber sie hatte ihn auch nicht so gut gekannt wie P.J. Campbell Junior, der dazu übergegangen war, über gemeinsame Projekte, Urlaube und häufige Treffen zu reden.

Mac hatte ihren Vater seltener gesehen. Sehr viel seltener.

Für sie war Forrester MacKenzie Huntington in erster Linie *Sergeant Tom, Jack Brown, D'Artagnan, Don Carmine* und *Dr. Petroff*. Insbesondere als Dr. Petroff hatte er sich unauslöschlich in ihr Gedächtnis gegraben, da Mac den Film an die einhundert Mal gesehen hatte und problemlos die Synchronisation hätte übernehmen können.

In zweiter Linie war Forrester MacKenzie Huntington ihr Dad – ihr Vater, den sie öfter auf der Leinwand gesehen hatte als im echten Leben.

Mit einem ungepflegten Bart und rot geränderten Augen war er der Kriegsveteran Tom gewesen, der ohne Beine aus der Normandie zurückgekommen war und sich das Leben hatte nehmen wollen, dann jedoch Anti-Kriegsaktivist wurde und später in die Politik ging. Für diese Rolle war er mit seinem ersten Oscar ausgezeichnet worden. Damals war er erst Anfang zwanzig gewesen.

Mit glatt rasierten Wangen und kurzem Haar war er Jack Brown gewesen – der smarte CIA-Agent, der in unzähligen Filmen die Welt gerettet und viele Frauenherzen gebrochen hatte. Für die Rolle war er zwar mit keinem Preis ausgezeichnet worden, aber als Geheimagent Jack Brown, den er in acht Filmen verkörpert hatte, war er berühmt geworden – und reich. Außerdem hatte er beim Dreh des zweiten Filmes seine erste Frau kennengelernt.

Und beim siebten Film seine vierte Frau.

Beide waren seine Filmpartnerinnen gewesen. Schöne, junge Frauen, die dazu auserkoren wurden, Jack Browns Sekretärin oder seine Freundin zu spielen, und die wenig Text lernen mussten, weil es für den Film sowieso nur wichtig gewesen war, wie sie in Unterwäsche aussahen. Sowohl Ehe Nummer eins als auch Ehe Nummer vier hatten nicht lange gehalten und ihm jeweils ein Kind gebracht.

Macs älteste Schwester Savannah und ihr Bruder Clark saßen ebenfalls in der ersten Reihe. Savannah hatte ihr sogar ein Begrüßungslächeln geschenkt, als sie sich vor der Kirche begegnet waren – ein Lächeln, das man jemandem schenkte, von dem man nicht wusste, dass man mit ihm verwandt war. Während Mac alles über ihre *Familie* wusste, war sie für ihre Halbgeschwister vermutlich eine gesichtslose Fremde – eine von vielen Halbgeschwistern.

Bis auf ähnliche DNA-Stränge, die für optische Ähnlichkeiten sorgten, gab es nichts, was sie miteinander verband.

Auch zu den zwei Kindern, die Macs Vater mit seiner zweiten Frau, der Tochter eines Regisseurs, bekommen hatte, besaß Mac keine Beziehung. Percy und Gavin saßen ebenfalls in der ersten Reihe und lauschten den Worten des Hollywoodproduzenten.

Ehefrau Nummer drei, eine Maskenbildnerin, die er bei *D'Artagnan – Ein Herz für die Krone* kennengelernt hatte, war so schnell von der Bildfläche verschwunden, dass es aus dieser Ehe keinen Nachwuchs gegeben hatte. Bei jenem Film hatte Macs Vater die Haare lang getragen und dazu einen dünnen Schnauzbart. Vermutlich hatte Ehe Nummer drei deshalb nicht besonders lange gehalten, weil ihr Vater ausgerechnet für diese Rolle mit der Goldenen Himbeere ausgezeichnet worden war – der größten Schmach, die ein Schauspieler erhalten konnte.

Seine Paraderolle war Don Carmine gewesen – der charismatische, widersprüchliche New Yorker Mafiaboss aus Italien, der sich ein Imperium aus dem Nichts geschaffen hatte und mit eiserner Härte herrschte. Die drei Filme hatten ihm Ruhm und Ehre gebracht – sowie eine Hochzeit mit der begnadeten Elisabetta Giovanna Di Santobonella, die jetzt in der ersten Reihe saß und einen riesigen schwarzen Hut sowie eine Sonnenbrille trug, um sich vor den Blicken der übrigen Trauergäste zu verbergen. Sie war auch die einzige seiner Exfrauen, die auf seiner Beerdigung anwesend war. Obwohl Elisabetta, die italienische Nymphe und Verführerin, die Hollywood in den Siebzigern im Sturm erobert hatte, seine fünfte Ehefrau gewesen war und sich vor fünfzehn Jahren von ihm hatte scheiden lassen, trauerte sie sichtlich. Sie war auch am längsten mit ihm verheiratet gewesen.

Mac spürte, wie ihr schlecht wurde, denn *sie* war der Grund für die Scheidung der beiden gewesen.

Schließlich war Mac das unerfreuliche Produkt einer Affäre des großen Hollywoodstars Forrester MacKenzie Huntington und einer zwanzig Jahre jüngeren Produktionsassistentin, die er während der Aufnahmen zu *Roter Frieden* kennengelernt hatte. Als Dr. Petroff hatte er nicht nur einen weiteren Oscar bekommen, sondern war in die Verlegenheit gekommen, zum siebten Mal Vater zu werden – und das trotz seiner Ehe und zweier gemeinsamer Kinder mit der italienischen Schauspielerin, die gerade aus ihrer Chaneltasche ein Taschentuch hervorkramte.

Die drei Kinder, die er zusammen mit Elisabetta bekommen hatte, saßen neben ihrer Mutter und trauerten ebenfalls. Emmanuele, Allegra und das Nesthäkchen Sophia, die mit gerade einmal zwanzig Jahren das jüngste Kind von Forresters Nachkommen war, trösteten ihre Mutter, die mit typisch italienischem Temperament aufschluchzte, als P.J. Campbell Junior über die Nächstenliebe seines Patenonkels sprach.

Tatsächlich schluchzte Elisabetta so laut und verzweifelt, dass Mac fast hätte vergessen können, dass sie ihren Exmann wie eine Weihnachtsgans ausgenommen hatte, sobald sie von seiner Untreue und seinem unehelichen Kind erfahren hatte. Und gleich darauf die Scheidung eingeleitet hatte. Ihr Schweigen über den wahren Grund der Trennung und Scheidung hatte sie sich fürstlich bezahlen lassen.

Geschickterweise hatte Forrester fast fünfzehn Jahre vor seiner Frau geheim halten können, dass es Mac gab, für die er monatlich Alimente zahlte und die er ein paarmal im Jahr sah.

Seine uneheliche Tochter Mac, die nur ein Jahr jünger als Allegra und zehn Jahre älter als Sophia war und die ihre Halbgeschwister nie kennengelernt hatte.

Mac, die für den begnadeten Forrester MacKenzie Huntington lediglich das Ergebnis einer Affäre gewesen war, während ihre Mom jahrelang gehofft hatte, dass ihre große Liebe seine Frau für sie verlassen würde.

Im Grunde wollte Mac gar nicht wissen, wie die Beziehung ihrer Eltern ausgesehen hatte. Wenn sich ihre Mom über ein Jahrzehnt Hoffnungen gemacht hatte, dass Forrester Elisabetta für sie verließ, konnte das nur heißen, dass keiner von beiden die Affäre beendet hatte.

Ihr wurde kalt, während sie in der letzten Reihe saß und darüber nachdachte, welches Leben ihr Vater geführt hatte und wie einsam ihre Mom all die Jahre gewesen war. Außerdem empfand sie Groll darüber, dass ihr verkorkstes Verhältnis zu ihrem Vater sicherlich auch ein Grund dafür war, dass sie generell ein verkorkstes Verhältnis zu Männern hatte.

Wenn man mit dem Bewusstsein aufwuchs, dass die eigene Existenz ein Geheimnis war und dass niemand wissen durfte, wer der eigene Dad war, prägte das nachhaltig. Am schlimmsten waren die Vater-Tochter-Tage in der Schule oder ihre Ballettaufführungen gewesen, zu denen nur immer ihre Mom gekommen war. Während alle ihre Freundinnen Väter hatten, die sie im Grundschulalter auf den Schultern getragen, mit Videokameras die Theateraufführungen gefilmt und später die ersten Dates eingeschüchtert hatten, hatte Mac ihren Dad nur ein paarmal zu sehen bekommen – im Geheimen, damit niemand ihn erkennen konnte. Ausflüge nach Disneyland oder ein gemeinsamer Shoppingtrip, um ihr Abschlussballkleid zu kaufen, waren leider nicht drin gewesen.

Er war nie zu einer Ballettaufführung oder zum Buchstabierwettbewerb gekommen, den Mac in der Grundschule gewonnen hatte. Auch ihren Highschoolabschluss oder ihren Collegeabschluss, den sie mit Ach und Krach bestanden hatte, hatte sie ohne ihn feiern müssen. Stattdessen hatte es Geschenke gegeben.

Zur Ballettaufführung war es das Barbie-Traumhaus gewesen. Zum Buchstabierwettbewerb ein Kindercomputer. Und zum Highschoolabschluss eine Perlenkette, die Mac mit Inbrunst getragen hatte – bis zu dem Tag, als sie wie gebannt vor dem Fernseher saß und ihren Dad auf dem roten Teppich der damaligen Oscarverleihung beobachtete, zu der er Allegra mitgenommen hatte, die genau die gleiche Kette trug.

Der Ring, den er ihr später zum Collegeabschluss geschenkt bzw. zugeschickt hatte, war schnurstracks zum Pfandleiher gewandert. Von den fünftausend Kröten, die Mac dafür bekommen hatte, hatte sie einen Europatrip bezahlt. Vermutlich besaß Allegra das genaue Gegenstück noch immer. Aber das war Mac ziemlich egal.

Egal war ihr jedoch nicht, dass sie den Mann, dessen Gesicht auf einem überlebensgroßen Foto gleich neben dem mit unzähligen Blumen bedeckten Sarg zu sehen war, nicht gekannt hatte. Dabei war er ihr Vater. Seine Gene waren dafür verantwortlich, dass sie größer als ihre Freundinnen war, dass ihr Haar tiefschwarz und ihre Augen bernsteinfarben waren. Dank seiner Gene war sie aufbrausend, leidenschaftlich und tollkühn – jedenfalls hatte das ihre Mom behauptet, als sie sich bei ihrer letzten Begegnung gestritten hatten. Und wenn man bedachte, mit welchem Eifer er sich als D'Artagnan von einem Schiff ins Wasser gestürzt und als Jack Brown alle seine Stunts selbst gemacht hatte, wusste Mac auch, von wem sie ihre Abenteuerlust geerbt hatte.

Vieles von dem, was sie ausmachte, musste sie von ihm geerbt haben, aber das konnte sie nicht genau wissen, sondern lediglich vermuten, weil er ein Fremder für sie geblieben war.

Als Kind hatte sie ihren Dad verehrt, der bei seinen seltenen Besuchen immer gut gelaunt gewesen war und ihr ein Geschenk mitgebracht hatte. Seine tiefe, sonore Stimme, die darauf trainiert war, Zuschauer in ihren Bann zu ziehen, sowie sein gut geschnittenes Gesicht, dessen Mimik so viel preisgab oder verbarg, hatten Mac verzückt.

Als erwachsene Frau war sie nicht mehr so leicht zu beeindrucken wie das Kind von früher, das über seine Kartentricks gelacht oder applaudiert hatte, wenn er eine Geldmünze hinter ihrem Ohr hervorzauberte. Sie glaubte zu wissen, dass ihr Vater ein Mensch gewesen war, dem allein sein Erfolg und sein Glück wichtig gewesen waren.

Sieben Ehefrauen, von denen die letzte jünger als Mac gewesen und vor zwei Jahren nach sechs Monaten

Ehe mit ihrem Fitnesstrainer durchgebrannt war, sowie acht Kinder von fünf Frauen zeugten vom Lebenswandel ihres Vaters. Er hatte mehr Sorgfalt in seine Filme gesteckt als in seine Beziehungen. Und seine Zuneigung war flexibel gewesen.

Der preisgekrönte Hollywoodstar hatte die Menschen um ihn herum behandelt wie seine Filmrollen – wenn sie ihm nicht mehr passten oder er etwas anderes ausprobieren wollte, hatte er sie abgestreift und sich einem anderen Projekt zugewandt. Er war egozentrisch und überheblich gewesen und hatte geglaubt, alles auf der Welt mit Geld aufwiegen zu können. Mac und ihre Mom hatten ein wundervolles Zuhause gehabt und ein komfortables Leben geführt – dank der Alimente ihres Vaters. Aber gleichzeitig war ihre Mom blind vor Liebe und somit auch nie in der Lage gewesen, einen anderen Mann in ihr Leben zu lassen. Noch heute war sie allein und saß vermutlich jetzt gerade auf dem Sofa und bedauerte, nicht zur Beerdigung eingeladen zu sein.

Mac wusste es nicht so genau, denn sie sprach schon seit einigen Jahren nicht mehr mit ihrer Mom.

Grund dafür war insbesondere Forrester gewesen.

Und die Vorwürfe ihrer Mutter, dass Mac nichts aus ihrem Leben machte, die teure Ausbildung in den Sand setzte, die ihr ach so großzügiger Vater ihr ermöglicht hatte, und von einem Mann zum nächsten tingelte, ohne Anstalten zu machen, sich zu binden.

Der Streit war eskaliert, als Mac wiederum ihrer Mom vorwarf, dass sie immerhin schuld daran sei, dass Mac niemals eine gesunde Beziehung zwischen Mann und Frau kennengelernt habe, weil sie einem Mann über Jahrzehnte geradezu hörig gewesen war, der sie wie Dreck behandelt hatte.

Vermutlich war es eher die Kritik an ihrem Vater gewesen als an ihr selbst, die ihre Mom dazu veranlasst hatte, Mac aus dem Haus zu werfen. Das war an Weihnachten vor drei Jahren gewesen und seither herrschte zwischen ihnen Funkstille.

Ihr Dad war ein Lebemann und Frauenheld gewesen, der nichts hatte anbrennen lassen und fast so oft verheiratet gewesen war wie Heinrich, der Achte. Wie viele Affären er während seiner Zeit als Ikone Hollywoods gehabt hatte, war unklar, aber da Macs Vater eine nicht zu leugnende Vorliebe für junge, schöne Frauen besessen hatte, glaubte Mac nicht, dass ihre Mutter die einzige Frau gewesen war, mit der er eine seiner Ehefrauen betrogen hatte.

„... und ich erinnere mich an jenen Sommer in Italien, als Forrester Emmanuele und mir auf einer staubigen Landstraße das Autofahren beibringen wollte." P.J. Campbell Junior riss sie aus ihren Gedanken heraus. „Wir beide kamen mit unseren Füßen kaum an das Gaspedal heran und kamen uns unglaublich cool vor, Forresters roten Ferrari California Spider fahren zu dürfen, bis wir von der Polizei angehalten wurden.

Zum Glück war es eine Polizistin, die ein großer Fan der Jack-Brown-Filme gewesen ist. Forrester schrieb ihr ein Autogramm, und wir durften weiterfahren. Ich glaube sogar, dass die Polizistin ihm ihre Nummer gegeben hat und auf ein Date mit einem Geheimagenten hoffte."

Die Trauergesellschaft lachte.

Mac glaubte, an Elisabettas starrer Kopfhaltung zu erkennen, dass die italienische Exfrau ihres Vaters die Anekdote nicht sonderlich amüsant fand.

Während der restlichen Trauerfeier hielt sich Mac weiterhin zurück und unterließ es auch, bei der anschließenden Beisetzung des Sarges auf dem Privatfriedhof der Huntingtons aufzufallen. Stattdessen beobachtete sie die Trauergäste um sich herum und fragte sich, wer ihr eine Einladung geschickt hatte. Und wie derjenige herausgefunden hatte, wo sie zurzeit lebte, schließlich wechselte Mac ihren Wohnort ziemlich häufig. Erst vor zwei Monaten war sie von Wynwood nach Overtown gezogen, weil sie sich die Miete ihres Zwei-Zimmer-Apartments nicht mehr hatte leisten können. Jetzt wohnte sie in einer Ein-Zimmer-Wohnung und versteckte einen Baseballschläger gleich hinter der Wohnungstür. Außerdem schmiedete sie bereits Pläne, in eine andere Stadt zu ziehen, denn nach fast zwei Jahren Miami wurden ihr der ewige Sonnenschein, die Touristen und die ständigen Partys zu viel. Abgesehen davon machte ihr der

Job bei einer hiesigen Autovermietung keinen Spaß mehr, seit ihr neuer Boss mit ihr ausgehen wollte und ziemlich penetrant war.

„Sie kommen mir so bekannt vor. Sind wir uns schon einmal über den Weg gelaufen? An schöne Frauen kann ich mich normalerweise immer erinnern."

Fast hätte Mac sich an ihrem Kaffee verschluckt, als plötzlich Clark Huntington vor ihr stand – ihr zwölf Jahre älterer Halbbruder. Der Sohn ihres Dads und dessen vierter Ehefrau.

„Nein, ich ... ich denke, dass wir uns bisher nicht über den Weg gelaufen sind."

Ihr wurde ein bisschen übel, als er seine bernsteinfarbenen Augen, die eine frappierende Ähnlichkeit zu ihren eigenen aufwiesen, lasziv über ihre Beine wandern ließ und erfreut lächelte, als er ihr ins Gesicht sah.

Das, woran er anscheinend dachte, gehörte sich erstens nicht, wenn man bedachte, dass er sich gerade auf der Beerdigung seines Vaters befand, und zweitens war allein die Vorstellung, dass ihr Halbbruder mit ihr zu flirten versuchte, widerlich und abartig. Am liebsten hätte Mac ihm gesagt, dass er aufhören sollte, sich vorzustellen, wie sie nackt aussah, weil sie miteinander verwandt waren, aber sie wollte nicht für einen Eklat auf der Beerdigung ihres Vaters sorgen, während sie sich in dessen Wohnzimmer befanden.

Das Problem schien Clark nicht zu haben.

Ihr breitschultriger Bruder, dessen dunkelblondes Haar an den Schläfen bereits grau wurde, lächelte ihr vertraulich zu und trat einen Schritt näher – so nah, dass sie sein Aftershave riechen konnte.

„Das sollten wir ändern. Finden Sie nicht?" Er reichte ihr seine Hand, die Mac automatisch nahm. Leider ließ er sie nicht sofort los, sondern hielt sie wie selbstverständlich in seiner fest. „Mein Name ist Clark. Clark Huntington."

In dem Wissen, dass sie zum ersten Mal in ihrem Leben mit einem ihrer Geschwister sprach, konnte sie ihn lediglich in hilfloser Faszination ansehen. „Ich weiß."

„Aha?" Wieder blitzte ein erfreutes Lächeln in seinem Gesicht auf. Er hätte nicht so demonstrativ darauf aus sein sollen, sie kennenzulernen und sie flachzulegen. Herrgott! Immerhin war sein Dad – ihr Dad – gerade gestorben! Da sollte man doch ein wenig Anstand von seinem Sohn erwarten können. „Was hat mich verraten? Mein blendendes Aussehen?"

Wohl eher die Tatsache, dass er seinem Dad in nichts nachstand, was dessen Ruf als Schürzenjäger betraf.

„Wohl eher Ihre großspurige Art", entgegnete sie durch zusammengepresste Zähne, während sie sich darum bemühte, ihre Hand aus seiner zu ziehen, ohne dabei die Aufmerksamkeit der übrigen Gäste auf sich zu lenken.

Er lachte fröhlich auf. „Und Sie sind?"

Deine Schwester. „Mac."

„Mac?" Nun runzelte er die Stirn und wirkte zum ersten Mal nicht wie der sorgenfreie Aufreißer, der sich unter der Beerdigungsgesellschaft nach seiner nächsten Eroberung umsah. „Mac wie in ...?"

„Mackenzie", erwiderte sie leise und konnte ihm endlich die Hand entziehen.

„Grundgütiger", flüsterte er und schluckte. Er sah aus, als wäre er gerade einem Geist begegnet. „Du bist das also."

Auch Mac schluckte und starrte ihm ins Gesicht. „Ja, ich bin das also."

Wieder ließ er seine Augen über ihre Gestalt wandern, doch dieses Mal geschah es eher aus Neugierde und nicht aus dem Wunsch nach Nacktheit.

„Kaum zu glauben, dass ich mit meiner Schwester schlafen wollte", murmelte er.

„Keine Sorge, dazu wäre es nicht gekommen", erwiderte sie trocken und bekam eine Gänsehaut, als er sie seine Schwester nannte. Der Kaffee brannte plötzlich ein Loch in ihren Magen, obwohl er zuvor noch so wunderbar gegen ihre Anspannung gewirkt hatte.

„Du siehst ein bisschen wie Savannah aus und ein bisschen wie Sophia, aber du bist hübscher. Viel hübscher." Clark fluchte wie ein Bauarbeiter. „Verdammte Scheiße, du siehst aus wie *er*!"

„Pst", ermahnte Mac ihn mit großen Augen. „Sei gefälligst leiser, bevor dich jemand hören kann!"

Clark tat so, als hätte er sie gar nicht gehört. „Ich habe mit Gavin um einhundert Mücken gewettet, dass du nicht kommst. Sieht so aus, als würdest du mir jetzt Geld schulden."

Ihr wurde schwindelig – und das nicht wegen der einhundert Dollar, die sie nicht besaß, schließlich war ihr Konto sowieso überzogen. „Heißt das, ihr ... ihr wusstet, dass ich herkomme?"

„Wer, glaubst du, hat dir die Einladung geschickt?" Als Clark eine Augenbraue in die Höhe zog, erinnerte er sie plötzlich mit aller Deutlichkeit an Don Carmine, der seine Gegner ebenfalls mit der gleichen Geste vorgewarnt hatte, bevor er sie beseitigen ließ. Genau in diesem Moment sah Clark ihrem Dad so ähnlich, dass sie das Gefühl hatte, einem Geist begegnet zu sein.

„Warum?", wollte sie wissen. „Warum habt ihr mir eine Einladung geschickt?"

Clark wirkte verblüfft. „Er war schließlich auch dein Dad. Außerdem hielten es ein paar von uns für an der Zeit, dich endlich kennenzulernen. Und dann gibt es immer noch die Testamentseröffnung, bei der du dabei sein solltest."

Mac richtete sich auf und erklärte ihrem Halbbruder mit aller Deutlichkeit: „Ich will nichts von ihm erben. Deshalb bin ich nicht hier."

Grinsend legte er den Kopf schief. „Das wird

Emanuele und Allegra freuen zu hören. Die beiden rechnen schon seit Dads Erkältung vor einem Jahr aus, wie viel jeder von ihnen erben wird."

Mac schnappte nach Luft. „Was?"

Er lachte. „O Schwesterherz. Du hast ja keine Ahnung, welche Sippschaft unser Vater aufgezogen hat."

KAPITEL 2

Clark hatte recht gehabt, als er ihre gemeinsamen Geschwister als Sippschaft bezeichnet hatte.

Als Kind hatte Mac den Film *Deine, meine, unsere* geliebt und hatte sich immer vorgestellt, selbst Teil einer großen Familie mit vielen Geschwistern zu sein, die füreinander durch dick und dünn gingen. Sie wäre gerne eine kleine Schwester gewesen, deren großer Bruder sie vor den Schulrowdys verteidigt hätte, oder eine große Schwester, die ihrer jüngeren Schwester beigebracht hätte, wie sie sich schminken musste. Ja, in ihrer Vorstellung war das Leben innerhalb einer Großfamilie harmonisch und liebevoll gewesen.

Die Realität sah etwas anders aus.

Nachdem die Gäste nach einem ausgedehnten Leichenschmaus endlich gegangen waren, hatten sich die Kinder des Verstorbenen in dessen Arbeitszimmer versammelt, ohne dass sie miteinander geredet hätten. Und bis auf Savannah, Gavin und Clark hatte niemand Mac eines Blickes gewürdigt. Insbesondere Emanuele, Allegra und Sophia taten so, als wäre Mac gar nicht da, und behandelten sie wie Luft. Zwar konnte Mac das Verhalten ihrer Halbgeschwister verstehen, wenn sie bedachte, dass ihre Geburt schuld an dem Zerwürfnis ihrer Eltern gewesen war, dennoch war es Mac unangenehm, derart offensichtlich geschnitten zu werden.

Am liebsten wäre sie längst verschwunden und hätte die Testamentseröffnung verpasst, doch Clark ließ sich nicht so einfach abschütteln. Und dann war da auch noch der Anwalt ihres Vaters, der sie ausdrücklich dazu aufgefordert hatte, dabei zu sein, wenn das Testament verlesen wurde.

Also saß sie zusammen mit ihren Geschwistern im Arbeitszimmer ihres Vaters und fragte sich, wie sie hierhergekommen war.

Anstatt an einer Testamentseröffnung teilzunehmen, hätte sie im Flugzeug nach Schottland sitzen sollen, um zur Hochzeit ihrer Freundin Harper zu fliegen. Harper war die erste ihrer besten Freundinnen, die heiratete.

Eigentlich war Mac davon ausgegangen, dass Blair zuerst heiraten würde, wenn man in Betracht zog, dass sie und ihr Freund Jake seit gut einem Jahrzehnt ein Paar gewesen waren. Und dann war da auch noch Lucy

– die gutmütige, romantische und verträumte Lucy, mit der sich Mac während des Colleges ein Zimmer geteilt hatte und die heute Brautkleider verkaufte. Nie im Leben wäre sie darauf gekommen, dass Harper, die knallharte Karrierefrau, als Erste heiraten würde. Natürlich passte es zu Harper, dass ihre Hochzeit etwas Besonderes sein musste.

Schottland.

Mac hatte ja keine Ahnung gehabt, wie teuer Flugtickets nach Schottland waren. Dummerweise waren die Tickets, die sie vor zwei Wochen gekauft hatte, nicht erstattbar und nicht umtauschbar, was bedeutete, dass Mac sie verfallen lassen und neue Tickets hatte kaufen müssen. Mit ihrer letzten Kreditkarte hatte sie nicht nur einen Billigflug von Miami nach Milwaukee bezahlt, sondern auch einen Flug von Chicago nach London. Wenn sie direkt nach Glasgow oder Edinburgh geflogen wäre, hätte das ihr Budget gesprengt. Jetzt musste sie nur noch ein billiges Busticket bis nach Chicago ergattern und eine günstige Zugverbindung innerhalb Großbritanniens bekommen. Wenn sie erst einmal bei der Hochzeitslocation angekommen wäre, würde sie in den sauren Apfel beißen und Lucy oder Blair um etwas Geld anpumpen. Glücklicherweise hatte Blair ihr erst vor ein paar Stunden am Telefon zugesichert, dass Mac sich sozusagen kostenlos an ihrem Geschenk beteiligen konnte.

Auch wenn Mac Harper seit über einem Jahr nicht

gesehen hatte und von ihrem Bräutigam nicht mehr wusste, als dass sie ihn auf der Arbeit kennengelernt hatte, wollte und konnte Mac nicht mit leeren Händen auf der Hochzeit ihrer Freundin auftauchen. Sie hatte sowieso schon ein schlechtes Gewissen, dass sie so spät dabei sein würde. Aber sie hätte auch nicht die Beerdigung ihres Vaters verpassen können.

Obwohl sie kein gutes beziehungsweise kaum ein Verhältnis zu ihm gehabt hatte, war er immerhin ihr Vater.

Und ihr Vater besaß selbst im Tod ein Faible für große Auftritte.

Anders war es nicht zu erklären, dass er beim Verlesen seines Testaments mit der Kamera aufgenommen worden war und dabei an ebendiesem Schreibtisch gesessen hatte. Alles schien perfekt arrangiert gewesen zu sein – von den Bilderrahmen im Hintergrund bis hin zu seinem dunkelblauen Anzug.

Die Videoaufnahme konnte noch nicht allzu alt sein, schließlich war sein ehemals schwarzes Haar komplett grau und die Augenlidkorrektur, die er vor zwei Jahren hatte machen lassen, war sichtbar. Woher Mac wusste, dass er sich seine Augenlider hatte liften lassen? Als sie in Los Angeles bei einem plastischen Chirurgen am Empfang gearbeitet hatte, waren ihr so viele Menschen begegnet, die sich irgendetwas im Gesicht hatten straffen lassen, dass sie mit einem Blick sagen konnte, was derjenige oder diejenige hatte wegschnippeln lassen.

Bei Savannah war es beispielsweise eine verdächtig volle Oberlippe und bei Allegra eine zu perfekte Nase, der man in spätestens zwanzig Jahren ansehen würde, dass sie nicht auf natürlichem Weg entstanden war. Und sogar Percy hatte zu glatte Wangen, bei denen mit Sicherheit nachgeholfen worden war. Von Sophias ordentlichem Vorbau wollte Mac gar nicht erst anfangen.

Als der Anwalt die Aufnahme abspielte, war es im Raum mucksmäuschenstill.

„*Wenn ihr das hier seht, bedeutet das, dass ich tot sein werde*“, begann Forrester melodramatisch. „*Vermutlich wird es das erste und einzige Mal sein, dass sich alle meine Kinder in einem Raum befinden werden. Schon lange habe ich mir dieses Treffen gewünscht, nur wäre ich bei der Gelegenheit gerne noch am Leben gewesen. In meinem Alter beginnt man über sein Leben nachzudenken und Dinge zu bedauern, die man hätte besser machen können. Ich hätte gerne ein besseres Verhältnis zu meinen Kindern gehabt – zu* allen *meinen Kindern. Leider war ich nicht immer der Vater, der ich hätte sein müssen. Ich habe Fehler gemacht. Viele Fehler. Doch mit Stolz habe ich beobachtet, was aus euch geworden ist. Trotz meiner Fehler. Oder gerade wegen meiner Fehler. Auch mein Vater war ein Mann, der bei der Kindererziehung nicht alles richtig gemacht hat. Als ich ihm mitteilte, dass ich nach Kalifornien gehen würde, um Schau-*

spieler zu werden, stellte er unmissverständlich klar, dass er mich nicht unterstützen würde. Ich bekam keinen einzigen Penny von ihm. Aber das war vermutlich das Beste, was mir passieren konnte, denn ich habe härter und verbissener daran gearbeitet, es zu schaffen und ihm zu beweisen, dass er im Unrecht war. Aus eigener Kraft habe ich all das erreicht." Er machte eine Geste, die das Arbeitszimmer miteinschloss. *„Ich bekam keine Unterstützung, hatte keinen Ausweichplan und konnte auf keine Ausbildung zurückgreifen. Mein Vater war knallhart, aber ich habe es geschafft. Ihr dagegen hattet alle Möglichkeiten, von denen ich in eurem Alter nur träumen konnte – die teuersten Schulen, exzellente Colleges, Startkapital für eure Firmen und so weiter. Euch wurde alles auf dem Silbertablett serviert. Vermutlich war das falsch, weil ihr dadurch gehemmt wurdet, euer volles Potenzial auszuschöpfen. Ihr seid Huntingtons – das bedeutet, ihr seid stark, zäh und Überlebenskünstler. Ihr könnt alles schaffen, wenn ihr es nur wollt. Solltet ihr mein Geld brauchen, um etwas Eigenes zu schaffen, dann verdient ihr es nicht. Und solltet ihr etwas Eigenes ohne meine Hilfe auf die Beine gestellt haben, dann braucht ihr mein Geld nicht. Deshalb habe ich mich entschieden, mein Erbe von vierhundert Millionen Dollar wie folgt aufzuteilen: Jede Mutter meiner Kinder erhält einen von mir bestimmten Geldbetrag, der es ihr ermöglicht, ein sorgenfreies Leben zu führen. Die jeweiligen Geldbeträge unterliegen der Geheimhaltung und werden nicht öffentlich gemacht. Mein Patensohn P.J. Campbell Junior erhält meine Anteile an diversen Filmprodukti-*

onsfirmen sowie meine Lizenzrechte und noch ausstehende Tantiemen aus früheren Filmproduktionen.“

Mac konnte sehen, wie Emanuele empört nach Luft schnappte und auch Percy ein finsteres Gesicht machte.

„Meine kompletten Immobilien innerhalb der USA und außerhalb sollen von einem Treuhänder, den ich separat bestimmen werde, veräußert werden. Der Erlös dieser Verkäufe kommt meiner Stiftung zugute.“

Nun war es Savannah, die laut keuchte und so erschrocken aussah, als wäre gerade ein Dinosaurier ins Zimmer gekommen.

„Alle Auszeichnungen, Preise sowie Andenken an meine Zeit als Schauspieler gehen an von mir bestimmte Museen, um sie der Öffentlichkeit zugänglich zu machen. Meine sieben ehelich geborenen Kinder Savannah, Percy, Gavin, Clark, Emanuele, Allegra und Sophia erhalten jeweils einen Geldbetrag von einhunderttausend Dollar. Der Rest des Vermögens geht an diverse Wohltätigkeitsorganisationen, die ich in meinem schriftlichen Testament festgesetzt habe.“

Bis auf Clark, der mit gelassener Langeweile und einem amüsierten Lächeln auf das Testament reagierte, drehten die anderen förmlich durch – und nicht vor Freude. Sie wurden sogar ziemlich laut und wütend, was Mac nicht so ganz nachvollziehen konnte, da einhunderttausend Dollar ein schier unvorstellbarer Wert war. Momentan verdiente sie am Empfang der kleinen Mietwagenfirma nach Abzug der Steuern und ihrer lumpigen Krankenversicherung etwas mehr als eintausend Dollar im Monat. Um über die Runden zu kommen, stand sie an den meisten Wochenenden hinter einer Bar und mixte Cocktails. Mit einhunderttausend Dollar hätte sie einige Jahre lang sorgenfrei leben können, aber ihre Geschwister benahmen sich, als würde die Welt untergehen.

„Meine uneheliche Tochter MacKenzie erhält einen Betrag von einer Million Dollar, wenn sie gewisse Auflagen erfüllt", dröhnte es in diesem Moment aus dem Fernseher, der vor ein paar Minuten ins Zimmer gerollt worden war.

Fassungslos starrte Mac in das zufriedene Gesicht ihres Vaters, der hoheitsvoll nickte und seine Worte genauestens abzuwägen schien. Auch ihre Geschwister verstummten. Mac konnte förmlich spüren, wie die anderen ihr Löcher in den Kopf bohren wollten, weil sie neugierig waren, ob Mac etwas von dieser Verfügung gewusst hatte.

„Mac, du warst in den letzten Jahren mein Sorgenkind", erklärte ihr Vater mit gerunzelter Stirn. *„Trotz einer guten Ausbildung und allen nur denkbaren Möglichkeiten hast du keine Anstalten gemacht, etwas in deinem Leben zu erreichen. Deine Mutter und ich mussten seit deinem Collegeabschluss mit ansehen, wie du dein Leben vergeudest, anstatt zu glänzen und voranzukommen. Ich muss dir sicherlich nicht sagen, wie enttäuscht ich bin. Vor allem von dir habe ich Großes erwartet. Stattdessen hältst du dich mit*

Gelegenheitsjobs über Wasser und gehst mit zu vielen Männern aus, die unter deinem Niveau sind."

Mac spürte, wie ihr Gesicht heiß wurde.

Sie wusste nicht, was sie von einer Testamentseröffnung erwartet hatte, aber sicher nicht, dass sie vor ihren Geschwistern gedemütigt wurde, die ganz sicher voller Schadenfreude verfolgten, wie Mac von einem Toten gerügt wurde.

Wütend ballte sie die Fäuste.

„Du bist eine bildschöne, kluge und charismatische Frau, die eine tolle Karriere hätte machen oder einen erfolgreichen Mann hätte heiraten können, um mit ihm eine Familie zu gründen. Mittlerweile bist du einunddreißig Jahre alt und benimmst dich noch immer wie eine Studentin, die zum Spring Break nach Acapulco fährt. Wenn du die eine Million Dollar von mir erben willst, sollte damit bald Schluss sein. Ich verfüge hiermit, dass du in den zwei Jahren nach meinem Tod entweder einen festen Job über einen Zeitraum von mindestens zwölf Monaten mit einem Jahresgehalt von fünfzigtausend Dollar vorweisen kannst oder in dem gleichen Zeitraum heiratest und eine Familie gründest – und damit meine ich einen vernünftigen, angesehenen Ehemann mit einem guten Beruf. Solltest du diese Anforderungen nicht erfüllen, verfällt dein Erbe. Die eine Million Dollar würde in jenem Fall meiner Stiftung zugutekommen."

Mac hatte genug gehört.

Sie griff nach ihrer Tasche und floh aus dem Arbeitszimmer ihres Vaters.

„Willst du eine Kippe?“

Mac sah zu Clark auf, der neben sie trat und ihr eine Zigarettenschachtel unter die Nase hielt.

Sie schüttelte den Kopf. „Ich rauche schon seit ein paar Jahren nicht mehr.“

„Gut für dich.“ Ihr Bruder zündete sich eine Zigarette an und setzte sich dabei wie selbstverständlich auf die Armlehne der Holzbank, auf der Mac auf ihr Taxi wartete. „Ich habe einige Male aufgehört, aber immer wieder angefangen. Es ist eine verdammte Sucht. Jedenfalls behauptet das meine Frau.“

„Du bist verheiratet?“ Neugierig betrachtete sie sein Profil.

„Jedenfalls zurzeit.“ Er zuckte mit den Schultern und schaute sinnierend nach vorn. „Wir gehen zur Paartherapie, aber ich finde, das macht das Ganze nur schlimmer.“

Mac hatte keine Ahnung, wie es war, zu einer Paartherapie zu gehen. Die einzige funktionierende Beziehung, die sie jemals geführt hatte, war schon ein paar Jahre her. Damals war sie noch zur Highschool gegangen. Edward Rogers war zwei Jahre älter gewesen und hatte ihr den Kopf verdreht – er war ein gut aussehender, kluger und aufstrebender Student gewesen. Der Sohn aus reichem Hause, der einmal die Anwaltskanzlei seines Dads übernehmen wollte und bereits mit zwanzig Jahren wusste, wie sein Briefpapier aussehen sollte, wenn er später als Anwalt arbeitete. Anfangs war Mac wahnsinnig verliebt gewesen – weniger in Edward, sondern in seine Familie.

Das harmonische Familienleben der Rogers hatte ihr so gut gefallen, dass sie großzügig darüber hinweggesehen hatte, dass Edward langweilig war. Bereits mit zwanzig hatte er sich wie ein Fünfzigjähriger benommen, dessen aufregendstes Jahreserlebnis der Urlaub in Aspen war, um dort Ski zu laufen.

Sie war rund anderthalb Jahre mit ihm zusammen gewesen und hatte in den ersten Winterferien am College mit ihm Schluss gemacht – vermutlich in weiser Voraussicht, denn Edward hatte in den letzten Monaten ihrer Beziehung immer öfter darüber geredet, wer sich mit wem verlobt hatte. Wie sie gehört hatte, hatte er zwei Jahre nach ihrer Trennung eine Kommilitonin geheiratet. Noch immer lebten sie glücklich und zufrieden in Macs Heimatstadt, hatten drei Kinder, ein Haus mit Pool, einen Labrador und zwei Autos. Sie fuhr einen Mercedes und er einen BMW – genau wie seine Eltern. Außerdem traf sich die ganze Familie jeden Sonntag im Countryclub, um miteinander zu brunchen.

Mac bekam bereits bei der Vorstellung Ausschlag, dass sie diejenige sein könnte, die als Mrs. Edward Rogers den Kuchenbasar der Schule organisierte und daheim Blumen arrangierte, wenn Geschäftspartner zum Essen kamen.

Für so ein Leben war sie nicht geschaffen.

Komischerweise wollte ihr Vater, dass sie genau dieses Leben führen sollte.

Clark schien ihre Gedanken zu lesen. „Er konnte ein richtiges Arschloch sein."

„Ich will nicht drüber reden", wehrte Mac ab. „Mein Taxi kommt jeden Moment."

„Noch ist es nicht da." Clark seufzte. „Mich hat gewundert, dass er von mir nicht verlangt hat, die Scheidung einzureichen, um an die einhunderttausend Kröten zu kommen. Er hat Susan von dem Moment an nicht leiden können, als ich sie ihm vorgestellt habe."

Mit einem Kloß im Hals legte Mac den Kopf schief und vergrub die Hände in den Taschen ihres Mantels. „Warum konnte er sie denn nicht leiden?"

Er wandte ihr das Gesicht zu. Seine Mundwinkel zuckten belustigt. „Keine Ahnung. Vielleicht lag es daran, dass sie ebenfalls Schauspielerin ist und Feuer und Flamme dafür war, den Sohn des großen Forrester Huntington flachzulegen, weil sie sich eine Filmrolle erhoffte. Vielleicht lag es aber auch daran, dass sie die dritte Schauspielerin war, die ich geheiratet habe – und keine der beiden ersten Ehen war von Erfolg gekrönt."

Mac sah ihn mit großen Augen an. „Du bist zum dritten Mal verheiratet?"

Clark zuckte mit den Schultern. „Was soll ich

sagen? Ich eifere nur unserem Vater nach. Außerdem war es einfach unbezahlbar, sein wütendes Gesicht zu sehen, wann immer ich mit einer Frau vor dem Traualtar stand, die ihm nicht gefallen hat."

Irgendwie war es beruhigend, dass Mac nicht das einzig verkorkste Familienmitglied war, was Beziehungen anging.

Sie verzog den Mund. „Willst du mir damit sagen, dass du nur geheiratet hast, um unseren Vater auf die Palme zu bringen?"

„Nein, geheiratet habe ich, weil ich jedes Mal dachte, dass sie die Richtige wäre, und weil sie alle drei absolute Sexbomben waren. Wenn es einen Vorteil hat, das Kind eines berühmten Schauspielers zu sein, dann der, dass du dir nicht einmal große Mühe machen musst, um eine schöne Frau zu finden, die mit dir schlafen will."

Dass ihr Bruder so offen über Sex sprach, war ungewohnt, schließlich kannten sie sich nicht. „Ach, wirklich?"

Er zwinkerte ihr vertraulich zu. „Schwesterherz, du hast ja keine Ahnung, wie viele Blowjobs ich mit dem Namen unseres Dads bekommen habe."

Erschrocken lachte Mac auf und presste sich gleich darauf eine Hand auf den Mund, um ihr Gelächter zu unterdrücken. „Das will ich gar nicht wissen!"

„Und ich will nicht wissen, wie bunt es unser Dad getrieben hat. Gemessen an seinen sieben Ehen und acht Kindern hat er Zeit seines Leben wilde Partys gefeiert." Er nahm einen Zug aus seiner Zigarette. „Hast du seine letzte Frau jemals kennengelernt?"

Stumm schüttelte Mac den Kopf. Sie hatte keine seiner Ehefrauen jemals kennengelernt. Ihr ganzes Wissen über die Familie ihres Vaters stammte aus Klatschzeitschriften oder Fernsehsendungen.

„Er hat sie in Vegas aufgegabelt." Clark verzog den Mund. „Siebenundzwanzig, blond und sehr talentiert, was akrobatische Tanzübungen an vertikalen Stangen betrifft. Keine Ahnung, warum er sie geheiratet hat, aber ich habe befürchtet, dass unser alter Herr wegen ausufernden Viagrakonsums einen Herzinfarkt bekommt und ins Gras beißt, während er sich mit ihr zwischen den Laken verlustiert."

„Clark, diese Bilder werde ich niemals loswerden. Bitte halt dich ein bisschen zurück", bat sie ihn flehentlich und kniff dabei die Augen zusammen.

„Ha! Das ist doch gar nichts. Ich habe ihn einmal mit irgendeinem Groupie erwischt, als ich zehn war. Damals war er mit Elisabetta verheiratet und Allegra war kurz zuvor geboren worden und ..."

„Und meine Mom war vermutlich gerade mit mir schwanger", beendete sie seinen Satz und holte tief Luft. „Ich verstehe."

Leise und ruhig erklärte ihr Bruder: „Vermutlich war er nicht ein einziges Mal in seinem Leben treu. Er mag ein großartiger Schauspieler gewesen sein, aber er war ein lausiger Ehemann und kein guter Vater. Das, was er in seinem Testament über dich gesagt hat, war das Letzte."

Warum sie plötzlich das Gefühl hatte, gleich heulen zu müssen, wusste sie nicht. Vielleicht lag es daran, dass ihr Vater wirklich ein Arschloch war, weil er sie vor ihren fremden Geschwistern gedemütigt hatte, aber vielleicht lag es auch daran, dass ein Körnchen Wahrheit in seinen Worten gelegen hatte.

Mittlerweile war sie einunddreißig Jahre alt, aber hatte noch nichts in ihrem Leben erreicht, sondern wanderte ziellos umher – ohne Plan und ohne Wurzeln. Zu ihrer Mom hatte sie keinen Kontakt mehr und ihr Vater, der sie eine Enttäuschung genannt hatte, war gestorben, ohne dass sie ihn richtig gekannt hatte. Zudem wusste sie nicht, wie sie ihre Kreditkartenschulden bezahlen sollte, und hatte nicht einmal etwas Geld, um ihrer Freundin ein Hochzeitsgeschenk zu machen. Und leider war kein Job in Aussicht, der an diesem desaströsen Zustand etwas ändern könnte. Sogar das schwarze Kleid, das sie gerade trug, war lediglich eine Leihgabe ihrer Nachbarin, weil Mac nichts in ihrem Kleiderschrank gefunden hatte, was züchtig und stilvoll genug für eine Beerdigung gewesen war. Ihre einzige Hoffnung waren Blair und Lucy.

Wie armselig war es bloß, sich von seinen Freunden Geld leihen zu müssen, um über die Runden zu kommen?

Schon wieder.

Während ihre Freundinnen mühelos alles schafften, was sie sich vornahmen, versagte Mac auf ganzer Linie. Und das Schlimmste an dem gesamten Desaster war, dass sie nicht einmal ein Ziel hatte, auf das sie hinarbeiten konnte.

„Es mag das Letzte gewesen sein, aber er hatte recht." Mac straffte die Schultern und schaute auf die mit Blumenbeeten angelegte Auffahrt des riesigen Anwesens ihres Dads. Als Teenager hatte sie ein Fernsehinterview mit ihm gesehen, das hier gedreht worden war. Das Bild, wie er der kleinen Sophia in genau dieser Auffahrt das Fahrradfahren beigebracht hatte, hatte damals eine solche Sehnsucht in ihr entfacht, dass sie nächtelang nicht hatte schlafen können. „Ich habe nichts Sinnvolles mit meinem Leben gemacht."

„Na und? Savannah ist geschieden, lebt vom Geld ihres Exmannes und hat die Kinder, als sie klein waren, in ein Internat gesteckt. Percy und Gavin besitzen eine Filmproduktionsfirma, die längst bankrottgegangen wäre, wenn die beiden nicht ein Vermögen von ihrem Großvater mütterlicherseits geerbt hätten. Leider haben sie weder das geschäftliche Geschick ihres Großvaters noch das Talent unseres Vaters geerbt. Emanuele auch nicht – wenn wir schon beim Thema sind. Er versucht sich erfolglos als Regisseur und wird niemals einen guten Film drehen, weil er es einfach nicht kann. Sein letzter Versuch wurde eingestampft, bevor die letzte Klappe fiel, und hat ihm den Ruf als totales Debakel eingebracht. Allegra entwirft Handtaschen, die kein Schwein kauft, weil sie schrecklich hässlich sind. Und Sophia tut nichts anderes, als mit ihrer Mutter von einer Jetset-Party zur nächsten zu fliegen und unter allen europäischen Junggesellen mit einem Mindestjahreseinkommen von zehn Millionen Euro den passenden Ehemann zu finden. Inwiefern machen die alle etwas Sinnvolles in ihrem Leben?"

Mit milder Neugierde schaute sie ihn an. „Und was machst du?"

Clark schnippte die Zigarette über den Zaun der Veranda in den gepflegten Garten des opulenten Herrenhauses. „Im Gegensatz zu unseren Geschwistern habe ich mich nicht darauf verlassen, das Talent unseres Vaters geerbt zu haben, und bin in die Wirtschaft gegangen. Schon in der Schule konnte ich mir keinen Text merken, wenn es darum ging, ein Gedicht aufzusagen. Als Schauspieler wäre ich die Blamage der Familie gewesen."

„Nun, dafür hast du drei Schauspielerinnen geheiratet."

Er schnitt eine Grimasse. „Glaub mir – ich habe mehr Talent als alle meine Exfrauen und meine aktuelle Frau zusammen."

Glucksend deutete Mac auf das Taxi, das gerade die

Auffahrt nach oben gefahren kam. „Ich schätze, das ist meines."

Sie schulterte ihre Tasche und erhob sich langsam.

Auch Clark stand auf und schob die Hände in die Taschen seiner Jacke.

„Was hast du jetzt vor?", wollte er von ihr wissen und betrachtete sie interessiert.

Leichthin erwiderte sie seinen Blick. „Ich fliege nach Schottland. Eine meiner besten Freundinnen heiratet dort und braucht einen peinlichen Gast, der betrunken auf einem Tisch tanzt."

Ihr Bruder rümpfte die Nase. „Eigentlich dachte ich an Dads Testament, aber es ist gut zu wissen, dass wenigstens eine meiner Schwestern keine Spaßbremse ist."

Mit zittriger Hand schob sie sich eine Haarsträhne aus der Stirn. „Er kann sich sein Testament sonst wohin stecken. Ich will sein Geld nicht – wollte es nie."

Plötzlich zog Clark eine Visitenkarte aus seiner Hosentasche und räusperte sich, während er sie ihr in die Hand drückte. „Du bist schwer in Ordnung, Mac. Ruf mich doch mal an, wenn du Lust auf einen Kaffee hast. Oder wenn ich dir helfen kann – wobei auch immer."

Sie war gerührt, denn irgendwie hatte sie das Gefühl, plötzlich einen großen Bruder zu haben, der auf sie aufpassen wollte. Dafür war es zwar etwas spät, aber nicht zu spät.

„Danke“, murmelte sie, als er sie zum Taxi begleitete und die Tür für sie öffnete. „Es war schön, dich kennenzulernen.“

„Dito.“ Er schlug die Tür zu und riet ihr durch das geöffnete Fenster: „Und vergiss nicht – in Schottland laufen komische Typen herum. Sie tragen Röcke und essen Schafsinnereien. Nimm dich vor ihnen in Acht!“

KAPITEL 3

Clark hatte so recht gehabt.

In Schottland liefen tatsächlich komische Typen herum. Und einer von ihnen saß neben Mac in dessen Auto und hörte in ohrenbetäubender Lautstärke Lady Gaga, während er so schnell eine Kurve nahm, dass Mac beinahe auf seinem Schoß gelandet wäre.

Sie hatte das Gefühl, als wenn sie vom Pech verfolgt sein würde.

Erst hatte sie im Bus von Milwaukee nach Chicago neben einem Mann mit den schlimmsten Körperausdünstungen der Menschheitsgeschichte gesessen, dann hatte ihr Flug zwei Stunden Verspätung gehabt und in London war dank eines Bombenalarms die Zugstation gesperrt worden. Anstatt komfortabel in einem Zug die ganze Strecke nach Schottland hinter sich zu bringen, hatte sie pendeln müssen. Für die letzte Strecke hatte sie sich eine Mitfahrgelegenheit gesucht, weil der nächste Zug erst am kommenden Morgen gefahren wäre. Mac wäre somit zu spät zur Hochzeit gekommen, also war sie in Carlisle zu Alasdair ins Auto gestiegen, der ihr sogar versichert hatte, sie bis zur Lodge zu fahren, in der die Hochzeit morgen stattfinden sollte.

Sie hatte den jungen Mann, der ungefähr Anfang zwanzig war, für ein Geschenk Gottes gehalten, weil er nicht einmal Spritgeld haben wollte und mit den Pubertätspickeln in seinem Gesicht sehr harmlos aussah. Außerdem fuhr er in die gleiche Richtung, was bedeutete, dass Mac tatsächlich rechtzeitig ankommen würde. Auch wenn es schon spät war und sie erst gegen Mitternacht in der Lodge ankäme, könnte sie nach dieser Tortur dennoch ein paar Stunden schlafen. Eine Mütze Schlaf hatte sie wirklich bitter nötig. Zwar hatte sie auf dem Flug nach London etwas dösen können, aber Flugzeugsitze waren nun einmal nicht sonderlich bequem.

Bequem war es ebenfalls nicht, in diesem Auto zu sitzen und von einer Seite auf die andere geschleudert zu werden, weil sich Alasdair für einen Rennfahrer hielt. Wenn sie im letzten Monat nicht die viel zu teuren Schuhe gekauft hätte, die sie sich nicht hatte leisten können, säße sie jetzt nicht hier, sondern hätte komfortabel einen Flug bis nach Edinburgh und dann einen Mietwagen nehmen können. Welche vernünftige Frau kaufte auch ein Paar Schuhe für vierhundert Dollar, wenn sie pleite war und nicht gerade im Lotto gewonnen hatte?

„Die neuen Stereoboxen habe ich gerade erst eingebaut", schrie er ihr über den Krach hinweg zu, den Lady Gaga veranstaltete, als sie darüber sang, einfach nur tanzen zu wollen. „Haben mich zweihundert Mücken gekostet. Sonst kosten sie vierhundert. Ein Kumpel hat sie mir besorgt. Krass, oder?"

„Ja, sehr krass", brüllte sie zurück und bemühte sich darum, besonders nett zu ihm zu sein, damit er sie nicht mitten in der schottischen Pampa aus seinem Auto warf. Es sah draußen verdammt finster, kalt und ungemütlich aus. Auf einen Fußmarsch war sie nicht eingestellt.

„Mein Kumpel legt manchmal als DJ auf", rief er ihr ein weiteres Mal zu und drehte seinen Kopf in ihre Richtung, als er gerade eine scharfe Linkskurve nahm.

Ganz automatisch hielt Mac den Atem an und krallte sich mit beiden Händen in ihren Sitz, weil sie befürchtete, dass das Auto von der Straße abkommen und mitten in den abschüssigen Wald krachen würde.

Wundersamerweise tat es das nicht.

Und Alasdair hatte nicht einmal bemerkt, dass sie bereits mit ihrem Leben abgeschlossen hatte, weil er fröhlich verkündete: „Er macht das richtig gut! Du solltest mal mitkommen und ihn dir ansehen.

Nächstes Wochenende feiern wir eine Party. Die wird spitze."

„Aha." Sie zitterte noch immer vor Schreck und ihr Kopf dröhnte dank Lady Gaga zum Bersten.

„Vielleicht werde ich auch DJ, wenn ich mir eine Anlage leisten kann. Musik finde ich klasse. Du auch?"

„Wer mag keine Musik?", erwiderte sie mit einem nervösen Blick auf die Straße vor sich. Wäre es sehr unhöflich, ihn zu bitten, sie fahren zu lassen? Mac fühlte sich nämlich nicht unbedingt sicher mit einem jungen Mann hinterm Steuer, der vermutlich erst vor einem Jahr den Führerschein gemacht hatte. Sie selbst war eine ausgezeichnete Autofahrerin, und in der Statistik der Verkehrstoten stand die Gruppe junger Männer bis fünfundzwanzig ganz weit oben.

„Wenn ich als DJ auflege, solltest du auch kommen. Ich könnte dir VIP-Tickets besorgen."

„Sicher", erwiderte sie geistesabwesend und spähte gleichzeitig nach einem Anzeichen, dass das Auto über Airbags verfügte. Sie würde sich lieber die Nase brechen lassen, als dass ihr Schädel zerquetscht wurde, wenn das Auto mit einem Baum kollidierte.

Obwohl Mac kein gläubiger Mensch war, betete sie zu Gott, dass sie diese irrwitzige Fahrt überlebte.

„Mein Pa kann mit Musik nichts anfangen", beschwerte sich Alasdair lauthals und raste so sehr in eine Kurve, dass sich das Auto beinahe gedreht hätte. „Früher hat er mir nie erlaubt, ein Musikinstrument zu lernen. Nicht einmal einen Dudelsack! Obwohl ... Dudelsäcke sind voll lahm. Findest du nicht auch?"

„Ja, total ... lahm."

„Er will, dass ich seinen Betrieb übernehme. Er ist Schlachter", brüllte er, um sich Gehör zu verschaffen, denn Lady Gaga kam gerade zum Höhepunkt ihres Songs.

„Ui ... interessant", keuchte Mac und verfolgte nervös, wie die Tachonadel immer höher stieg.

„Interessant ist das nicht", beschwerte er sich mit finsterer Miene. „Es ist blutig und eine Sauerei. Ich musste schon mit sechs Jahren lernen, wie man ein Ferkel ausnimmt, damit es an einen Spieß kommt und über Feuer gebraten wird. Zuerst nimmst du einen Haken und ..."

„So genau will ich das gar nicht wissen, Alasdair", versicherte sie ihm rasch. Bis auf die Jeans hatte sie nur eine einzige andere Hose in ihrer Reisetasche und sie wollte sie nicht vollkotzen.

„Ich möchte etwas Kreatives machen, aber mein Pa will das nicht verstehen." Der Junge am Steuer seufzte schwer.

Niemals zuvor hatte sich Mac so alt gefühlt. „Mhm."

„Ich glaube, du verstehst mich, Mac", erwiderte er so sehnsuchtsvoll, dass Mac überrascht blinzelte.

Als sie ihm einen kurzen Blick zuwarf, entdeckte sie einen geradezu liebestollen Ausdruck in seinen Augen. Plötzlich kam sie sich wie Mrs. Robinson vor und ahnte, warum Alasdair ständig von den tollen Partys sprach, zu denen er sie mitnehmen könnte. Das hatte ihr auch noch gefehlt! Ein halbes Kind, das glaubte, in sie verknallt zu sein. Mac war definitiv aus dem Alter raus, in dem man mit jemandem auf Tuchfühlung ging, den man an irgendeiner Ecke getroffen hatte. Zudem war sie nicht besonders scharf darauf, wegen Verführung Minderjähriger in ein schottisches Gefängnis zu kommen. Alasdair sah nämlich von Sekunde zu Sekunde jünger aus.

Ihre Rettung war ein Schild am Straßenrand, das vor ihnen auftauchte und auf eine Raststätte samt Tankstelle hinwies.

„Schau mal, Alasdair – eine Raststätte! Wärst du so lieb und würdest dort anhalten? Ich muss ganz dringend für kleine Mädchen."

Himmel! Der Junge mit den Pubertätspickeln wurde dunkelrot im Gesicht. Etwa, weil sie davon gesprochen hatte, dass sie für kleine Mädchen musste?

Sobald er an der Tankstelle anhielt, schnappte sie sich ihre Reisetasche und ihre Handtasche und verschwand in der Raststätte, um sich ein Telefon zu suchen. Die Reisetasche hatte sie gleich mitgenommen für den Fall, dass Alasdair trotz seiner anscheinenden Verliebtheit abhauen sollte. Mac hatte aus Fehlern gelernt. Im zarten Alter von dreiundzwanzig war sie bei einem gleichaltrigen Pärchen mitgefahren, als sie mit dem Rucksack in Australien unterwegs gewesen war. Offenbar war die andere Frau eifersüchtig gewesen, denn als Mac irgendwo zwischen Brisbane und Sydney aus dem Tankstellenklo gekommen war, war der Bully verschwunden – samt ihrem Rucksack. Den hatte das Pärchen bei der nächsten Polizeistation abgegeben.

Heute war sie schlauer.

Ihren Berechnungen nach bräuchten sie noch knapp zwei Stunden, was bedeutete, dass sie erst seit zwei Stunden in seinem Auto saß. Am liebsten hätte sie gestöhnt. Wie sollte sie es noch zwei weitere Stunden mit Alasdair und Lady Gaga aushalten? Nein, das war ganz unmöglich. Lucy musste ihr aus der Patsche helfen.

Sie würde Lucy anrufen und sie auf Knien anflehen, sie hier abzuholen. Wenn es sein musste, würde sie auf die Tränendrüse drücken. Das zog normalerweise bei ihrer Freundin.

Weil ihr Prepaid-Handy außerhalb der USA nicht funktionierte, warf sie ein paar Münzen in das Telefon und wählte Lucys Nummer. Währenddessen ließ sie ihren Blick durch den von dunklem Holz dominierten Gastraum der Raststätte wandern, in dem es ziemlich leer war. Hier und dort saß ein Gast über einer Tasse Kaffee, ein dicklicher Mann bediente einen Spielautomaten, über der Bar hing ein Fernseher, auf dem gerade ein Fußballspiel gezeigt wurde, und der Geruch nach Pommes und Burgern hing in der Luft. Ihr

Magen begann zu rumoren. Sie hatte zwar im Flugzeug gegessen, aber das war bereits zwölf Stunden her. Und der Schokoriegel, den sie sich irgendwo in der Nähe von Manchester hineingestopft hatte, hielt nicht lange vor.

Das Problem war nur, dass sie nicht mehr viel Geld in der Tasche hatte.

Gerade einmal vierzig Dollar.

Verdammt, so blank war sie noch nie gewesen!

„Hallo?" Lucys verschnupfte Nase war der schönste Laut, den sie jemals gehört hatte.

„Lucy! Hey, ich bin's. Ich kann nicht lange telefonieren ..."

„Mac?" Ein Laut erklang, der sich anhörte, als würde sich Lucy in ein Taschentuch schnäuzen. „Endlich rufst du an! Ich konnte dich die ganze Zeit nicht erreichen. Wo bist du denn?"

„In der Nähe von Glasgow." Stirnrunzelnd schaute sie auf die glänzende Fläche der Telefonbox, in der sie sich selbst spiegeln konnte. „Wieso wolltest du mich erreichen? Ich habe doch mit Blair telefoniert und ihr gesagt, dass ich erst heute komme. Apropos ... du wirst nicht glauben, was für eine Tortur ich hinter mir habe!"

Mit einer Trockenheit, die völlig untypisch für Lucy war, erwiderte diese: „Und du wirst nicht glauben, was hier los ist."

„Haben sich Blair und Jake gegenseitig umgebracht?", versuchte sie es scherzhaft und überlegte kurz, ob sie noch ein paar Münzen ins Telefon stecken sollte, bevor die Verbindung gekappt wurde.

„Nein, den beiden geht es gut." Lucy seufzte schwer in den Hörer hinein. „Aber die Hochzeit ist abgesagt worden."

Im ersten Moment glaubte Mac, sich verhört zu haben. „Was? Was hast du gesagt? Ich ..."

„Die Hochzeit wurde abgesagt – gestern. Seither herrscht hier das Chaos. Harper ist verschwunden. Ohne ein Wort. Jake und Blair versuchen, sie zu finden. Und dieses Arschloch ist auch über alle Berge."

Mac fiel die Kinnlade hinunter – auch deshalb, weil Lucy sonst nie Wörter wie Arschloch in den Mund nahm. „Moment ... Moment ... ich verstehe das nicht. Wieso ist die Hochzeit abgesagt worden?"

„Ich habe keine Ahnung." Plötzlich klang Lucy, als würde sie jeden Moment in Tränen ausbrechen. „Wir wollten gestern Abend zum Junggesellinnenabschied aufbrechen, aber Harper kam nicht. Blair ging auf ihr Zimmer, um nach ihr zu sehen, und da meinte Harper nur, dass dieser blöde Idiot mit ihr Schluss gemacht und die Hochzeit abgesagt hätte. Am nächsten Morgen war sie verschwunden. Er muss ihr das Herz gebrochen haben", klagte Lucy. „Sie hat wie eine Besessene diese Hochzeit organisiert und wollte, dass sie perfekt sein würde. Und jetzt ... jetzt ... ist sie ins Wasser gefallen. Die arme Harper!" Nun schluchzte sie tatsächlich. „Wenn ich diesen Wichser jemals in die Finger bekomme, werde ich ... ich ... Keine Ahnung, was ich tun werde, aber er wird dafür leiden, dass er meiner Freundin so sehr wehgetan hat!"

Die flammende Rede der schüchternen, zurückhaltenden Lucy erschreckte Mac ebenso wie die Tatsache, dass Harpers Hochzeit ins Wasser gefallen war.

„Scheiße ... das ist ja schrecklich", murmelte sie niedergeschlagen. „Harper muss am Boden zerstört sein."

„Das denke ich auch", hickste Lucy. „Warum sonst sollte sie einfach verschwunden sein? Bestimmt will sie in aller Ruhe ihre Wunden lecken. Sie tut mir so leid."

Mac fasste sich an die Stirn. Wenn Harper einfach verschwand, musste es einen guten Grund dafür geben, denn sie kannte keinen Menschen, der so rational und überlegt handelte wie Harper. „Kann ich irgendetwas tun?"

„Du kannst den Mistkerl, der unserer Freundin das Herz gebrochen hat, finden und ihm in die Eier treten", grollte Lucy finster.

Mac verdrehte die Augen. „Eigentlich dachte ich daran, bei der Suche nach Harper zu helfen. In spätestens drei Stunden kann ich bei euch sein und ..."

„Wenn du in Glasgow bist, solltest du umbuchen und zurückfliegen", unterbrach Lucy sie erschöpft. „Die meisten Gäste sind heute abgereist oder fliegen morgen zurück. Ich werde wohl auch umbuchen und morgen zurückfliegen. Tu dir den Stress nicht an, Mac.

Hier herrscht eine Stimmung wie auf dem Friedhof. Wenn ich etwas von Harper höre, gebe ich dir Bescheid. In Ordnung?“

„In Ordnung“, erwiderte Mac mechanisch.

„Melde dich doch, wenn du wieder in Miami bist.“

„Mhm.“ Mac atmete tief ein. „Mach ich.“

„Ich hab dich lieb.“

„Ich dich auch.“

Sobald es klickte, hängte Mac den Hörer zurück auf die Gabel und zwinkerte fassungslos. Nicht nur die Hochzeit ihrer Freundin war ins Wasser gefallen, sondern auch Macs Plan, ihre Freundin nach Geld zu fragen. Aber wie hätte sie Lucy auch auf ihre finanzielle Misere ansprechen sollen, wenn es ein ganz anderes, größeres Problem zu bewältigen gab? Harpers Verschwinden war um einiges schlimmer als ein überzogener Kreditrahmen.

Nein, so gefühllos und egoistisch war sie nicht.

Für einen Moment lehnte sie sich gegen die Telefonbox und atmete tief durch.

Irgendetwas würde ihr schon einfallen, um zurück nach Miami zu kommen. Sie war einfallsreich und hatte sich schon zigmal aus unangenehmen Situationen herausmanövriert. Vielleicht sollte sie Alasdair bitten, sie nach Glasgow zu fahren. Wenn sie erst einmal am Flughafen war, würde ihr schon etwas einfallen. Vielleicht könnte sie auch mit einer der Kreditkartenfirmen telefonieren. Mit etwas Glück hätte sie einen netten Mitarbeiter am Apparat, der ihren Dispo um ein paar hundert Dollar vergrößern würde. Und wenn das nicht ging, würde sie ihren Chef anrufen und ihren Charme spielen lassen, damit er ihr Gehalt für den letzten Monat bereits jetzt überwies.

Ja, so würde sie es machen.

Mac straffte die Schultern, schnappte sich ihre Reisetasche und ihre Handtasche und setzte ein strahlendes Lächeln auf, um Alasdair dazu zu bringen, sie nach Glasgow zu fahren. Sie würde sogar auf seine Flirtversuche eingehen, wenn es sein musste. Ein pickeliger Junge war im Vergleich zu ihrem schmierigen Chef ein Kinderspiel!

Der pickelige Junge stand mit bleichem Gesicht neben seinem Auto und sprach mit einem anderen Mann, als er mit dem Finger auf sie zeigte und mit hoher, zittriger Stimme rief: „Das ist die Frau! Sie hat mein Autofenster zerstört."

~

„Wie oft soll ich es denn noch sagen? Ich habe das Autofenster nicht eingeschlagen. Ich war nur telefonieren!"

„Der junge Mann behauptet aber etwas anderes."

Mac fixierte Alasdair, der ihrem Blick auswich, und erklärte dem Polizisten mit fester Stimme: „Dann lügt der junge Mann."

„Ich lüge nicht! Sie ... sie kam einfach an mein Auto heran, als ... als ich tanken wollte und hat mich gefragt, ob ich sie mitnehmen kann." Alasdair bekam ein hochrotes Gesicht, während seine Augen unnatürlich weit aufgerissen waren. „Als ich ihr gesagt habe, dass das nicht geht, weil ... weil das das Auto meiner Mom ist, ist sie wütend geworden und hat ... hat die Scheibe eingeschlagen."

Vor lauter Empörung schnappte Mac nach Luft. „Wie bitte?!"

Alasdair begann zu jammern. „Mein Pa wird mich umbringen! Er hat mir verboten, das Auto zu nehmen."

Beinahe hätte Mac Mitleid mit ihm bekommen – beinahe. Wäre da nicht der finster aussehende Polizist gewesen, der sie wie eine Schwerverbrecherin behandelte und der offenbar ausgerechnet dann Lust auf einen Kaffee bekommen hatte, als das Autofenster zu Bruch gegangen war. Wodurch auch immer.

„Hören Sie, Sir", begann Mac an den Polizisten gewandt und legte so viel Ernsthaftigkeit und Überzeugungskraft wie möglich in ihre Stimme. „Womit hätte ich denn eine Fensterscheibe einschlagen sollen? Sehen Sie an meiner Hand irgendeine Verletzung?"

„Nein, aber ich sehe, dass der Boden voller Glassplitter ist. Und der junge Mann hat mir gesagt, dass Sie mit dem Zapfhahn gegen die Scheibe geschlagen haben."

„Das ist doch lächerlich!" Mac verschränkte die

Arme vor der Brust. Sie starrte Alasdair an, der ihrem Blick schon wieder auswich. „Sag die Wahrheit", forderte sie ihn auf. „Sag ihm, dass ich nichts damit zu tun habe!"

„Ma'am, Sie schüchtern den Jungen ein", ermahnte der Polizist sie.

„Der Junge beschuldigt mich – zu Unrecht, – seine Fensterscheibe zerstört zu haben", erwiderte sie laut und deutlich, während sie zu schwitzen begann und ihr Herz im Rekordtempo zu schlagen anfing.

Sie merkte, dass sie wütend wurde, und hoffte, dass ihr Temperament nicht mit ihr durchging. Wenn sie erst einmal in Fahrt war, war es nämlich ziemlich schwierig, ihr Temperament zu zügeln – das wusste sie aus Erfahrung. Eine Suspendierung auf der Highschool, weil sie ihren Sportlehrer angebrüllt hatte, nachdem der eine Mitschülerin niedergemacht hatte, eine Kündigung bei der Bank, bei der sie vor ein paar Jahren gearbeitet hatte, nachdem sie einen Kunden aus dem Büro geworfen hatte, weil der sie hatte betatschen wollen, und der fulminante Streit mit ihrer Mom, bei dem mit ihr die Pferde durchgegangen waren und der der Grund dafür war, warum sie bis heute nicht mehr miteinander sprachen, waren der Beweis dafür, dass sie sich nur schlecht beherrschen konnte, wenn sie erst einmal in Fahrt war.

„Ma'am, mäßigen Sie Ihre Stimme!"

Mac biss die Zähne zusammen, auch wenn sie

rotsah. „Dann untersuchen Sie doch den Zapfhahn nach meinen Fingerabdrücken. Ich habe ihn niemals angefasst und kann demnach auch nicht die Fensterscheibe eingeschlagen haben!“

Der Polizist sah sie an, als wäre sie aus einer Psychiatrie entlaufen. „Vielleicht macht man das in Ihrem Heimatland, aber bei uns ist so ein kostspieliges Verfahren völlig unnötig, wenn die Beweise so eindeutig sind.“

„Was denn für Beweise? Sein Wort steht gegen meins – in dubio pro reo!“

„In dubio ... *was?*“ Der Polizist rümpfte die Nase.

„Im Zweifel für den Angeklagten“, erwiderte sie beinahe triumphierend. „Meine Schuld muss erst bewiesen werden ...“

„Vielleicht in Amerika, aber in Großbritannien gibt es keine Unschuldsvermutung. Sie müssen beweisen, dass Sie es nicht getan haben – nicht andersherum“, erklärte der Polizist und machte sich eine weitere Notiz auf seinem Schmierzettel.

„Sie wollen einen Beweis, dass ich es nicht war?“ Mac ballte beide Hände zu Fäusten und überlegte, wie sie aus dieser Misere wieder herauskommen sollte. „Das hier ist eine Tankstelle. Da müsste es doch Videokameras geben!“

Perverserweise freute sie sich über das panische Zucken in Alasdairs Gesicht.

Dem kleinen Scheißer ging gerade wohl ein Licht

auf. Wenn sie sich zusammen mit dem Polizisten, der anscheinend eine Aversion gegen Macs Heimatland hatte, das Überwachungsvideo der Tankstelle anschauen würde, könnten sie alle sehen, dass er mit dem Zapfhahn wohl selbst das Autofenster eingeschlagen hatte – der Idiot!

Schnaubend schüttelte der Polizist den Kopf. „Die Gaststätte ist uralt. Liam hat nicht einmal neue Zapfsäulen und erst recht keine Videokameras."

Sie hörte wohl nicht recht! Das konnte nur ein schlechter Albtraum sein. „Es muss doch Zeugen geben! Ich war die ganze Zeit drinnen und habe telefoniert. Das muss jemand gesehen haben."

„Sie könnten die Scheibe auch schon vorher eingeschlagen haben." Er deutete auf ihre Reisetasche. „Deshalb haben Sie auch die Tasche mit reingenommen. Sie wollten abhauen."

Mit ihr gingen die Pferde durch. „Wohin zum Teufel hätte ich in dieser gottverlassenen Gegend denn abhauen sollen? Fährt hier irgendwo eine U-Bahn, von der ich nichts weiß? Der dämliche Bus kommt nur zweimal am Tag! Ich müsste als Baby mehrmals auf den Kopf gefallen sein, um mich hier auf den öffentlichen Nahverkehr zu verlassen, wenn ich vor dem Gesetz türmen will!"

Die Miene des Polizisten wurde immer finsterer. „Ma'am, wenn Sie Ihre Zunge nicht zügeln, werde ich Sie wegen Beamtenbeleidigung festnehmen müssen."

Mac schob das Kinn nach vorn. „Inwiefern habe ich Sie beleidigt, Sir? Ich habe mich lediglich über den öffentlichen Nahverkehr beschwert."

Alasdair meldete sich zu Wort und sah aus, als würde er jeden Moment zu heulen beginnen. „Ich muss um Mitternacht zu Hause sein. Mein Pa nimmt es sehr genau mit der Sperrstunde. Können wir das hier nicht beschleunigen?"

Mac fasste sich ins Gesicht. Nicht zu glauben, dass sie zu diesem Kind ins Auto gestiegen war! Den Schlamassel hatte sie sich selbst eingebrockt.

„Es wird etwas Zeit dauern, eine Anzeige gegen die Dame wegen Sachbeschädigung zu schreiben ..."

„Anzeige?" Alasdair schaute blöd aus der Wäsche.

„Sachbeschädigung?" Mac schluckte schwer.

„Mhm." Der Polizist nickte. „Oder wir regeln das Problem unbürokratisch."

„Was meinen Sie mit unbürokratisch?", hakte Mac misstrauisch nach.

„Ich denke, dass der Junge auf eine Anzeige verzichten würde, wenn Sie die kaputte Fensterscheibe bezahlen. Das würde mir außerdem einen Haufen Papierkram ersparen."

„Wie bitte? Ich soll für etwas bezahlen, was ich nicht getan habe?"

„Das müssten Sie erst beweisen, Ma'am."

„Also ich würde auf eine Anzeige verzichten, wenn

sie mir hier und jetzt das Geld für eine Reparatur gibt", warf Alasdair eilig ein.

Sie schenkte ihm einen vernichtenden Blick. Selbst wenn sie das Geld für die Reparatur gehabt hätte, würde sie einen Teufel tun und es ihm geben! „Das kommt überhaupt nicht infrage!"

Der Polizist seufzte schwer. „Wenn Sie sich weigern, werden Sie mich aufs Revier begleiten müssen, Ma'am."

Mac keuchte auf. „Was?!"

„Tun Sie sich und mir den Gefallen und bezahlen Sie einfach die zerstörte Fensterscheibe. So würde sich das Problem von ganz allein in Luft auslösen."

„Das sehe ich anders", fauchte sie und sah sich bereits auf einem schottischen Polizeirevier sitzen. Zwar wäre es nicht das erste Mal, dass sie bei der Polizei landete, aber Sachbeschädigung war eine ganz andere Nummer als Erregung öffentlichen Ärgernisses, weil man beim Mardi Gras in New Orleans ausgerechnet vor einem Polizisten in zivil blank gezogen hatte.

„Geben Sie dem Jungen dreihundert Pfund und wir vergessen die Angelegenheit. Mit der Summe sollten alle Kosten gedeckt sein. Und er kriegt keinen Ärger von seinem Pa."

Alasdairs Pa interessierte Mac momentan einen Scheiß. Ehrlich gesagt wäre sie ziemlich froh, wenn der Schlachter seinem Sohn den Hintern versohlen und ihn dazu zwingen würde, Fleischabfälle zu entsorgen.

„Dreihundert Pfund? Das ist völlig lächerlich! Ich arbeite bei einer Autovermietung und weiß, dass Fensterreparaturen nur die Hälfte kosten."

„Vielleicht in Ihrem Land, aber wir legen noch Wert auf Qualität, Ma'am."

Mac kniff die Augen zusammen und setzte zu sprechen an, als plötzlich neben ihr eine fremde Stimme ertönte.

„Hier steckst du, Mac. Ich warte schon seit über zehn Minuten auf dich, Liebling." Der Besitzer der Stimme schlang seinen Arm um ihre Schultern. „Gibt es hier ein Problem?"

Liebling?

Mit angehaltenem Atem schielte Mac zur Seite und entdeckte einen dunkelhaarigen Mann, dem sie noch nie in ihrem Leben begegnet war, der ihren Namen kannte und der sie wie selbstverständlich an sich zog.

Zum allerersten Mal, seit sie denken konnte, wusste Mac nicht, was sie machen sollte.

„Sir, kennen Sie etwa diese Frau?"

„Ob ich sie kenne?" Der fremde Mann drückte sie an sich, als wolle er ihr sagen, dass sie jetzt nichts Falsches erwidern sollte, und lachte gutmütig, während er mit seiner tiefen, angenehmen Stimme erklärte: „Das hoffe ich doch, immerhin ist sie meine Freundin."

Beinahe wäre Mac zusammengezuckt.

„Ist das so?“, wollte der misstrauische Polizist wissen und sah zwischen ihnen hin und her.

„Wir beide machen hier zusammen Urlaub und sind auf dem Weg nach Oban“, fuhr der Fremde gelassen fort. „Leider haben wir den halben Tag vertrödelt und hoffen, dass unser Hotel noch geöffnet hat, wenn wir dort endlich ankommen. Mac hatte mal wieder einen Bärenhunger, also haben wir hier gehalten. Eigentlich wollten wir schon vor zehn Minuten losgefahren sein.“ Er zeigte mit seiner freien Hand hinter sich. „Dort hinten steht unser Mietwagen, in dem ich auf sie gewartet habe. Dürfte ich fragen, was es hier für ein Problem gibt.“

Mac hoffte, dass niemand ihr ansah, wie irritiert sie war. Ein knapper Blick zu Alasdair sagte ihr, dass er nicht minder verwirrt war. Sie konnte ihm ansehen, dass er den dunkelhaarigen Mann an ihrer Seite liebend gerne der Lüge bezichtigt hätte, weil sie schließlich mit ihm seit zwei Stunden in einem Auto gesessen hatte und nicht mit ihrem Freund in Schottland auf Urlaub war, aber dann hätte er dem Polizisten auch erklären müssen, warum er gelogen hatte.

„Nun ... der junge Mann behauptet, dass Ihre Freundin seine Fensterscheibe eingeschlagen hat.“

Mac schnaubte wie ein Dampfkessel. „Das behauptet der junge Mann, aber ...“

Wieder drückte der Mann neben ihr ihren Oberarm und unterbrach sie wie die Ruhe selbst. „Ich bin mir sicher, dass es sich bei dem Vorwurf nur um ein Missverständnis handeln kann. Normalerweise zerstört Mac kein fremdes Eigentum. Aber bestimmt können wir uns irgendwie einigen."

„Ich habe der Dame schon gesagt, dass auf eine Anzeige verzichtet wird, wenn sie dem Jungen dreihundert Pfund für die Reparatur gibt, aber sie wollte davon nichts hören."

Wieder wollte Mac den Mund öffnen, um dem Polizisten zu sagen, dass er sich seine Anzeige in eine seiner Körperöffnungen stecken konnte, als der Mann neben ihr sein Portemonnaie zückte, den Arm von ihrer Schulter nahm und, ohne mit der Wimper zu zucken, dreihundert Pfund abzählte.

Alasdair traute seinen Augen nicht, als er ihm das Geld reichte.

Auch Mac konnte es nicht glauben.

„Ich hoffe, wir konnten das Missverständnis aus der Welt schaffen", erklärte der Dunkelhaarige freundlich. „Haben Sie noch einen schönen Abend, Officer."

Der Polizist nickte hoheitsvoll.

Mac hätte ihm gerne die Meinung gegeigt, doch ihr fremder Retter schulterte einfach ihre Reisetasche und nahm ihre Hand, um sie zu seinem Auto zu ziehen.

KAPITEL 4

Natürlich wusste Grant, wer die dunkelhaarige Frau mit den bernsteinfarbenen Augen und dem bildschönen Gesicht war.

Auf Harpers Sekretär im Wohnungsflur stand ein Foto, das sie zusammen mit Blair, Lucy und Mac zeigte – vier junge Frauen in kurzen Sommerkleidern, die in die Kamera lachten und wahnsinnig viel Spaß zu haben schienen. Die vier Freundinnen waren damals erst einundzwanzig gewesen und hatten Lucys Geburtstag in Florida gefeiert.

Grant hatte das Foto jedes Mal betrachtet, wenn er Harper besucht hatte. Und jedes Mal hatte ihm Harper die Geschichte erzählt, wie sie sich am Strand übergeben hatte und Mac währenddessen ihre Haare hochgehalten hatte. Oder wie Mac an einem Abend Karten für ein Exklusivkonzert von Linkin Park ergattert und sie sogar backstage geschleust hatte. Und dann war da noch die Geschichte gewesen, wie Mac einen Wet-T-Shirt-Contest gewonnen und den Heiratsantrag eines Mexikaners bekommen hatte, den sie jedoch ablehnte.

Ja, er wusste, dass die Frau an der Tankstelle Mac war – eine Freundin seiner Exverlobten.

Und er wusste, dass die stürmische, rebellenhafte Mac ein Talent dafür besaß, sich in Schwierigkeiten zu bringen und Chaos zu verursachen. Genau davon war er am heutigen Abend Zeuge geworden.

Als er die Tankstelle angesteuert hatte, weil er Sprit kaufen und einen Kaffee trinken wollte, wäre ihm niemals in den Sinn gekommen, dass er ausgerechnet hier der Freundin seiner Exverlobten über den Weg laufen würde. Jedoch hatte er sie sofort erkannt, als sie mit ihrer Reisetasche beladen die Raststätte betreten hatte. Grant hatte an einem der Tische gesessen und den Kopf eingezogen und es für einen schlechten Scherz gehalten, dass Harpers Freundin hier auftauchte, wo er über einer Tasse Kaffee darüber nachdachte, welchen Mist er gebaut hatte. Und damit meinte er nicht, dass er gestern die Hochzeit abgesagt und mit Harper Schluss gemacht hatte.

Er meinte die verdammte Tatsache, dass er aus völlig falschen Gründen mit einer Frau zusammen gewesen war und es so weit hatte kommen lassen, dass sie eine Hochzeit plante, die er im Grunde seines Herzens gar nicht wollte.

Die Hochzeit abzusagen, bevor sie beide etwas taten, was sie früher oder später bereuten, war richtig gewesen.

Aber warum fühlte er sich dabei so verdammt mies?

Harper war erleichtert gewesen – das hatte er genau gespürt. Und ihm war ein Sack Zement vom Herzen gefallen, als er ihr endlich gesagt hatte, dass sie nicht heiraten konnten, weil sie beide einander gar nicht liebten.

Trotzdem kam sich Grant wie der letzte Mistkerl auf Erden vor.

Wer verließ schon zwei Tage vor der Trauung eine Frau, die extra ihre Hochzeit in Schottland feiern wollte, weil seine verstorbenen Eltern hier ihre Hochzeitsreise unternommen hatten?

Und wer verließ schon eine Frau, die sich ihr Brautkleid nach dem Schnittmuster des Kleides hatte anfertigen lassen, das seine Mom auf ihrer Hochzeit getragen hatte?

Grant kam sich wirklich wie das schlimmste Arschloch der Menschheitsgeschichte vor. Zu seiner Verteidigung führte er jedoch an, dass er ohne Absicht in diesen Schlamassel hineingeraten war.

Vor einem Jahr war er ein glücklicher Single gewesen, der an seiner Karriere feilte, sich gerade eine schweineteure Luxuswohnung in Seattle gekauft hatte, regelmäßig mit seinen Kumpels in den Urlaub fuhr und kein Problem damit hatte, eine schöne Frau zu finden, mit der er ausgehen konnte. Er hatte gerne Dates, die ganz entspannt in einem guten Restaurant begannen und meistens in seinem Bett endeten. Im Gegensatz zu seinem besten Freund Zac war Grant kein Aufreißer und ging nur mit Frauen aus, mit denen er sich auch unterhalten konnte. Mit seinem Leben war er ziemlich zufrieden gewesen, bis ihm die beste Freundin seiner Mom über den Weg gelaufen war.

Einen ganzen Nachmittag lang hatte Luisa ihm Geschichten über seine Eltern erzählt, davon gesprochen, wie stolz sie beide auf ihn seien, und hatte anschließend damit begonnen, ihn mit Fragen zu seinem Privatleben zu löchern. Die obligatorische Frage nach einer Frau und Kindern hatte ihm zu denken gegeben.

Bislang war eine Familie für ihn kein Thema gewesen, weil er davon ausgegangen war, irgendwann die richtige Frau zu treffen. Irgendwann. Schließlich war er erst vierunddreißig Jahre alt und hatte alle Zeit der Welt. Warum genoss er nicht noch ein paar Jahre sein Singleleben, bevor er eine Familie gründete? Wo stand geschrieben, dass man mit vierundzwanzig Jahren heiraten und mit fünfundzwanzig Jahren Familienvater werden musste wie sein Dad?

Der Gedanke an seinen Vater hatte etwas Ernüchterndes an sich gehabt, denn sein Dad war mit vierunddreißig Jahren gestorben. Seine Mom mit dreiunddreißig. Grant hätte eigentlich auch mit im Auto sitzen sollen, das von einem Lastwagen gerammt wurde und sich dann mehrmals überschlug. Aber er hatte lieber mit seinem Freund Mario-Kart spielen wollen, das eine Woche vorher erschienen war. Während er sich mit seinem Freund eine wilde Verfolgungsjagd lieferte und vor dem Fernseher saß, starb sein Dad noch am Unfallort und seine Mom im Krankenwagen. Auf einen Schlag wurde er zu einer Vollwaise, und alles änderte sich.

Nach der Begegnung mit Luisa dachte Grant zum ersten Mal in seinem Leben darüber nach, dass sein Dad so alt gewesen war, wie er es heute war, als er starb. Bestimmt hatten seine Eltern damals auch gedacht, dass sie noch viel Zeit haben würden – Zeit für sich, Zeit mit ihrem neunjährigen Sohn ...

Luisas Fragen hatten ein Loch in seinen Magen gebrannt und es geschafft, dass er sich einsam fühlte. Dass er sich zum ersten Mal seit jenem Tag einsam fühlte, an dem zwei Polizisten ihm erklärt hatten, dass sein Dad und seine Mom nicht mehr nach Hause kommen würden.

Er hatte nachgedacht und war zu dem Schluss gekommen, dass er vielleicht seinem Singleleben ein Ende setzen und sich ernsthaft auf die Suche nach der Frau machen sollte, mit der er sein Leben teilen und mit der er Kinder haben wollte.

Kurz darauf war ihm Harper begegnet – eine

hübsche, intelligente und ehrgeizige Frau, die einen genauen Plan verfolgte.

Pläne waren gut.

Pläne sahen keine tödlichen Autounfälle vor.

Grant wollte einen Plan, der sein Leben regelte, also ging er mit Harper aus und verliebte sich auch ein bisschen in sie, denn unter der straff organisierten Schale einer Karrierefrau, die ebenfalls auf der Suche nach einem passenden Ehemann war, mit dem sie eine Familie gründen konnte, verbarg sich eine lustige Frau, die sich um ihre Mitmenschen kümmerte, auch wenn sie diese manchmal in den Wahnsinn trieb. Zwar hatte Grant immer gewusst, dass Harper nicht die Eine war, aber hey ...! Er war vierunddreißig, und es gab über sieben Milliarden Menschen auf der Welt. Wie groß war da die Wahrscheinlichkeit, die eine richtige Frau zu finden?

Ein Abend mit Rotwein und Käse und ein Gespräch über Steuerersparnisse von verheirateten Paaren später war aus ihm ein verlobter Mann geworden. Und ein paar Wochen später stand er irgendwo in Schottland bei einem Schneider und ließ sich einen Kilt anpassen, weil Harper eine traditionell schottische Hochzeit plante. In der anschließenden Nacht, die er allein in seinem Hotelzimmer verbrachte, weil Harper vor der Hochzeit nicht mehr mit ihm schlafen wollte, hatte er sich von einer Seite auf die andere gewälzt und sich gefragt, was zum Teufel er hier eigentlich tat. Als er auf der Quad-Tour am nächsten Tag, an der Harper nicht teilnehmen wollte oder konnte, weil sie noch die perfekten Tischkärtchen aussuchen musste, so viel Spaß hatte wie schon lange nicht mehr und endlich wieder lachen konnte, wurde ihm klar, dass er die Hochzeit nicht durchziehen konnte.

Er war nicht glücklich.

Also sagte er die Hochzeit ab, klärte mit Harper alles, was es noch zu klären gab, und packte seinen Koffer.

Das war gestern gewesen.

Heute lief ihm Harpers Freundin Mac über den Weg, und sie schien einen Haufen Probleme mit sich herumzutragen. Anders war es nicht zu erklären, dass er gerade dreihundert Dollar geblecht und sich als ihr Freund ausgegeben hatte, damit sie nicht im Knast endete.

„Was soll das Ganze hier eigentlich?“, flüsterte sie ihm zu, als er sie zu seinem Mietwagen führte und sich des misstrauischen Blickes des Polizisten in seinem Rücken bewusst war. Vermutlich hätte sie liebend gern an seiner Hand gezerrt, damit er stehen blieb.

Grant hatte gewusst, dass sie chaotisch war, von störrisch war nie die Rede gewesen. Er wollte so viel Abstand wie möglich zwischen sie und den grimmig aussehenden Polizisten bringen. „Ist das nicht offensichtlich? Ich bewahre dich davor, die Nacht im Gefängnis zu verbringen.“

Leise schnappte sie nach Luft, lief gehorsam neben ihm her und grollte dabei finster: „Das ist Unsinn! Ich wäre nicht im Gefängnis gelandet!"

Er ließ ihre Hand los, als sie an seinem Mietwagen ankamen. Grinsend öffnete er den Kofferraum und warf ihre Reisetasche neben seinen Koffer. Gleichzeitig wunderte er sich, dass ihr Gepäckstück ziemlich leicht war – für eine Frau. „Doch, das wärst du, immerhin war es nur eine Frage der Zeit, bis du auf ihn mit geballten Fäusten losgegangen wärst."

Grant schloss den Kofferraum und warf einen kurzen Blick zurück. Der Polizist betrat gerade die Raststätte und der pickelige Junge, der Mac angesehen hatte, als würde er sich vor lauter Angst vor ihr in die Hose machen, bretterte davon.

Er drehte sich zu ihr um und hatte das erste Mal die Muße, sie wirklich betrachten zu können.

Für eine Frau war sie ziemlich groß – gerade einmal einen halben Kopf kleiner als er. Und sie strotzte vor Selbstbewusstsein, was er an ihrer Haltung und dem Blick erkennen konnte, den nichts so schnell einzuschüchtern schien. Irgendetwas sagte ihm, dass Mac souverän mit allem klarkommen würde, was ihr passierte, ob es nun eine Nacht in einem schottischen Gefängnis oder eine Geiselnahme in einer Bank wäre. Er konnte sich nicht vorstellen, dass sie verzweifelt in Tränen ausbrach und sich jammernd zurückzog, wenn etwas Schlimmes passierte.

Dafür war die Frau in den schwarzen Jeans und dem dunkelgrünen Parka, die sich ihr schwarzes Haar zu einem Pferdeschwanz gebunden hatte, nicht der Typ.

Bevor ihm jedoch auffiel, wie verdammt schön sie war und wie exotisch sie mit den hohen Wangenknochen und den mandelförmigen Augen war, die wie glänzender Bernstein aussahen, verzog sie den üppigen Mund und erklärte leise: „Danke ... das war wirklich ... Danke."

„Nichts zu danken", erwiderte er und fragte sich, wann sie ihm wohl in die Eier treten würde, weil er ihre Freundin vor dem Altar stehen gelassen hatte. Schließlich musste sie sein Gesicht kennen – Harper hatte ein Foto von ihm und ihr auf die Hochzeitseinladungen drucken lassen.

Vermutlich hatte er den Tritt in die Eier verdient, aber das hieß nicht, dass er mitten auf einem schottischen Parkplatz entmannt werden wollte.

„Das finde ich schon", widersprach sie ihm mit ihrer leicht rauchigen Stimme. „Es ist nicht alltäglich, einer völlig Fremden aus der Patsche zu helfen *und* dafür auch noch dreihundert Dollar springen zu lassen."

Eine völlig Fremde war sie nicht, und das wollte er gerade sagen, als sie ihn anlächelte und Grant für einen kurzen Moment vergaß, wie er hieß und wer er war.

Es war diese Art von Lächeln, die Kurzatmigkeit hervorrief und Grund für einen beginnenden Herzstillstand war. Ein Lächeln, das mit einem lockeren Fingerschnipsen einen Mann dazu brachte, sich wie ein absoluter Vollidiot zu benehmen. Grant war auf dem besten Weg, ebendieser Vollidiot zu sein.

Sie reichte ihm die Hand. „Ich bin Mac, aber das weißt du offensichtlich schon."

„Äh ... ja."

„Vermutlich war ich beim Telefonieren wieder einmal zu laut. Richtig?"

„Genau", erwiderte er. „Das Telefonat."

„Und ich dachte schon, du wärst ein Hellseher."

„Ganz sicher nicht", entgegnete er trocken.

Fragend legte sie den Kopf schief und wirkte keinesfalls so, als wollte sie ihm in die Eier treten. Viel eher war sie belustigt, weil sie eine Grimasse schnitt. „Für den Fall, dass der Polizist zurückkommt: Wie heißt du, mein mich liebender Freund?"

„Grant", entgegnete er in dem Bewusstsein, dass jetzt alles aus war, und schüttelte ihr die Hand.

Sobald sie seinen Namen hörte, musste ihr ein Licht aufgehen.

Doch, o Wunder, Mac zuckte bei der Nennung seines Namens nicht zusammen. Sie runzelte nicht einmal die Stirn oder stutzte. Stattdessen lächelte sie wieder. „Hi, Grant. Nett, dich kennenzulernen. Und noch einmal danke, dass du meinen Arsch gerettet hast."

Es kostete ihn alle Mühe, nicht in Richtung des

besagten Körperteils zu schielen. „Wie gesagt: Nichts zu danken."

Mac lachte heiser. „Sollen wir hier verschwinden, bevor er zurückkommt und sich fragt, warum wir uns seit einer Minute die Hände schütteln?"

Erst jetzt wurde Grant klar, dass er ihre Hand nicht losgelassen hatte und sie noch immer schüttelte. Abrupt zog er sie zurück und räusperte sich, bevor er die Beifahrertür für sie öffnete und für einen kurzen Moment in den dunklen Himmel über sich starrte, um sich zu sammeln. Er war ein erwachsener Mann und sollte vielleicht anfangen, sich wie einer zu benehmen.

Kommentarlos stieg Mac ein und hatte offenbar kein Problem damit, mit einem fremden Mann in dessen Auto zu fahren. Sorglos sah sie zu ihm auf und zwinkerte ihm zu. „Ach, keine Sorge. Die Fensterscheibe habe ich nicht zertrümmert."

„Ich weiß", entgegnete er gelassen und nickte. „Von drinnen konnte ich beobachten, wie der Hampelmann beim Tanken wilde Verrenkungen veranstaltet hat, als wäre Michael Jackson aus seinem Grab auferstanden – nur weniger koordiniert. Dabei hat er den Zapfhahn gegen das Fenster geschlagen."

„Was?!" Ungläubig öffnete sie den Mund. „Wieso hast du das nicht gesagt? Du hast ihm dreihundert Pfund bezahlt!"

„Weil der arme Kerl sich womöglich mit einer

Scherbe die Pulsadern aufgeschnitten hätte." Grant zuckte mit den Schultern. „Was soll's?"

„Dieser kleine, elende ..." Mit einem Grollen schwieg sie und erklärte dann: „Ich wünsche ihm Pickel am ganzen Körper."

Grant gluckste und wollte die Beifahrertür schon zuschlagen, als er den Kopf hob und sehen konnte, wie der Polizist wieder aus der Raststätte heraustrat und sofort in ihre Richtung blickte.

Er wusste selbst nicht, was in ihn fuhr, aber er winkte dem anderen Mann zu und beugte sich anschließend zu Mac, um ihr einen Kuss auf den Mund zu pressen.

Erschrocken schnappte sie nach Luft, stieß ihn jedoch nicht weg und zuckte auch nicht zusammen. Stattdessen erwiderte sie den Kuss und schlang ihm einen Arm um den Nacken.

Die Berührung ihrer Lippen spürte er bis in seine Fußsohlen.

Während er den wohl aufregendsten Kuss seines Lebens bekam, stellte er fest, dass es eine verdammt schlechte Idee gewesen war, Harpers Freundin aus der Patsche zu helfen.

~

„Fährst du zufällig nach Glasgow?"

„Zufällig nicht", erwiderte Grant und schaute kurz

nach links, wo Mac saß und sich aus ihrem Parka schälte. Sie hatte sich wie selbstverständlich in sein Auto gesetzt und einen Radiosender gesucht, auf dem leise Jazzmelodien liefen, bevor sie sich wohlig zurückgelehnt und geseufzt hatte.

Sie war ihm nicht wie der Typ für Jazzmusik vorgekommen, aber so konnte man sich täuschen.

„Fährst du dann vielleicht nach Edinburgh?"

„Auch nicht." Er schaltete das Fernlicht an, um auf der dunklen Straße, die mitten durch einen Wald führte, besser sehen zu können. „Wieso müssen es unbedingt Glasgow oder Edinburgh sein?"

„Weil beide Städte einen Flughafen haben." Als sie den Parka endlich ausgezogen hatte, rollte sie ihn zusammen und warf ihn auf die Rückbank.

Jetzt sah Grant, dass sie ein weißes, langärmliges Shirt darunter trug, das so eng war, dass es der Fantasie nicht viel Spielraum ließ. Offenbar hatte Mac vor, es sich gemütlich zu machen, da sie ihren Pferdeschwanz löste und anschließend ihr langes, dunkles Haar ausschüttelte.

„Wohin willst du denn fliegen?", wollte er neugierig wissen, obwohl es ihn viel eher interessierte, weshalb sie nicht weiter in den Norden fahren wollte, um Harper zu treffen. Aber das konnte er sie schlecht fragen, ohne sich zu verraten.

„Zurück in die Staaten. Nach Hause."

„Ist dein Urlaub schon vorbei?", fragte er scheinheilig nach.

„So ungefähr." Mit beiden Händen fuhr sie sich durchs Haar und lehnte sich anschließend zurück. „Ich habe eine grauenvolle Reise hinter mir und habe vor gut einer halben Stunde erst herausgefunden, dass ich zu Hause hätte bleiben können. Das hätte mir ein paar Nerven, einen unbequemen Flug und das restliche Geld erspart, das ich noch auf meinem Konto hatte. Apropos: Gib mir deine Nummer, damit ich dir die dreihundert Pfund zurückgeben kann. Ich muss dich leider nur vorwarnen, es könnte etwas dauern, bis du es bekommst. Momentan bin ich nämlich restlos pleite."

Anscheinend hatte Mac kein Problem damit, einen fast wildfremden Mann in ihre finanzielle Situation einzuweihen. Er war Steueranwalt und brauchte meistens ewig und drei Tage, um seine Mandanten dazu zu bekommen, ihm zu vertrauen und ihm Einblick in ihre Konten zu gewähren. Mac plauderte über ihre aktuelle Pleite, obwohl sie sich erst seit ein paar Minuten kannten und ohne dass er hätte fragen müssen.

„Schon okay. Du musst mir das Geld nicht zurückgeben."

„Doch, das muss ich", beteuerte sie und schnalzte mit der Zunge. „Ich bezahle immer meine Schulden."

„*Ich* habe dem pickligen Jungen das Geld gegeben."

„Ja, *meinetwegen*", betonte sie. „Die dreihundert

Pfund bekommst du zurück. Ob du es willst oder nicht."

Grant hielt es für klüger, das Thema zu wechseln. „Woher kommst du?"

„Willst du mich etwa ablenken?"

„Ja", gab er unumwunden zu. „Funktioniert es?"

„Nicht wirklich." Mac klang belustigt. „Aber weil du immerhin mein *Freund* bist, solltest du zumindest wissen, wo ich wohne. Meine jetzige Adresse lautet Miami. Davor wohnte ich in Tucson, davor in Denver, davor in Los Angeles, davor in Atlanta, und ich denke, davor war es Harlem. Sicher bin ich mir jedoch nicht."

„Harlem, New York?"

„Harlem, Montana – saukalt und total einsam. Als Urlaubsort ist es nicht zu empfehlen."

„Ich werde es mir merken."

„Meine Frostbeulen sind bis heute nicht weg. Aber wenigstens weiß ich jetzt, dass man niemals in eine Stadt ziehen sollte, in der man in jedem Geschäft lange Unterhosen aus Flanell kaufen kann." Sie räusperte sich unvermittelt. „Da wir schon beim Thema sind, *Freund,* wenn du mich beim nächsten Mal küsst, warne mich doch bitte vor. Nur meiner Geistesgegenwart ist es zu verdanken, dass ich dir keine gescheuert habe."

Grant glaubte ihr kein bisschen. Sie hatte nämlich nicht eine Sekunde gewirkt, als wolle sie ihm eine scheuern. Dafür war sie zu sehr bei der Sache gewesen und hatte den Kuss ein bisschen zu enthusiastisch erwidert. Allein die Erinnerung an ihre weichen Lippen, die sich perfekt an seine geschmiegt hatten, und an ihren wundervollen Geschmack brachte Grant ziemlich aus der Fassung. Es hatte ihn übermenschliche Kraft gekostet, den Kuss zu beenden und ins Auto zu steigen.

„Ich wusste gar nicht, dass wir bei diesem Thema waren", entgegnete er lässig. „War es nicht in deinem Sinne, dem Polizisten eine ordentliche Show zu bieten?"

„Unbedingt", entgegnete sie lachend und fuhr freimütig fort: „Außerdem habe ich mich doch gar nicht darüber beschwert, dass du mich geküsst hast. Im Gegenteil!"

„Im Gegenteil?" Neugierig drehte er den Kopf in ihre Richtung.

Mac nickte und unterdrückte ein Gähnen. „Ich habe ein paar wirklich beschissene Tage hinter mir und konnte einen Kuss gut gebrauchen. Danke auch dafür."

Grant musste sich erst noch an ihre Art gewöhnen, bemerkte er, als er sprachlos den Mund schloss. Niemals zuvor war ihm eine Frau begegnet, die derart flapsig, gelassen und freimütig über Dinge sprach, die die meisten Menschen lieber für sich behielten. Es war erfrischend ... und gleichzeitig verwirrend. „Was meinst du mit beschissen?"

„Sagen wir mal so: Mir kam eine wichtige Angelegenheit dazwischen, die mich zwang nach Minnesota zu fahren und mein Flugticket nach Schottland verfallen zu lassen. In Minnesota stand mir eine ziemliche Demütigung bevor, ehe ich mit dem Bus nach Chicago fahren musste, um von dort aus nach London zu fliegen. Einen Direktflug hätte ich mir nämlich nicht leisten können. Anschließend habe ich diverse Zugverbindungen und Busfahrten hinter mich gebracht und bin zu einem pickeligen Jungen ins Auto gestiegen, nur um am Telefon zu erfahren, dass ich mir den Flug nach Großbritannien hätte sparen können, weil die Hochzeit, zu der ich eingeladen war, nicht stattfinden wird. Stattdessen werde ich bezichtigt, eine Fensterscheibe eingeschlagen zu haben und ... voilà. Hier bin ich!“

Grant schluckte. „Aha. Das klingt wirklich ... beschissen.“

„Total beschissen“, stimmte Mac ihm zu und begann, wütend zu klingen. „Ich hatte schon kein Geld, um zur Hochzeit meiner Freundin zu fliegen, und dass sie jetzt von diesem miesen Arschloch kurz vor der Hochzeit verlassen wurde, schlägt dem Fass den Boden aus! Ich meine ... kannst du dir das vorstellen? Der Kerl sagt zwei Tage vor der Hochzeit alles ab und macht mit ihr Schluss! Was für ein Mann tut das nur?“

Gute Frage. Grant hätte sie ihr sogar beantworten können, aber er hing an seinen Eiern und gab daher nur ein unbestimmbares Grunzen von sich.

„Zum Glück war ich nicht da, als er die Hochzeit

abgesagt hat", verkündete sie mordlüstern. „Dann hätte die Polizei tatsächlich einen Grund gehabt, um mich festzunehmen, weil ich ihn an seinen Eiern irgendwo aufgehängt hätte."

Gut, dass er die Klappe gehalten hatte. Sie hatte es tatsächlich auf seine Eier abgesehen.

Innerlich stöhnte Grant auf, drosselte das Tempo, weil er ein paar Straßenschilder vor sich entdeckte, und gab leichthin zu bedenken: „Man kann keinem Menschen in den Kopf sehen. Vielleicht ist ihm aufgefallen, dass eine Hochzeit nicht das Richtige für sie beide war."

„Wie bitte?"

Er hob eine Hand. „Ich meine doch nur ..."

„Wenn ein Mann einer Frau einen Heiratsantrag macht, sollte er sich so sicher sein, dass es das Richtige ist, damit er nicht zwei Tage vor der Trauung kalte Füße bekommt und verschwindet."

Grant hielt es für besser, darauf nichts zu erwidern.

„Menschen, die freiwillig heiraten, sind sowieso entweder schrecklich optimistisch oder wahnsinnig dumm", erklärte Mac mit einem müden Seufzer. „Wer tut sich dieses Drama freiwillig an?"

„Das klingt, als hättest du bereits schlechte Erfahrungen mit der Ehe gemacht."

Sie schüttelte den Kopf. „Nein, habe ich nicht. Aber man muss kein Genie sein, um Statistiken zu verstehen, die davon sprechen, dass mindestens jede zweite Ehe geschieden wird."

„Ich hoffe, dass du das nicht deiner Freundin gesagt hast, als sie dir erzählt hat, dass sie heiraten wird."

„Ach, ich glaube, dass Harper sowieso jede verfügbare Statistik zu diesem Thema kennt. Sie ist sehr analytisch, musst du wissen."

„Aha." Er gab sich völlig unbeteiligt, auch wenn der Begriff analytisch nicht unbedingt das erste Adjektiv war, das er in Bezug auf Harper benutzen würde. Gemessen an den letzten Tagen wären besessen, durchgedreht, kontrollsüchtig und diktatorisch bessere Beschreibungen gewesen.

„Harper ist übrigens meine Freundin, die gestern erst von diesem Scheißkerl verlassen wurde", erklärte Mac ihm.

„Das habe ich mir fast gedacht." Aha. Ein Scheißkerl war er also.

„Die Arme!" Mac klang plötzlich völlig verzweifelt. „Er muss ihr das Herz gebrochen haben, das Schwein! Bestimmt weint sie sich gerade die Augen aus dem Kopf. Ich hoffe, sie wird das, was er ihr angetan hat, halbwegs verkraften können. Sie muss am Boden zerstört sein."

Beinahe wäre er in einen Hustenanfall ausgebrochen, denn ganz sicher hatte er Harper nicht das Herz gebrochen! Viel eher hatte er das Gefühl gehabt, ihr einen Gefallen zu tun, als er davon sprach, dass sie beide diese Hochzeit gar nicht wollten. Dass er ihr etwas Unverzeihliches angetan hatte und dass sie am Boden zerstört war, stimmte nicht. Überhaupt nicht.

„Erzähl doch mal, Mac. Was machst du beruflich?“, warf er rasch ein, bevor Mac sich in weiteren Fantasien darüber ergehen konnte, wie sie ihn abschlachtete, sobald sie ihn – den Scheißkerl – in die Finger bekam.

Wenn sie erstaunt darüber war, dass er das Thema gewechselt hatte, zeigte sie es nicht. „Ich arbeite in Miami bei einer Autovermietung – ja“, antwortete sie auf eine Frage, die nicht gestellt wurde. „Der Job ist genauso aufregend und glamourös, wie er klingt.“

Er musste schmunzeln.

„Und was machst du, wenn du nicht zufällig unschuldige Landsfrauen davor rettest, in einen schottischen Knast einzufahren?“

Obwohl er ahnte, wie ihre Reaktion ausfiel, erwiderte er wahrheitsgemäß: „Ich bin Anwalt.“

„O Gott.“ Sie stöhnte. „Das ist nicht dein Ernst!“

„Hast du was gegen Anwälte?“

„Nicht unbedingt“, erwiderte sie trocken. „Wenn sie mir nicht nach dem zweiten Date ihre Mutter vorstellen wollen und meine Mailbox nicht mit Nachrichten vollquasseln, komme ich ganz gut mit ihnen klar.“

„Schlechte Erfahrungen gemacht?“

Leichthin vertraute sie ihm an: „Er hieß Gordon, fuhr einen Volvo und wohnte im Haus neben seiner

Mom. Sie hatten sogar die gleichen Fußmatten! Es würde mich nicht wundern, wenn seine Freitagabendbeschäftigung die ist, mit seiner Mom die neuesten Folgen von Criminal Minds zu schauen, dabei im Pyjama mit ihr auf ihrer mit Plastikfolie überzogenen Couch zu sitzen und ihre Fußsohlen mit einem Bimsstein zu bearbeiten."

Grant verschluckte sich an seiner eigenen Atemluft und hätte fast das Lenkrad verrissen. „Verdammt … *was?!*"

Mac lachte fröhlich auf. „Ich erzähle dir die volle Wahrheit. Er war ein Freak. Und ein Anwalt."

„Und er bearbeitet die Fußsohlen seiner Mom mit einem Bimsstein?!", wollte er ungläubig wissen und sah sie zweifelnd an.

„Das ist lediglich meiner blühenden Fantasie entsprungen. Bevor ich seine Mom kennenlernen musste, habe ich das Ganze beendet." Sie streckte sich und gähnte. „Männer meinen es ernst, wenn sie eine Frau den Eltern vorstellen wollen, aber das zwischen uns war nicht ernst. Außerdem bin ich kein Fan von Fußmatten."

„Was hast du gegen Fußmatten?"

„Sie sind hässlich", entgegnete sie gähnend und rieb sich dabei über das Gesicht.

„Du bist müde." Das war keine Frage, sondern eine Feststellung. Grant konnte schon seit geraumer Zeit beobachten, wie sie sich über das Gesicht rieb und gähnte. Nach dem Horrortrip, den sie ihm gerade beschrieben hatte, war es kein Wunder, dass sie müde war.

Als sie aufgezählt hatte, was sie auf sich genommen hatte, um nach Schottland zu kommen, damit sie bei der Hochzeit ihrer Freundin dabei sein konnte, hatte er Respekt für sie empfunden. Mac mochte chaotisch und ein bisschen durchgeknallt sein. Außerdem trug sie ihr Herz auf der Zunge, aber eines war klar: Sie war loyal.

„Schon okay. Ich brauche nur eine Tasse Kaffee." Offenbar unterdrückte sie ein weiteres Gähnen. „Gibt es hier irgendwo eine größere Stadt, in der du mich rausschmeißen könntest?"

Die Vorstellung, sie irgendwo abzusetzen und zuzuschauen, wie sie verschwand, hatte etwas Ernüchterndes an sich. Zwar fürchtete Grant um seine Möglichkeit, jemals Kinder zu zeugen, sollte sie herausfinden, wer er war, aber er hatte auch keine Lust, Mac so schnell wieder gehen zu sehen.

Also überging er ihre Frage. „Nur ein paar Meilen entfernt gibt es ein Hotel, in dem ich für diese Nacht reserviert habe. Bestimmt hat es noch ein paar Zimmer frei. Du solltest dich erst einmal ausschlafen."

Mac zog ihre Beine an den Körper und klang völlig gelassen, als sie kopfschüttelnd erwiderte: „Vermutlich kostet ein Zimmer dort mehr als die vierzig Dollar, die ich noch in der Tasche habe. Also fällt die Option weg. Wenn ich aber in deinem Auto schlafen darf ..."

„Ganz sicher lasse ich dich nicht im Auto schlafen!“

Anscheinend hatte sie ihn missverstanden, weil sie beteuerte: „Keine Sorge, du kannst den Schlüssel mitnehmen, wenn du dir Sorgen machst, dass ich mit deinem Wagen abhaue. Und ich verspreche dir hoch und heilig, dass ich das Auto nicht kurzschließen werde, obwohl ich es könnte.“

Grant war sich nicht sicher, ob sie ihn auf den Arm nahm. „Das Auto ist ein rund zehn Jahre alter Toyota, der so viele Meilen runter hat, dass man problemlos bis nach Australien und wieder zurück damit gefahren sein kann. Du müsstest echt verzweifelt sein, diese alte Karre zu klauen.“

„Auch wieder wahr.“ Sie gluckste. „Also darf ich im Auto schlafen?“

„Natürlich nicht! Du schläfst im Hotel“, bestimmte er.

„Aber ...“

„Ich zahle dein Zimmer.“

„Das kommt gar nicht infrage“, protestierte sie sofort. „Du wirst nicht mein Zimmer zahlen!“

Grant verdrehte die Augen. „Dann gib mir das Geld halt irgendwann zurück.“

„Auf keinen Fall!“

Stirnrunzelnd erklärte er ihr mit der Stimme, die er immer benutzte, wenn er mit einem widerspenstigen Gegner verhandelte, dem er deutlich machen wollte, dass er kein anderes Angebot akzeptieren würde: „Ich lasse eine Frau nicht im Auto schlafen, und ich setze sie auch nicht mitten in der Nacht in einer fremden Stadt ab, während sie todmüde ist und vierzig Dollar in der Tasche hat. Wofür hältst du mich denn?“

„Ich komme schon zurecht.“

„Das glaube ich dir, aber ich käme nicht damit zurecht, dich irgendwo abzusetzen und einfach weiterzufahren. So etwas tue ich nicht.“

Mac antwortete nicht sofort, sondern schien nachzudenken.

Im Auto herrschte für ein paar Augenblicke Stille.

„Das ist sehr ... ritterlich von dir.“ Es klang nicht abfällig, sondern eher wie ein unerwartetes Kompliment.

„Ich bin nicht ritterlich. Nur könnte ich es nicht mit meinem Gewissen vereinbaren, irgendwann die Nachrichten einzuschalten und dein Fahndungsfoto zu sehen, mit dem man dich in ganz Großbritannien sucht, weil du irgendeinen armen Idioten an den Eiern aufgehängt hast und wie Robin Hood durch die Wälder streifst.“

Mac gluckste. „Und dabei kann ich gar nicht mit Pfeil und Bogen umgehen.“

„Du musst nicht versuchen, mich abzulenken“, beschied er bestimmend. „Du schläfst in einem Hotelzimmer.“

„Okay, schon überredet“, grummelte Mac wie ein

Märtyrer, auch wenn er aus dem Augenwinkel sehen konnte, dass sie grinste.

„Gut."

„Vielen Dank, Grant. Noch einmal."

„Keine Ursache."

Sie räusperte sich. „Erwartest du eigentlich sexuelle Gegenleistungen für deine Hilfe?"

Empört schnappte er nach Luft. „Selbstverständlich nicht!"

Mac seufzte. „Das hatte ich befürchtet."

Er hörte wohl nicht recht. „Was?!"

Sie hob die Schultern in die Höhe. „Ritterliche Männer wollen nie sexuelle Gegenleistungen für ihre Hilfe. Schade."

Obwohl er wusste, dass sie ihn nur foppte, wurde seine Kehle trocken. „Was meinst du mit *schade*?"

„Nichts", entgegnete sie leichthin, um dann sofort das Thema zu wechseln. „Glaubst du, dass es in dem Hotel auch Frühstück gibt?"

Innerlich ächzte er, denn sobald sie über sexuelle Gefälligkeiten gesprochen hatte, war ihm heiß geworden. Verdammt heiß.

KAPITEL 5

Grant war nicht der einzige Mann, der aufschaute, als Mac den Frühstücksraum betrat.

Überall drehten sich Köpfe zu der dunkelhaarigen Frau um, die fröhlich und beschwingt die Hand hob und ihm winkte, während sie einer älteren Frau ein strahlendes Lächeln schenkte, als die ihr entgegenkam.

„Gott, ich habe fantastisch geschlafen", erklärte sie zufrieden und setzte sich ihm gegenüber an den quadratischen Tisch, an dem er in der vergangenen halben Stunde in aller Ruhe gefrühstückt und dabei überlegt hatte, was er mit seiner unerwarteten Begleitung anstellen sollte. Jetzt war Mac hier, und Grant konnte sich nur auf den entspannten Ausdruck in ihrem Gesicht und auf das Funkeln ihrer Augen konzentrieren.

Den Aufruhr, den sie unter den männlichen Gästen des kleinen Landhotels verursachte, bemerkte sie offenbar nicht.

Grant bemerkte ihn sehr wohl, und er verstand ihn. Im hellen Tageslicht wurde ihm nämlich erst wirklich bewusst, welche Erscheinung Mac war und dass sich alle Augen auf sie richteten, sobald sie einen Raum betrat. Ihm ging es schließlich nicht anders. Sie zog die Aufmerksamkeit anderer Menschen auf sich. Groß, schlank, mit perfekten Kurven an den richtigen Stellen, langen Beinen, einem beinahe katzenhaften Gang und einer dunklen Mähne. Dazu kamen ein exotisches, bildschönes Gesicht mit faszinierenden Augen und einer Souveränität, die einen Betrachter umwarf. Mac war keine klassische, aber eine rassige Schönheit, und sie machte nicht den Anschein, damit zu kokettieren.

Vor allem nicht, wenn sie Jeans und ein kariertes Hemd trug, das sie sich in die Hose gestopft hatte.

„Das Bett ist einfach nur der Wahnsinn. Und das Bettzeug erst! Wenn ich noch etwas Platz in meiner Tasche hätte, würde ich das Laken abziehen, in meine Tasche hineinstopfen und wäre über alle Berge, bis sie bemerken könnten, dass es fehlt." Sie zwinkerte ihm zu. „Wie gut, dass sie deine Kreditkarte registriert haben und nicht meine."

Er kam sich wie ein Idiot vor, als er erwiderte: „Schön, dass du so gut geschlafen hast."

„Ich habe wie ein Baby geschlafen." Sie schnappte

sich die Frühstückskarte und warf einen Blick hinein. „Kannst du etwas empfehlen? Ich merke, dass ich regelrecht ausgehungert bin."

Während sie nachdenklich auf ihrer Unterlippe herumkaute, fragte sich Grant, warum er sie wie ein hypnotisiertes Erdmännchen anstarrte. „Ich hatte Spiegeleier mit Speck. Die waren ziemlich gut."

„Hm. Eggs Benedict klingen auch nicht schlecht. Ich denke, ich werde die probieren." Über die Karte hinweg sah sie ihn an. „Hast du schon einmal versucht, Eier zu pochieren? Ich habe es einmal ausprobiert und mir dabei den halben Daumen versengt." Zur Verdeutlichung hielt sie ihm ihre linke Hand unter die Nase. „Man sieht immer noch eine Brandnarbe. Seither esse ich Eggs Benedict nur noch auswärts."

Was sollte er darauf antworten?

Zum Glück kam er nicht in die Verlegenheit, nach einer passenden Erwiderung suchen zu müssen, da eine Kellnerin an den Tisch trat, Mac Kaffee einschenkte und ihre Bestellung entgegennahm.

„Tut das gut." Genießerisch nahm sie einen Schluck Kaffee, als die Kellnerin verschwunden war.

„Du scheinst hungrig zu sein."

„Ich bin nicht hungrig, sondern ausgehungert." Sie blinzelte ihm zu. „Außerdem habe ich mir den Luxus gegönnt, gleich zweimal zu duschen – gestern Abend und heute Morgen. Endlich konnte ich mir den ganzen Flugzeugmief abwaschen."

„Flugzeugmief?“ *Ja, konzentriere dich lieber auf den Flugzeugmief und nicht auf die Vorstellung, wie sie unter der Dusche steht, du Perverser!*

„Nach einem Flug fühle ich mich immer irgendwie klebrig und verschwitzt. Außerdem atmet man dort oben unter anderem die Hautzellen der anderen Passagiere ein. Ein Leben als Stewardess wäre mein ganz persönlicher Albtraum.“

Grant verzog das Gesicht. „Darüber habe ich noch nie so genau nachgedacht, aber vielen Dank für meine spontane Aversion gegen Flugzeuge.“

Schmunzelnd nahm sie einen weiteren Schluck Kaffee. „Hast du denn auch gut geschlafen?“

„Ziemlich gut.“ Grant lächelte schwach und verriet ihr nicht, dass er die halbe Nacht wach gelegen und über das Chaos nachgedacht hatte, das er verursacht hatte. „Ich habe noch ziemlich lange irgendeine Comedysendung geschaut und bin darüber eingeschlafen. Irgendwann wurde ich mitten in der Nacht wach, als eine Folge *Game of Thrones* lief. Erst dachte ich, dass es ein mittelalterlicher Porno sei, aber dann wurde dem Typen in der Fellweste der Kopf abgeschlagen, während er sich auf einer Sklavin mit goldener Halskrause abmühte. Das nenne ich mal einen Coitus interruptus!“

Ihre Reaktion folgte, als ihr der Kaffee fast aus der Nase lief. Mac begann schallend zu lachen und erregte prompt die Aufmerksamkeit der anderen Gäste.

Weil sie ihn gestern ritterlich genannt hatte, reichte er ihr seine Serviette und lehnte sich anschließend zurück in seinem Stuhl, um sie dabei zu beobachten, wie sie sich die Nase putzte.

„Gib es zu! Das hast du mit Absicht getan, Grant."

„Du meinst, ich wollte, dass dir Kaffee aus der Nase läuft?", fragte er überrascht.

„Nein." Sie verdrehte die Augen. „Du hast mich absichtlich neugierig auf mittelalterliche Pornos gemacht. Die wären mir neu. Ich kenne nur die Version *Ich kann die Pizza nicht bezahlen, Herr Lieferdienst* und die Version *Ups, warum liegt denn hier Stroh*. Fellwesten klingen nach einem besonderen Fetisch."

Das war auch eine Premiere, denn bisher hatte er niemals eine Frau derart freimütig über Pornos reden hören. Er hob beschwörend seine Hände in die Höhe. „Du fragst den Falschen, wenn du etwas über Mittelalterpornos wissen willst. Fellwesten sind nicht mein Ding."

Sie gluckste amüsiert und stürzte sich gleich darauf auf ihr Frühstück, das die Kellnerin auf den Tisch stellte.

Da er in den vergangenen Wochen nur zu sehen bekommen hatte, wie Harper an Salatblättern geknabbert hatte, um in ihr Hochzeitskleid zu passen, war es ein regelrechtes Vergnügen, Mac beim Essen zu beobachten. Sie war völlig auf ihr Frühstück konzentriert, aß mit sichtbarer Freude und ließ sich Zeit, jeden Bissen zu genießen.

Währenddessen schwiegen beide, bis sie den Blick hob, ihren Kopf zur Seite legte und ihn interessiert musterte.

„Erzähl mal ein bisschen von dir, Grant."

„Was willst du denn wissen?", fragte er mit professioneller Ruhe nach.

Ihr rechter Mundwinkel hob sich ein Stück an. „Was macht ein unverheirateter Mann alleine in Schottland?"

„Wie kommst du darauf, dass ich nicht verheiratet bin?"

„Du trägst keinen Ring am Finger." Sie deutete auf seine linke Hand.

„Gute Beobachtungsgabe."

„Danke." Mac grinste vergnügt. „Was stimmt mit dir nicht?"

Grant blinzelte verwirrt. „Was soll mit mir nicht stimmen?"

„Du bist Anwalt, siehst sehr gut aus und scheinst ein wirklich netter Kerl zu sein. Wie kommt es also, dass du noch nicht verheiratet bist?"

„Ich bin der Ehe knapp entkommen", erklärte er trocken.

Mac schien das für einen Witz zu halten, weil sie fröhlich auflachte. „Du bist dem Tod also gerade noch von der Schippe gesprungen?"

„So könnte man es nennen", stimmte er ihr räuspernd zu. „Wir ... Nun, wir haben uns gut verstanden, aber zwischen uns gab es keine brennende, ewige Liebe. Deshalb haben wir nicht geheiratet."

„Wollen Männer das heutzutage?" Interessiert musterte sie ihn und tunkte dabei ein Stück Toast in die Sauce hollandaise auf ihrem Teller. „Brennende, ewige Liebe? Ich dachte immer, den meisten würde eine hübsche Frau mit gut geformten Brüsten und einem ansehnlichen Hintern reichen."

Als wäre es das Normalste von der Welt, in einem Frühstücksraum über gut geformte Brüste und ansehnliche Hintern zu sprechen, gab er zurück: „Hübsche Frauen mit gut geformten Brüsten und ansehnlichen Hintern findest du an jeder Ecke, aber für eine Heirat braucht man doch etwas mehr. Was hast du davon, dass deine Frau ein heißes Gerät war, wenn du mit ihr in vierzig Jahren nichts zu bereden hast und nichts mehr an ihr gut geformt oder ansehnlich ist?"

„Himmel, du bist ja ein richtiger Romantiker", stöhnte Mac gespielt verzückt auf.

„Ich bin Realist. Das haben Anwälte so an sich", scherzte er, bevor er etwas ernster wurde. „Ehrlich gesagt weiß ich sowieso nicht, warum man unbedingt heiraten muss."

„Meine Rede", stimmte sie ihm zu.

„Ich meine es ernst. Heutzutage muss man nicht einmal verheiratet sein, wenn man zusammen ein Kind bekommt oder einen Hauskredit aufnehmen will. Im Grunde ist eine Ehe nichts anderes als eine romantische Geste, die das Brautpaar ein Vermögen kostet und beiden graue Haare beschert. Außerdem sind Hochzeitsvorbereitungen prozentual gesehen mit einer der Hauptgründe für eine Trennung." Er wusste, wovon er sprach.

Mac wirkte überrascht. „Du bist ein Pessimist."

„Nein, nur ein Realist." Er hielt es für besser, über sie zu reden, anstatt seinen aktuellen Beziehungsstatus zu diskutieren oder Mac zu erklären, warum er derart realistisch über Hochzeiten dachte. „Und was ist mit dir?"

„Was soll mit mir sein?"

„Ich weiß nur, dass du Volvo fahrende Anwälte, die die Fußsohlen ihrer Mütter mit Bimssteinen bearbeiten, nicht leiden kannst. Mehr hast du nicht verraten. Gehörst du den Frauen an, die verheiratet sind, aber keine Eheringe tragen?" Nun deutete er auf ihre linke Hand, an der ebenfalls kein Ring zu sehen war.

„Du meinst, ob ich verheiratet bin?" Mac schüttelte heftig den Kopf. „O nein! Ganz sicher nicht."

„Gibt es einen Freund?"

„Falls es einen gäbe, dann hätte er einen schlechten Job gemacht, als er mich allein zu einer Hochzeit fliegen ließ, meinst du nicht?"

„Da magst du recht haben."

Mac schob ihren Teller von sich. „Du hast mir noch

nicht erzählt, was dich nach Schottland gebracht hat. Und wo kommst du überhaupt her?"

„Washington", erwiderte er, ohne nachzudenken.

„Das macht Sinn – in der Stadt wimmelt es vor Anwälten."

Fast hätte er den Fehler gemacht, sie zu korrigieren, da er den Bundesstaat Washington und nicht die Stadt gemeint hatte, aber vielleicht wäre es zu auffällig gewesen, wenn er ihr erzählt hätte, dass er in Seattle wohnte – genauso wie Harper und deren Exverlobter, dessen Name Mac entfallen sein musste.

„Eigentlich wollten ein Kumpel und ich hier Urlaub machen", überging er rasch das Thema seines Wohnortes. „Ihm ist in letzter Minute etwas dazwischengekommen, also bin ich alleine nach Schottland geflogen", log er dreist.

„Sozusagen ein Kumpeltrip nach Schottland?"

„Genau."

„Da habt ihr euch ja einen eher untypischen Urlaubsort ausgesucht", erklärte sie mit gerümpfter Nase. „Ich hätte eher auf die Bahamas oder Mexiko getippt."

„Wir wollten einen Roadtrip durch Großbritannien machen. Er ist ein leidenschaftlicher Angler und Wanderer und ich wollte schon immer nach Edinburgh und London", bekannte Grant. „Also passte es ganz gut."

„Du fährst nach London?"

Angesichts ihres überraschten Tonfalles forschte er in ihrem Blick. „Ja. Von dort fliege ich wieder zurück in die Staaten – und zwar in zwölf Tagen. Wieso?"

Ihre Schultern sackten hinunter. „Ach, Mist. Wenn du morgen geflogen wärst, hätte ich dich dreisterweise gefragt, ob du mich mitnimmst. Die Flugtickets von dort zurück in die USA sind um einiges günstiger als von Schottland aus."

„Heißt das, dass du noch kein Rückflugticket hast?"

Mac schüttelte den Kopf und verzog anschließend den Mund zu einer Grimasse. „Leider nicht. Eigentlich wollte ich meine Freundin Lucy bitten, mir etwas Geld zu leihen, damit ich mir ein Rückflugticket kaufen kann, aber das wäre jetzt etwas ... taktlos. Na ja, mein eigentlicher Plan war auch keine Glanzleistung und ziemlich peinlich."

„Hast du also kein Geld für das Ticket?"

Mit einer Ungezwungenheit, die Grant in dieser Situation sicherlich nicht besessen hätte, verdrehte Mac die Augen. „Das ist kein Drama. Ich rufe meinen Boss an und bitte ihn darum, mein neues Gehalt ein paar Tage früher zu überweisen. Vermutlich stimmt er nur zu, wenn ich endlich mit ihm ausgehe, aber davon bringe ich ihn schon ab, sobald ich wieder in Miami bin."

„Mac, das klingt nach sexueller Belästigung am Arbeitsplatz", grollte Grant.

„Gott, du klingst wie ein Anwalt." Sie lachte ungerührt. „Mein Boss ist harmlos. Wirklich. Ich bin sicher, er überweist das Geld, auch wenn er mit den Zähnen knirschen wird."

Grant konnte sich gut vorstellen, dass Mac dazu imstande war, ihren Boss um den kleinen Finger zu wickeln. Trotzdem gefiel ihm die Vorstellung nicht, dass sie sich mit einem Vorgesetzten herumschlagen musste, der auf ein Date mit ihr aus war.

Bevor er über die Tragweite seines Angebots nachdachte, sprudelte es aus ihm heraus: „Wenn du ein Flugticket brauchst, kannst du das Ticket meiner … *meines* Kumpels haben. Es wäre gar kein Problem, es auf einen anderen Namen übertragen zu lassen. Und die Zwischenlandung in Atlanta würde für dich bedeuten, dass du problemlos nach Hause kämst. Bezahlt ist es auch schon."

„Ist das dein Ernst?" Mac schaute ihn fassungslos an.

„Natürlich. Es gehört dir, wenn du es willst."

„Aber …" Sie schüttelte den Kopf. „Das geht nicht."

„Natürlich geht das. Mein *Kumpel* hätte nichts dagegen."

„Selbst wenn – du fliegst doch erst in knapp zwei Wochen zurück."

Enttäuschung machte sich in ihm breit. „Du musst arbeiten und hast nicht frei. Ich verstehe."

Sie fuhr sich mit der Zunge über die Lippen und schluckte. „Nein … darum geht es nicht. Ich habe haufenweise Überstunden, die ich endlich in Anspruch nehmen könnte, aber ..." Sie atmete hörbar aus. „Aber wie soll ich mir einen fast zweiwöchigen Urlaub mit vierzig Dollar in der Tasche leisten? Da wäre ein neues Ticket günstiger."

„Ein Ticket, das du vermutlich nur dann bezahlen kannst, wenn du mit deinem Boss ausgehst", erinnerte sie und setzte sich aufrecht hin, während er mit ruhiger und überzeugender Stimme argumentierte: „Hör mal, Mac. Die Hotels sind schon bezahlt. Das Ticket ist schon bezahlt, und ehrlich gesagt habe ich keine Lust, die nächsten zwölf Tage allein Sightseeing zu machen. Mit einer Begleitung wäre es gleich viel netter. Außerdem bist du witzig. Ich denke, wir könnten viel Spaß haben."

„Spaß?" Vielsagend schaute sie ihn an.

„Hey. Nicht das, was du denkst." Grant schnaubte. „Ich meinte das völlig unschuldig."

„Und jetzt wirst du wahrscheinlich beteuern, dass du jede Nacht auf der Couch schläfst, während ich das Bett bekomme."

Er schnalzte mit der Zunge. „Wir haben jeweils zwei Zimmer gebucht. Also muss keiner auf der Couch schlafen."

Misstrauisch runzelte sie die Stirn. „Zwei Zimmer? Verdient man als Anwalt so gut, dass man sich mit seinem Kumpel kein Zimmer teilen will?"

Sie war nicht nur misstrauisch, sondern auch sehr aufmerksam und scharfsinnig.

„Das war seine Idee", erwiderte er abgeklärt und schob alles auf seinen Kumpel, der gar nicht existierte. Wer auch immer behauptet hatte, dass Anwälte lügen konnten, ohne mit der Wimper zu zucken, hatte verdammt richtiggelegen. „Vermutlich wollte er auf dieser Reise Frauen aufreißen. Außerdem schnarcht er wie ein Fall für den HNO-Arzt."

Ihre Mundwinkel zuckten. „Verletzt du nicht gerade die Privatsphäre deines Kumpels?"

„Scheiß drauf."

Mit einem Lachen reagierte sie auf seinen Kommentar.

Er legte den Kopf schief. „Komm, Mac, ruf deinen Boss an, und sag ihm, dass du dir Urlaub nimmst. Du kannst ihm auch von mir ausrichten, dass ich im Gegensatz zu ihm keine sexuellen Gefälligkeiten erwarte."

Ihre Stimme klang zweifelnd. „Wer's glaubt, wird selig."

~

MAC BEFAND sich ein paar Meter von Grant entfernt und beobachtete, wie er an der Rezeption des Hotels stand, in dem sie in der vergangenen Nacht geschlafen hatten, und für sie beide auscheckte.

Grübelnd musterte sie den Mann in den gut sitzenden Jeans und dem akkurat gebügelten Polohemd, dessen Haar perfekt saß und der aussah, als würde er jeden Moment nach seinem Caddy rufen, um eine Partie Golf mit seinen Geschäftsfreunden zu spielen. Tatsächlich sah er wie ein Anwalt aus – wie ein süßer Anwalt, der neben seinem Job einige Zeit in einem Fitnessclub verbringen musste, denn unter seinem dunkelblauen Polohemd konnte Mac breite Schultern ausmachen, die bestimmt nicht davon kamen, langweilige Gesetzestexte durchzuarbeiten.

Mit Anwälten kam Mac eigentlich überhaupt nicht zurecht. Sie waren arrogant, egozentrisch, unlustig, auf den Job fixiert und bierernst. Sie hatte schon einige kennengelernt, um zu wissen, dass es kein Klischee war, dass Anwälte Spaßbremsen waren. Mit ihnen konnte man nicht auf den Putz hauen oder spontan sein. Zwar kannte sie Grant noch nicht sehr gut, aber als Spaßbremse hätte sie ihn nicht unbedingt beschrieben. Vielleicht als zurückhaltend, aber sicherlich nicht als arrogant und egozentrisch.

Sie konnte ihn noch nicht wirklich einschätzen.

Normalerweise dauerte es nicht lange, bis sie herausgefunden hatte, worauf ein Mann aus war, wenn sie ihn kennenlernte. Bei Grant war das nicht der Fall. Was sie bisher festgestellt hatte, war, dass er hilfsbereit war, sich wie ein Gentleman der alten Schule benahm, einen trockenen Humor besaß und etwas zugeknöpft wirkte, wenn er nicht gerade lächelte. Sobald er lächelte ... *wow*!

Sobald er lächelte oder gar grinste, sah er gar nicht mehr wie ein zugeknöpfter Anwalt auf dem Weg zum Golfplatz aus. Dann wurde aus ihm ein heißer Kerl, dessen dunkle Augen Abenteuer und Spaß versprachen und dessen Mund so unwiderstehlich war, dass sich Mac zurückhalten musste, sich nicht auf ihn zu stürzen. Erst gestern Abend hatte sie eine winzige Kostprobe davon bekommen, wie es sich anfühlte, wenn Grant sie küsste.

Verdammt, in welches Chaos hatte sie sich da nur wieder hineingestürzt?

Mittlerweile war sie aus dem Alter heraus, unüberlegt zu handeln. Und sich darauf einzulassen, fast zwei Wochen mit einem beinahe fremden, extrem süßen Mann durch Großbritannien zu reisen, war richtig unüberlegt.

In ihren wilden Jahren mit Mitte zwanzig hatte sie sich auf solche Gelegenheiten eingelassen, ohne zu zögern. Einmal wäre sie fast einer Hippiekommune nach Mittelamerika gefolgt, wenn Blair und Jake sie nicht in letzter Sekunde von dieser Idee abgebracht hätten. Aber auch ohne Hippiekommune hatte sie viel erlebt und hatte dem Begriff Spontanität vermutlich eine völlig neue Bedeutung gegeben.

Aber sie war nicht mehr Mitte zwanzig.

Warum hatte sie zugestimmt, mit Grant diesen

Roadtrip zu machen, den er eigentlich mit seinem Kumpel geplant hatte?

Vielleicht wollte sie noch einmal etwas Verrücktes tun, bevor sie wieder in Miami in einer Autovermietung saß und Kunden völlig sinnlose Vollkaskoversicherungen aufschwatzte oder bevor sie sich dazu entschied, in eine andere Stadt zu ziehen, und dort einen unterbezahlten Job machte, der todlangweilig war und ihre grauen Zellen absterben ließ.

Aber vielleicht lag es auch an Grant, den Mac nicht durchschaute und der nur schwer aus der Fassung zu bringen war. Irgendwie reizte es Mac, den smarten Anwalt in seinen Grundfesten zu erschüttern und aus seinem Winterschlaf zu reißen.

Was auch immer es war, Mac würde in den kommenden Tagen durch Großbritannien fahren und hätte eine neue Geschichte parat, die sie ihren Freundinnen erzählen konnte, wenn sie das nächste Mal mit ihnen sprach. Womöglich wurde aus Harpers verpatzter Hochzeit doch noch die Möglichkeit für eine gelungene Story, die sie zum Lachen bringen würde.

„Alles erledigt." Grant kam auf sie zu und rollte seinen Koffer neben sich her. Dieser war ebenso adrett wie Grant und dessen Kleidung – klassisch, glänzend, funktionell und vermutlich richtig teuer.

Ihre eigene Reisetasche hatte schon bessere Tage erlebt. Der Reißverschluss an der Seite funktionierte nicht mehr, der große Henkel war mittlerweile abgerissen und die Unterseite war so abgewetzt, dass man fast hindurchsehen konnte. Sie wollte sich gerade bücken, um die Tasche aufzuheben, als Grant ihr zuvorkam.

„Die nehme ich."

Er schien keine Widerworte zu dulden und ließ ihr den Vortritt, als sie durch das kleine Foyer des Hotels gingen und anschließend ins Freie traten. Während sie den Parkplatz betraten, der sich direkt vor dem Hotel befand, dachte Mac darüber nach, wann zuletzt jemand ihre Tasche getragen hatte.

Sie konnte sich nicht erinnern, wann ein Mann *jemals* ihre Tasche getragen hatte – von dem einen Mal abgesehen, als der Franzose, den sie im Bahnhof von New York kennengelernt hatte, mit ihrem Gepäck flüchten wollte. Seither war sie eigentlich pingelig, was ihr Gepäck anging, und ließ es nur ungern allein, doch bei Grant vermutete sie nicht, dass er ihre Reisetasche klauen wollte. Wieso hätte er auch ihr Hotelzimmer bezahlen sollen, um jetzt mit löchrigen Socken, Damenunterwäsche und einer halbvollen Flasche Trockenshampoo das Weite zu suchen?

„In der Nähe gibt es ein wundervolles Schloss, in dem schon einige Filme gedreht wurden. Sollen wir uns das ansehen?"

„Klar", rief Mac begeistert. Immerhin war sie

Amerikanerin und fand alles aufregend, was mit dem Prädikat *alt* versehen war.

Es dauerte nicht lang, bis sie das imposante Schloss mit der Sandsteinfassade erreichten, vor dessen Eingangstür bereits Autos und Reisebusse parkten. Anscheinend war der September ein beliebter Urlaubsmonat in Schottland. Nachdem sie einen Parkplatz gefunden hatten, schlenderten sie über den mit Kies ausgelegten Platz zum Eingang, wo Grant zwei Tickets besorgte. Mac war es ein bisschen unangenehm, dass er schon wieder bezahlte, jedoch notierte sie sich gedanklich auch diese Ausgabe, um ihm irgendwann all das Geld zurückzugeben, das er für sie ausgab. Ja, irgendwann, wenn sie nicht länger für einen Hungerlohn arbeitete. Eventuell sollte sie darüber nachdenken, als Leihmutter zu fungieren, überlegte sie gequält und musste bei dem Gedanken innerlich lachen, denn selbst der Job einer Gefängniswärterin würde besser zu ihr passen als der einer Leihmutter. Sie war so wenig mütterlich, wie Donald Trump sexy war.

„Warum lachst du?“ Grant schaute sie neugierig an und übergab ihre beiden Tickets dem Kartenabreißer, der wie alle Mitarbeiter eine wirklich hässliche Kombination aus grün karierten Hosen, einem weißen Hemd und einer ebenfalls grün karierten Weste trug.

„Ach, ich musste gerade nur daran denken, wie unser Präsident nackt aussieht.“

Grants Augenbrauen zuckten bis zum Anschlag

hoch. „Ist *das* ein besonderer Fetisch, von dem ich wissen sollte?“

„Pst“, ermahnte sie ihn, als sie die Eingangshalle betraten, in der riesige marmorne Statuen auf diversen Sockeln standen und ihre Schritte auf dem schwarzweiß gefliesten Boden zu hören waren.

Die riesige Eingangshalle mochte beeindruckend aussehen mit all den Statuen und der Kuppel über ihnen, durch deren Buntglasfenstern in verschiedenen Farben das Licht fiel, jedoch hätte Mac hier nicht gerne gewohnt. Dafür war der Raum viel zu kühl und unpersönlich. Der nächste Raum war ein Sammelsurium von verschiedenen Waffen und Geweihen sowie anderen Jagdtrophäen. Angesichts der vielen getöteten Tiere an den Wänden, die hier stolz präsentiert wurden, und der Fotos, auf denen Menschen mit ihrer erlegten Beute in Afrika und einem Dutzend anderer Orte abgebildet waren, fragte sich Mac, warum ausgerechnet die Amerikaner als Waffennarren galten. Hier hingen an den Wänden mehr Waffen, als man auf einer Waffenmesse in den USA finden konnte.

„Meinst du, es gibt einen Grund dafür, dass uns gleich am Anfang ein ganzes Waffenarsenal präsentiert wird?“ Mac beugte sich zu Grant und flüsterte: „Damit man erst gar nicht auf die Idee kommt, irgendeine antike Zuckerdose mitgehen zu lassen?“

„Mir ging bereits ein ähnlicher Gedanke durch den

Kopf. Wenn ich ein Einbrecher wäre, würde ich rückwärts wieder aus dem Fenster klettern."

„Vielleicht wappnen sich die Menschen hier auch nur gegen die anstehende Zombie-Apokalypse", mutmaßte sie und erntete ein Glucksen, das aus Grants Mund kam.

Einer der Aufpasser, der übereifrige Touristen gerade darüber belehrte, dass Fotos nicht gestattet waren, warf ihnen einen strengen Blick zu. Mac zog Grant daher lieber weiter in den nächsten Raum.

Sie besichtigten einen Salon mit zierlichen Sitzmöbeln und opulenten, roten Samtvorhängen, bevor sie einen riesigen Raum betraten, der das Esszimmer sein sollte. Ein lang gezogener Tisch, an dem gut und gerne fünfzig Menschen Platz fanden, war mit unzähligen Tellern, Gläsern und dem passenden Besteck gedeckt. Es musste ein wahrer Albtraum sein, das vermutlich kostspielige und antike Geschirr zu spülen. Hier wollte Mac nicht als Caterer arbeiten. Ihr hatte es ja schon gereicht, in einem Countryclub zu kellnern und snobistischen Frauen der feinen Gesellschaft glutenfreie, gummiartige Torten zu servieren, die sie freiwillig nie gegessen hätte.

Das Schlafzimmer, das Arbeitszimmer und die Kinderzimmer waren wenig spektakulär, auch wenn sie ebenso prunkvoll wie die restlichen Zimmer waren. Der Raum, den Mac interessant fand, war die lange Galerie, in der unzählige Gemälde hingen, die irgendwelche Familienmitglieder des Schlossbesitzers zeigten. Tote Familienmitglieder – gemessen an den altmodischen Perücken, Militärfracks und Ballkleidern.

„Soll das früher Mode gewesen sein?“ Mac stand vor dem Bild dreier junger Mädchen, von denen die Jüngste einen Mops im Arm hielt. Nicht nur die Tatsache, dass die drei Mädchen, die vermutlich Schwestern waren, die gleichen Glupschaugen wie der dicke Hund hatten, erregte ihre Aufmerksamkeit. Mac starrte vor allem die weißen Perücken an, die die Mädchen im Alter von ungefähr sechs bis zwölf Jahren trugen.

„Was meinst du?“ Grant trat neben sie.

„Weiße Perücken? Wer trägt denn freiwillig weiße Perücken? Ich würde mir mein Haar auf der Stelle färben, wenn ich ein graues Haar entdecken würde. Und damals haben sie sogar kleinen Kindern diese Scheußlichkeiten auf den Kopf gesetzt. Abgesehen davon hätten die armen Dinger ein Mittel gegen Schilddrüsenüberfunktion bekommen sollen. Schau dir diese Augen an.“ Sie seufzte mitleidig.

„Vermutlich ist das was Genetisches.“ Grant deutete auf ein anderes Bild, das gleich daneben hing. Ein äußerst korpulenter Mann mit ebenfalls weißer Perücke auf dem Kopf und ähnlichen glupschartigen Augen war dort in einer roten Uniform abgebildet, die sogar auf dem Gemälde aussah, als würde sie jeden Moment platzen.

Zweifelnd betrachtete Mac das Bild. „Eine Schilddrüsenüberfunktion scheint der eigentlich nicht zu haben – eher eine -unterfunktion."

Grant stieß ein dunkles, tiefes Lachen aus, das durch die Galerie hallte und die grün karierte Aufpasserin am anderen Ende mahnend den Kopf schütteln ließ. Mac grinste und stieß Grant in die Seite.

Währenddessen flüsterte sie ihm vertraulich zu: „Wir werden gleich rausgeworfen. Unsere Aufpasserin sieht schon strafend zu uns herüber."

„Du irrst dich", flüsterte er zurück. „Niemand wirft uns raus. So unhöflich sind die Schotten nicht. Wir würden freundlich nach draußen eskortiert werden – mehr nicht."

„So, so." Sie nickte einem weiteren Bild zu. „Im Gegensatz zu unserem Schwergewicht in der roten Uniform scheint es ihr nicht geschmeckt zu haben. Oder warum schaut sie so verbiestert auf uns herab?"

„Verstopfung", schlug Grant nach einem Blick auf eine schwarz gekleidete, ältere Frau vor, die die Lippen fest zusammengepresst hatte und geradezu herrisch wirkte. „Wenn du Verstopfung hättest und stundenlang für ein Bild Modell sitzen müsstest, würdest du auch so verkniffen aussehen."

Nun begann Mac laut zu lachen, denn Grant hatte es auf den Punkt gebracht.

Bevor man sie tatsächlich aus dem Schloss hinauseskortieren konnte, verließen sie die Galerie und fanden sich schließlich in einem Souvenirgeschäft wieder, das am Ende der Schlossbesichtigung allerlei Unsinn wie Teeservice mit den Konterfeis von Prinz William und seiner Frau Kate oder Shortbread in Form von Hochlandrindern anbot. Mac und Grant ließen diesen Teil der Tour aus und gingen ins Freie, wo ein Weg in den prachtvollen Blumengarten führte.

Hinter einer alten Steinmauer, die mit Efeuranken bedeckt war, befand sich der wohl bunteste und schönste Garten, den Mac jemals zu Gesicht bekommen hatte. Der Garten stand im völligen Kontrast zu dem kühlen und teilweise spröden Inneren des hochherrschaftlichen Schlosses. Alte, knöcherige Bäume säumten die Mauer und spendeten in der trägen Mittagssonne Schatten, während üppige Büsche wie grüne Tupfen zwischen all der Farbenpracht der Blumen hervorlugten. Mac erkannte wilden, roten Mohn, lilafarbenen Flieder und wunderschöne orangefarbene Blumen, die sie nicht kannte.

Hohe exotische Sträucher, die man eher in sehr südlichen Ländern vermutet hätte, dunkelblaue Hyazinthen und Lavendelbäumchen machten den Garten zu etwas ganz Besonderem.

An einem von Steinen gesäumten Beet blieben sie stehen und blickten über die blühende Farbpracht.

„Das nenne ich mal einen Garten", erklärte Grant beeindruckt. „Eigentlich hätte ich nach dem Rundgang im Inneren vermutet, dass uns steriler englischer

Rasen erwarten würde. Aber das hier ..." Anerkennend pfiff er. „Das hier ist wunderschön."

„Das finde ich auch." Mac schirmte ihre Augen mit einer Hand vor der Sonne ab, die zur Mittagszeit hoch oben am Himmel stand. „Meine Mom wäre von diesem Garten begeistert. Wenn ich als Kind von der Schule nach Hause kam, fand ich sie meistens im Garten vor, wo sie sich entweder um ihre Blumen kümmerte oder irgendetwas einpflanzte. Ich glaube, wir hatten den schönsten Garten der gesamten Nachbarschaft. Leider habe ich ihren grünen Daumen nicht geerbt."

„Meine Büropflanzen würden auch eingehen, wenn meine Sekretärin sie nicht ab und zu gießen würde", bekannte Grant, bevor er wissen wollte: „Wo bist du aufgewachsen?"

„Sacramento. Und du?" Neugierig sah sie sein Profil an und kam nicht umhin, seine Gesichtszüge zu mustern.

Er war ein gut aussehender Mann – fast schwarzhaarig, mit dunklen Augen und markanten Augenbrauen. Die Proportionen seines Gesichts waren klassisch und machten ihn zu einem attraktiven Mann. Er wirkte fast schon zu perfekt mit seinem starken Kinn, den glatt rasierten Wangen und dem Haar, das er offenbar alle paar Wochen nachschneiden ließ, damit es richtig lag. Es gab keine einzige Strähne, die nicht an Ort und Stelle lag oder gar abstand. Dazu kamen das gebügelte Polohemd, die gut sitzenden Hosen, ein Paar

Sneakers, deren Sohlen noch immer erschreckend sauber wirkten, und die dezente, aber sicherlich wertvolle Armbanduhr an seinem linken Handgelenk.

Grant war so geschniegelt und gebügelt, dass Mac ihn gerne einmal anders erlebt hätte.

„Richmond", antwortete er auf ihre Frage und ließ sie wieder an etwas anderes denken als daran, dass er nicht in ihr Beuteschema passte.

Beiläufig hakte sie daher nach: „Wohnen deine Eltern noch dort?"

„Nein, sie sind schon lange tot", entgegnete er ruhig.

„Oh. Das tut mir leid", erwiderte sie betroffen und zuckte innerlich zusammen. „Ich hätte nicht fragen sollen. Entschuldige."

„Wieso?" Er wirkte ehrlich überrascht.

„Weil es sicherlich kein schönes Thema ist."

Grant lächelte schwach und schob eine Hand in seine Hosentasche. „Es ist schon lange her. Damals war ich neun Jahre alt. Ein Autounfall."

Das machte sie noch betroffener. Das Bild eines neunjährigen Grants blitzte vor ihrem inneren Auge auf – ein hübscher, dunkelhaariger Junge, der seine Eltern verloren hatte. Mitleid wallte in ihr hoch. „Das muss sehr schlimm für dich gewesen sein."

„Ich war neun." Er zuckte mit den Schultern und wich ihrem Blick aus, als er sich scheinbar interessiert ein paar Pflanzen ansah. „Eigentlich kann ich mich gar nicht mehr so sehr daran erinnern – oder an meine

Eltern. Ich weiß nur noch, dass ich traurig war und dann irgendwann nicht mehr."

Mac schluckte. Er gab sich gelassen und abgeklärt, aber sie glaubte nicht, dass es so abgelaufen war, wie er erzählte. Es musste für ihn ziemlich schlimm gewesen sein, gleich beide Elternteile auf einmal zu verlieren. Wenn sie als Kind ihre Mom verloren hätte, wäre sie vor Trauer und Verzweiflung vermutlich verrückt geworden.

Sie bückte sich und betrachtete eine Anemone aus der Nähe, um ihm etwas Raum zu geben. „Wo hast du anschließend gewohnt?"

„Bei meinen Großeltern. Das war völlig okay, denn sie haben mich nach Strich und Faden verwöhnt", entgegnete er heiter. „Ich hatte alles, was ich brauchte."

Nur nicht seine Eltern, dachte Mac betrübt.

Als er sich räusperte und auf seine Uhr schaute, war ihr klar, dass er das Thema wechseln wollte. „Wir haben schon fast ein Uhr. Sollen wir einen Kaffee trinken gehen?"

„Gerne." Mac erhob sich. „Bei der Gelegenheit kannst du mir von deiner armen Sekretärin erzählen, die dazu gezwungen wird, sich um deine Pflanzen zu kümmern. Ist sie hübsch? Ich wette, sie ist hübsch und zeigt bei der Arbeit viel Bein. Das machen doch sicherlich alle Anwaltssekretärinnen."

„Du hast eine verdorbene Fantasie. Mrs. Markle ist Mitte fünfzig", klärte Grant sie auf.

„Na und? Sie kann bei der Arbeit trotzdem Bein zeigen und mit ihrem Boss flirten, auch wenn sie Mitte fünfzig ist. Fünfzig ist das neue dreißig, weißt du?“

Wieder ließ er ihr den Vortritt, als sie durch den steinernen Torbogen des Gartens gingen. „Woher hast du denn diese Lebensweisheit?“

„Aus der Cosmopolitan“, entgegnete sie gelassen.

„Du liest die Cosmopolitan?“

„Natürlich. Woher soll die Frau von heute sonst erfahren, worauf Männer stehen?“

Es war zu komisch, wie er die Stirn runzelte. „Aha. Und die Redakteurinnen der Cosmopolitan glauben zu wissen, dass Männer heutzutage auf ihre fünfzigjährigen Sekretärinnen stehen? Ich würde nicht alles glauben, was dort drinnen steht.“

„Gib es zu: Wenn Mrs. Markle fünfundzwanzig wäre, würdest du mit ihr flirten, oder?“

„So ein Boss bin ich nicht“, wehrte er ab und klang dabei so politisch korrekt, dass Mac ein Gähnen unterdrücken musste. „Ich flirte nicht während der Arbeitszeit.“

Enttäuscht schüttelte sie den Kopf. „Das habe ich mir fast gedacht. Unter dieser Voraussetzung *kann* dir dein Job gar keinen Spaß machen!“

Grant verdrehte amüsiert die Augen. „Mir fällt gerade auf, dass du mir nicht widersprochen hast.“

„Wobei?“

„Als ich von deiner verdorbenen Fantasie geredet habe, Mac.“

Unschuldig hob sie die Schultern in die Höhe. „Ich weiß nicht, wovon du sprichst.“

Bevor er etwas erwidern konnte, drehte sie ihm den Rücken zu und lief eilig in Richtung des schlosseigenen Cafés.

KAPITEL 6

„In deinem Reiseführer steht, dass Gretna Green auf der alten Postkutschenroute von London nach Edinburgh das erste Dorf in Schottland war und über zweihundert Jahre lang von minderjährigen Paaren aufgesucht wurde, um sich dort ohne die Erlaubnis ihrer Erziehungsberechtigten trauen zu lassen. Heute werden bis zu fünftausend Ehen pro Jahr dort geschlossen."

Grant warf Mac einen kurzen Blick zu, die neben ihm auf dem Beifahrersitz lümmelte und die Nase in seinen Reiseführer gesteckt hatte. „Wieso interessierst du dich für Gretna Green?"

Sie schaute auf und hob das Buch in die Höhe, als würde das alles erklären. „Das tue ich gar nicht, aber auf dieser Seite klebte ein Post-it."

Schlagartig erinnerte er sich an den Hinflug nach

Schottland, als Harper neben ihm gesessen und in seinem Reiseführer gelesen hatte, weil ihr eigener in ihrem Koffer verstaut war. Sie musste den Post-it hineingeklebt haben, immerhin hatte sie eine regelrechte Obsession entwickelt, was Hochzeiten in Schottland betraf.

Noch bevor ihm eine glaubwürdige Ausrede einfiel, warum ausgerechnet auf dieser Seite seines Reiseführers ein Post-it klebte, steckte Mac ihre Nase wieder in das Buch und las weiter vor. „Das schottische Gesetz verlangte ab achtzehnhundertsechsundfünfzig, dass Ehepaare sich mindestens einundzwanzig Tage in Schottland aufgehalten haben mussten, bevor sie sich verheiraten durften. Neunzehnhundertsiebenundsiebzig wurde dieses Gesetz wieder aufgehoben, weshalb sich auch heute noch Heiratswillige aus aller Welt problemlos in Schottland trauen lassen und dies oftmals in Gretna Green in einer Schmiede tun." Sie ließ den Reiseführer sinken. „Fünftausend Hochzeiten im Jahr heißt, dass rund vierzehn Trauungen pro Tag dort stattfinden. Das muss ja eine Abfertigung wie in Las Vegas sein", grübelte sie.

„Der Unterschied ist, dass es keinen falschen Elvis gibt, der *Love me tender* singt."

„Was für eine Horrorvision." Sie schauderte, klappte den Reiseführer zusammen und legte ihn in ihren Fußraum, bevor sie den Sitz zurückklappte und zufrieden die Augen schloss.

Damit er sich wieder auf die Straße vor sich konzentrieren konnte, riss er sich von ihrem Anblick los und dachte über die vergangenen zwei Tage nach. Erst vorgestern war sie ihm an jener Tankstelle über den Weg gelaufen, aber heute fühlte es sich bereits an, als würde er sie schon viel länger kennen. Es war sehr leicht, Zeit mit Mac zu verbringen, und die Stunden rasten nur so dahin, wenn man sich mit ihr unterhielt. Nie kam Langeweile auf, und es gab auch kein peinliches Schweigen, weil keiner von ihnen beiden wusste, worüber man sich unterhalten sollte. Für sie war es offenbar völlig okay, nicht immer etwas zu bereden zu haben. So wie jetzt.

Während er fuhr und hoffte, sich im letzten Kreisverkehr nicht verfahren zu haben, lehnte sie sich zufrieden zurück und döste. Mit ihr unterwegs zu sein, war nicht nur entspannend, sondern machte Spaß. Ob es eine Schlossbesichtigung, ein Schaufensterbummel durch eine süße, verwinkelte Altstadt oder ein Spaziergang durch ein Naturschutzgebiet mit Wasserfällen und Mückenplagen war wie gerade eben – es machte Spaß, Mac dabeizuhaben.

Was ihm außerdem gefiel, war ihre Aufgeschlossenheit. Und ihre Unkompliziertheit.

Sie machte alles mit und war spontan. Mac ließ sich auf eine Situation ein, ohne vorher alle möglichen Szenarien durchzugehen, die passieren konnten, und ohne vorher in ihrem Handy nach Parkplatzmöglichkeiten, guten Restaurants oder Öffnungszeiten von Sehenswürdigkeiten zu suchen. Es machte eine Reise spannender, sich treiben zu lassen, anstatt jede Stunde zu organisieren. Sie hätten diese wundervollen Wasserfälle, die sie erst am heutigen Mittag besichtigt hatten, niemals zu Gesicht bekommen, wenn Mac beim Frühstück in der kleinen Pension nicht mit der Besitzerin ins Quatschen gekommen wäre und so von diesem Geheimtipp erfahren hätte. Eigentlich hatten sie ein weiteres Schloss besichtigen wollen, sich dann jedoch für die Wanderung zu den Wasserfällen entschieden.

Grant bereute diesen Entschluss nicht. Die Wanderung in jener ursprünglichen Natur war der Wahnsinn gewesen.

„Lässt du mich auch einmal fahren?“

„Ich dachte, du schläfst“, bemerkte er.

„Ne, ich bin nicht müde.“ Mac schien ihn anzusehen, wie er aus dem Augenwinkel erkennen konnte. „Willst du nicht einmal eine Pause machen und mich fahren lassen? Ich bin eine ausgezeichnete Autofahrerin.“

Grant schüttelte den Kopf. „Daran zweifele ich nicht, aber nur ich bin als Fahrer bei der Autovermietung eingetragen. Du bist nicht versichert.“

„Ist das dein Ernst?“

„Du kannst in den Papieren nachschauen.“

„Grant, ich arbeite bei einer Autovermietung“, erklärte sie knochentrocken.

„Soll das heißen, dass du eine Universalautoversicherung besitzt?“

„Nein, du Scherzkeks. Das soll heißen, dass ich jeden Trick von Autovermietungen kenne.“ Mac schnalzte mit der Zunge und fuhr grüblerisch fort: „Bestimmt hast du dir das volle Paket andrehen lassen. Stimmt's? Vollkasko ohne Selbstbeteiligung inklusive Diebstahlschutz, Insassenunfallversicherung und Unterbodenschutz. Glas- und Reifenschäden sind natürlich auch abgedeckt. Und deine Haftpflicht wurde auf drei Millionen erhöht anstatt auf die obligatorischen fünfhunderttausend Dollar, richtig? O Mann.“ Sie lachte.

Grant kniff die Augen zusammen und zog die Stirn kraus, denn er hatte tatsächlich sein ursprüngliches Versicherungspaket aufstocken lassen und nach seiner Ankunft in Schottland im Büro der Mietwagenfirma im Flughafen für das Super-Deluxe-All-in-one-Angebot unterschrieben. Sicher war schließlich sicher. „Was ist falsch daran?“

„Nichts, nichts“, versicherte sie leichthin. „Es ist schließlich dein Geld, das du zum Fenster rauswirfst. Die Haftpflicht hätte völlig gereicht.“

Beinahe hätte er die Augen verdreht. „Wie du vielleicht bemerkt hast, herrscht hier Linksverkehr. Da kann schnell ein Unfall passieren, wenn man es nicht gewohnt ist, auf der anderen Seite zu fahren.“

„Lass mich raten. Genau *das* hat dir der freundliche

Mann bei der Autovermietung gesagt und dabei sorgenvoll den Kopf zur Seite gelegt, richtig?"

„Nein, es war eine Frau", korrigierte er sie.

Mac fand das wohl lustig. Sie räusperte sich und erklärte mit beklommener Miene und mädchenhafter Stimme: „Sir, unsere Firmenanweisung lautet zwar, unsere Kunden nicht auf die möglichen finanziellen Folgen eines von Ihnen verursachten Verkehrsunfalles hinzuweisen, um möglichst schnell andere Kundenaufträge bearbeiten zu können, aber Sie sind so sympathisch, dass ich gar nicht anders kann, als Ihnen zu raten, über eine Extraversicherung nachzudenken. Erst in der letzten Woche betrug der Schaden eines Kunden mehrere tausend Dollar, der von seiner Versicherung nicht abgedeckt wurde. Vor allem im Urlaub ist man im Straßenverkehr abgelenkter als sonst und fährt Strecken, die man nicht kennt. Da kann es schnell zu einem Auffahrunfall kommen."

„Ist das nicht etwas zu dick aufgetragen?", brummte Grant, obwohl er wusste, dass er vermutlich genau auf diese Masche hereingefallen wäre.

„Ganz und gar nicht! Vor allem männliche Kunden sind wahnsinnig empfänglich dafür", versicherte Mac ihm.

„Und was ist mit Frauen? Fallen die auch auf diese Masche rein?"

„Frauen gehen sowieso auf Nummer sicher, dabei haben sie die wenigsten Unfälle", klärte sie ihn auf und klang dabei ein kleines bisschen selbstgerecht. „Außerdem buchen Frauen allesamt ein Navigationssystem hinzu. Männer seltener, obwohl die niemals auf die Idee kämen, nach dem Weg zu fragen."

Grant schnitt eine Grimasse. „Also ist es dein Job, deinen Kunden Angst zu machen?"

„So in etwa. Meistens mache ich sowieso die Buchhaltung und den übrigen Papierkram. Deshalb kann ich dir auch sagen, dass sich Autovermietungen kein bisschen für Kratzer interessieren. Solange das Auto nicht auseinanderfällt oder ohne Reifen zurückgegeben wird, muss kein Kunde blechen. Vor allem nicht bei einem Toyota aus dem vorigen Jahrtausend. Autovermietungen hassen Papierkram und bezahlen mehr für die Bearbeitung eines Versicherungsfalles, als sie für die Reparatur des möglichen Schadens zurückbekommen."

„Interessant. Heißt das, dass ich mit dem Auto tun kann, was ich will, und nicht dafür zahlen muss, wenn etwas zu Bruch geht?"

„Ich würde dir davon abraten, das Auto vollzukotzen und dann wieder zurückzugeben. Darauf stehen wir überhaupt nicht." Sie verzog voller Ekel die Nase.

„Kommt das öfter vor?", wollte er teilweise angewidert, teilweise amüsiert wissen.

„Öfter, als du denkst. Aber wir vermieten Autos in Miami. Das sagt wohl alles. Unsere Station hat einen verdammt hohen Verbrauch an Duftbäumen, die wir in die Autos hängen, wenn sie mal wieder vollgekotzt wurden. Du würdest nicht glauben, was man alles in einem Mietwagen findet, nachdem er zurückgegeben wurde."

Grant war sich nicht sicher, ob er das wirklich wissen wollte.

Ohne seine Antwort abzuwarten, erzählte sie weiter: „Letztens fand ein Kollege in einem Subaru Outback diverse benutzte Kondome. Ja, *plural*! Diverse benutzte Kondome. In dem armen Subaru muss eine wahre Orgie stattgefunden haben. Anscheinend hat er eine wirklich gut gefederte Rückbank."

Unbehaglich rutschte er auf seinem Sitz herum und sah sich argwöhnisch um, als erwartete er, jeden Moment Spuren einer ähnlichen Orgie in seinem gemieteten Toyota zu finden. „Verdammt ... Das trägt nicht unbedingt zu meinem Seelenfrieden bei."

„Wieso? Hattest du noch nie Sex in einem Auto?" Mac klang sowohl entrüstet als auch amüsiert – als wäre es ein Normalfall, dass man in einem Auto Sex hatte.

„Doch", gab er zu, „aber nicht in einem Mietwagen."

„Details, Grant. Ich will Details."

Er seufzte auf und konnte nicht glauben, dass er ihr folgende Geschichte erzählte. „Okay, meinetwegen. Ich war sechzehn und bin den Buick meiner Grandma gefahren, weil ich ein Date mit Cassie Lopez hatte."

„Hola! Cassie Lopez – das klingt sexy."

„Von wegen sexy", erwiderte er trocken. „Dummerweise habe ich auf einem Parkplatz gleich neben einer Bank geparkt, die mit einem Bewegungsmelder ausgestattet war. Alle paar Minuten ging ein regelrechtes Flutlicht an, wenn jemand auch nur in einer Entfernung von fünf Meilen vorbeifuhr, und schien mir direkt ins Gesicht. Ich hatte schon die Befürchtung, zu erblinden! Zusammen mit dem Wackeldackel meiner Grandma auf dem Armaturenbrett und dem Quietschen der Rückbank war es nicht wirklich sexy. Aber wenigstens habe ich das Kondom weggeworfen, bevor es irgendjemand im Minivan finden konnte."

„Guter Junge", lobte sie ihn.

„Wie du dir denken kannst, fiel es mir anschließend schwer, meiner Großmutter in die Augen zu schauen, wenn wir in ihrem Auto die Wocheneinkäufe erledigten."

Sie prustete vergnügt. „Das kann ich mir sogar sehr gut vorstellen. Denkst du, dass deine Grandma wusste, dass ihr Enkelsohn ihr Auto mit Teenagersex entweiht hat?"

Allein die Vorstellung, dass seine Großmutter gewusst haben könnte, dass er mit Cassie Lopez in ihrem Minivan auf Tuchfühlung gegangen war, ließ ihn schaudern. Himmel, die Frau hatte ihn schließlich aufgezogen und ihm Kekse gebacken, wenn es ihm schlecht ging. Sie sollte nicht wissen, was er in ihrem

Minivan getrieben hatte. „Ich bete zu allen Mächten des Himmels und der Erde, dass sie keine Ahnung hatte."

Mac gluckste. „Meine Mom hat mich einmal fast dabei erwischt, wie ich mit Nathan Stone aus dem Mathekurs in meinem Zimmer herumgemacht habe. Fast hätte ich einen Herzinfarkt bekommen, als ich ihre Stimme hörte, denn eigentlich sollte sie erst ein paar Stunden später nach Hause kommen. Der arme Kerl musste in Unterhosen aus meinem Fenster klettern und wäre fast in den Rosenbüschen gelandet."

„Wie alt warst du da?"

„Ich glaube, ich war fünfzehn oder sechzehn, aber wir haben nur herumexperimentiert. Sex hatte ich erst, kurz bevor ich aufs College kam", vertraute sie ihm freimütig an. „Mit meinem Freund Edward. Besonders sexy war das auch nicht, obwohl er wenigstens ein Hotelzimmer gebucht hatte und nicht in seinem Auto mit einer quietschenden Rückbank über mich herfiel", stichelte sie.

„Cassie hat sich nicht beschwert."

„Das tun Mädchen im Teenageralter nie", entgegnete sie und löste ihren Sicherheitsgurt.

Der Alarm des Toyotas begann Geräusche von sich zu geben, sobald der Gurt gelöst wurde. Grant schaute zur Seite, als Mac sich nach hinten drehte und ihren Oberkörper zwischen die beiden Sitze beugte, bevor sie in ihrer Reisetasche herumkramte, die auf der Rückbank lag.

„Was wird das?“, wollte er mit professioneller Ruhe wissen, obwohl sich gleich neben seinem Kopf ihr Po befand, der aus nächster Nähe trotz – oder gerade wegen – der engen Jeans verdammt gut aussah. Sie streckte ihn ihm förmlich ins Gesicht, während sie offenbar in ihrer Tasche herumwühlte.

„Ich suche ein T-Shirt.“

„Okay.“ Darum bemüht, gelassen und beherrscht zu wirken, umklammerte er das Lenkrad fester. Es war gar nicht so einfach, sich auf die kurvige Landstraße zu konzentrieren, wenn eine bildschöne Frau ihm ihren wirklich ansehnlichen Po fast ins Gesicht reckte. „Gefällt dir das nicht mehr, was du anhast?“

Mac tauchte wieder aus den Tiefen der Rückbank auf und ließ sich mit einem zufriedenen Seufzer zurück auf ihren Sitz fallen.

Der Alarmton schrillte noch immer.

„Du solltest dich wieder anschnallen.“

„Sofort“, antwortete sie und griff nach dem Saum ihres Shirts, das sie sich einfach über den Kopf zog und dann hinter sich warf.

Grant blinzelte verwirrt. „Was tust du da?“

„Ich ziehe mir ein anderes T-Shirt an“, erklärte Mac gelassen und griff nach dem neuen Shirt.

„Warum?“, fragte er in der Befürchtung, eine viel zu hohe Stimme zu haben und wie ein Teenager im

Stimmbruch zu klingen. Glücklicherweise war das nicht der Fall.

„Weil mich diese Mücken fast bei lebendigem Leib gefressen haben und ich das Gefühl habe, dass sie sich in mein altes Shirt eingenistet haben."

Als hätte sie alle Zeit der Welt, schüttelte sie das frische Shirt in aller Ruhe aus und betrachtete es ausgiebig, während sie in einem dunkelgrauen Spitzen-BH neben ihm saß und ihn verdammt gut ausfüllte, wie Grant nach einem verstohlenen Blick feststellen konnte.

Er hatte nicht hinsehen wollen, aber er war auch nur ein Mann. Seine DNA war nun einmal darauf programmiert, Brüste anzusehen, wenn er die Gelegenheit dazu bekam. Und Macs Brüste waren schlichtweg fantastisch.

Vor Erleichterung wurde ihm ganz anders, als sie sich endlich das neue T-Shirt über den Kopf zog, auch wenn das so eng war, dass er das Muster des Spitzenstoffs ihres BHs deutlich erkennen konnte.

„Besser?"

„Viel besser." Sie schaltete die Lüftung etwas höher. „Soll ich das Steuer übernehmen, während du dir etwas anderes anziehst? Und keine Sorge, ich schaue auch nicht hin", neckte Mac ihn.

„Ich brauche kein neues Shirt", widersprach er und wich ihrem Blick aus, denn vor seinen Augen sah er noch immer den verlockenden grauen BH sowie das üppige Dekolleté.

„Sicher?"

„Sicher", antwortete er, obwohl er seit dem Moment einen Juckreiz entwickelt hatte, als Mac von den blutrünstigen Mücken zu reden begonnen hatte.

~

ER HATTE auf ihre Brüste gestarrt.

Mac hatte genau gesehen, wie Grant ihre Brüste gemustert hatte, als sie neben ihm im Auto gesessen und sich umgezogen hatte. Er war verdächtig ruhig gewesen – ruhig genug, um nicht aufzufallen, während eine Frau neben ihm schnell die T-Shirts wechselte und es völlig unproblematisch fand, sich ihm in ihrem BH zu zeigen. Überall sah man Frauen in Unterwäsche. Auf Plakaten, in Zeitungen und im Fernsehen, nur um ein paar Gelegenheiten zu nennen. Im Grunde war es doch egal, ob sie einen BH oder einen Bikini trug. Mac war noch nie sonderlich schüchtern gewesen und genierte sich auch nicht, am Strand in einem knappen Bikini herumzulaufen oder in der Sauna blankzuziehen, solange sie nicht übergriffig angegafft wurde.

Das hatte Grant nicht gemacht. Er hatte sie nicht auf diese unangenehme Art und Weise begafft, die manche Männer für ein Kompliment hielten. Es war kein offensives Anstarren gewesen, sondern eher der interessierte Blick eines Mannes, der schnell beiseite sah, weil er nicht dabei erwischt werden wollte, wie er ein Paar Brüste musterte. Männer, die beiseite sahen, gehörten zu der respektvollen Sorte Männer. Männer, die gafften und sich nicht schämten, dabei erwischt zu werden, waren Arschlöcher.

Er gehörte nicht dazu.

„Komisch, dass es hier auch Highland Games gibt. Wir sind doch schon längst in den Lowlands."

Mac folgte seiner Blickrichtung, als sie zusammen den kleinen Imbiss verließen, in dem sie sich einen Snack gegönnt hatten, und bemerkte ebenfalls das Plakat, das für die Highland Games vor den Toren der Stadt warb, die dort heute stattfanden.

„Vermutlich findet es nur für die Touristen statt", mutmaßte Grant und kramte in seiner Hosentasche nach dem Autoschlüssel.

Sie hob den Kopf und betrachtete verzückt das Plakat, auf dem ein muskulöser Highlander im Kilt einen Baumstamm warf. „Das sieht ja fantastisch aus! Wir müssen uns das einfach ansehen."

„Wirklich?" Erstaunt zuckten seine Augenbrauen in die Höhe. „Du willst dir das ansehen? Das ist nichts anderes als ein Jahrmarkt."

„Was hast du gegen Jahrmärkte?"

„Nichts, nur ...?" Er stockte und schien selbst zu bemerken, dass er nicht wusste, was er sagen sollte.

Mac stieß ihn auffordernd in die Seite. „Komm schon! Das wird Spaß machen."

Grant wirkte zweifelnd und stöhnte widerwillig, als Mac ihn breit angrinste. „Meinetwegen! Aber ich werfe keine Baumstämme."

„Spaßbremse", urteilte sie und hakte sich bei ihm ein, um sich auf den Weg dorthin zu machen.

Kaum dass sie an dem großen Platz angekommen waren, auf dem die Highland Games stattfanden, stellte Mac fest, dass Grant recht gehabt hatte, als er davon sprach, dass die Veranstaltung vermutlich größtenteils für Touristen stattfand, denn es herrschte tatsächlich Jahrmarktstimmung. An verschiedenen Buden wurden Popcorn, Zuckerwatte und anderer Süßkram verkauft, ein Autoscooter stand etwas abseits und fiel durch seine grellen Lichter auf und ein paar andere Attraktionen wie der Stand, an dem sich Kinder schminken lassen konnten, gehörten sicherlich nicht zu den traditionellen Highland Games. Dennoch liefen erstaunlich viele Männer in Kilts herum und an einem weiteren Stand konnte man sich für verschiedene Sportarten eintragen.

Auf dem Hauptplatz lief gerade der Dudelsackwettbewerb, was unschwer zu hören war.

Mac zog Grant einfach mit und kämpfte sich mit ihm im Schlepptau bis zur Absperrung vor, um sich das Spektakel aus nächster Nähe anzuschauen. Mehrere Männer in kompletter schottischer Kluft spielten gemeinsam ein Lied, das Mac relativ schnell als *Smooth Criminal* von Michael Jackson identifizierte. Sie machten ihre Sache sehr gut und rissen das Publikum mit, das die Gruppe feierte, als die letzten Dudelsacktöne verklangen. Sogar Grant schien seine Freude an der Darbietung zu haben, denn Mac konnte sehen, wie sein Fuß im Rhythmus der Melodie auf und ab wippte.

Die anschließende Gruppe spielte ein traditionelles schottisches Lied und die dritte Gruppe übte sich an *Shake it off* von Taylor Swift, was sich jedoch leider etwas schief anhörte.

Mac und Grant blieben, bis der Gewinner – und Macs Favorit – gekürt wurde und noch einmal Michael Jackson zum Besten gab.

„Das war wirklich gut“, meinte Grant, als sich die Zuschauer zerstreuten, nachdem eine Ansage durch die Lautsprecher ertönt war, dass der nächste Wettbewerb in einer halben Stunde beginnen würde.

„Hast du jetzt Lust darauf bekommen, selbst Dudelsack zu spielen?“

„Leider bin ich musikalisch nicht sehr talentiert“, antwortete er mit einem Kopfschütteln, während er nicht den Anschein machte, diese Tatsache sehr zu bedauern. „Worauf hast du jetzt Lust?“

Mac schnalzte mit der Zunge, als wäre das offensichtlich. „Zuerst auf etwas Zuckerwatte, dann auf eine Runde Autoscooter und anschließend schauen wir den Tänzern zu.“

Er stöhnte übertrieben, als sie ihn mit sich zog. Jedoch aß er fast ihre ganze Portion rosafarbene Zuckerwatte auf und kaufte gleich darauf eine neue – dieses Mal in Blau. Beim Autoscooter lieferten sie sich einen wilden Kampf mit ein paar einheimischen Jugendlichen, auch wenn Grant anfangs gezögert hatte, selbst mitzufahren. Vermutlich konnte er den Anwalt in sich nicht ständig ausschalten und hatte berechnet, wie hoch die Wahrscheinlichkeit war, dass es zu Verletzten kam, die ihn verklagen konnten. Als er aber in seinem kleinen Auto saß und seine langen Beine in das Gefährt quetschte, konnte ihn nichts bremsen. Mac, die ihn ein paarmal rammte, kam aus dem Lachen kaum raus, denn der Anblick, wie er halb zusammengeklappt in dem Autoscooter saß und seine Knie an den Körper gezogen hatte, um hineinzupassen, war ein zu lustiger Anblick.

Auf dem Weg zurück zum Wettbewerbsplatz kamen sie an einem Stand vorbei, der Souvenirs der unterschiedlichen Clans verkaufte. Nicht nur Mac war neugierig, sondern auch Grant, der sich als Erster in dem Sortiment von Geschirrhandtüchern, Tassen und Schals bis hin zu Wappen umsah. Als er nach einem Büchlein über den Clan Armstrong griff, fragte sie nach: „Armstrong? Dort steht sogar ein Büchlein zum Clan Grant. Wieso schaust du nicht dort rein?“

„Weil mein Nachname Armstrong ist.“ Er hob das Büchlein in die Höhe. „Ich wusste gar nicht, dass es einen Clan Armstrong gibt. Wer weiß – vielleicht habe ich sogar schottisches Blut in meinen Adern?"

„Wenn das so ist, solltest du unbedingt beim Baumstammwerfen mitmachen", erwiderte sie listig. „Und natürlich musst du dabei einen Kilt tragen."

„Ts!" Strafend schaute er auf sie nieder, während seine dunklen Augen einen warmen Schimmer bekamen. „Du willst mir doch nur unter den Kilt schauen, um herauszufinden, ob ich eine Unterhose drunter trage."

„Aber sicher", höhnte sie freundschaftlich. „Mich lässt die Frage schon seit Tagen nicht schlafen."

Grant blätterte in seinem Buch umher und hob mit einem Mal den Kopf, bevor er die restlichen Bücher betrachtete und anschließend ihr in die Augen sah. Er wirkte, als wäre ihm gerade ein Licht aufgegangen. „Ist Mac eigentlich eine Abkürzung?"

„Ja, ist es."

„Und wofür?"

„MacKenzie", erklärte Mac mit einem Schulterzucken. Immerhin war es kein Geheimnis, wie sie hieß, auch wenn sie ihren vollen Namen kaum benutzte.

„Woher stammt der Name?"

„Einer meiner Verwandten hieß mit Nachnamen MacKenzie", gab sie knapp zurück, ohne ihm zu verraten, dass es der zweite Name ihres Vaters war und dass die Familie seiner Mutter aus Schottland gekommen war. Heute wusste Mac, dass ihre Mom ihr den Namen gegeben hatte, weil sie damit den Vater ihres Kindes hatte miteinbeziehen wollen, obwohl sich dessen Interesse an seiner Tochter ja eher in Grenzen gehalten hatte.

„Es sieht so aus, als hättest du hier die freie Auswahl. Souvenirs in Hülle und Fülle, die alle deinen Namen tragen." Grant war Feuer und Flamme und schnappte sich das Buch zum Clan MacKenzie. „Dein Motto lautet *Luceo, non uro – ich brenne nicht, ich leuchte.* Das passt zu dir."

„Mein Motto lautet: *Gibt dir das Leben Zitronen, frag nach Salz und Tequila*", korrigierte sie ihn trocken, auch wenn sein Kommentar, dass das Motto zu ihr passte, ein warmes Gefühl in ihrer Magengegend hinterlassen hatte.

Grant ignorierte ihre Antwort. „Nennt dich eigentlich auch jemand MacKenzie anstatt Mac?"

„Nur meine Mutter."

Glücklicherweise folgte keine Frage zu ihrer Mom. Stattdessen wandte Grant seine Aufmerksamkeit wieder der Auslage zu und legte die Bücher zur Seite, sobald er offenbar etwas anderes entdeckt hatte, was ihn interessierte. „Schau mal."

Mac spähte über seine Schulter und sah ein paar Schmuckstücke, die auf kleinen Samtpolstern lagen. Grant nahm etwas in die Hand, das wie eine runde Brosche aus Silber mit einem Stein in der Mitte aussah. Mehr konnte Mac nicht erkennen.

„Das ist das Wappen der MacKenzies", erklärte der Verkäufer, der wohl der Meinung war, in Grant und ihr willige Opfer gefunden zu haben. „Unser Schmuck ist handgemacht und heute reduziert."

Sie wollte ihm schon sagen, dass sie nichts kaufen würden, als Grant interessiert nachfragte: „Ist das eine Brosche?"

„Es ist eine kleinere Version einer Cairngorms Kiltnadel. Damit werden traditionell die Plaids an der Schulter zusammengehalten. Frauen tragen sie auch als Broschen."

Grant drehte sich zu ihr und hielt ihr die Brosche unter die Nase. „Die ist wie für dich gemacht ..."

„Ich brauche nichts", widersprach sie mit einem Stirnrunzeln, obwohl das Schmuckstück aus der Nähe betrachtet wirklich wunderschön war. Ein Ring aus mattem Silber, in dem ein Wappen und in geschwungener Schrift das Clanmotto eingraviert waren, umschloss einen Bernstein.

„Aber es passt zu dir – dein Name und ein Stein in der gleichen Farbe wie deine Augen."

Mac wollte sich ihre Überraschung nicht anmerken lassen, dass Grant solche Dinge wie Farbähnlichkeiten zu ihren Augen auffielen. Das warme Gefühl in ihrer Magengegend verstärkte sich. Stumm konnte sie nur neben ihm stehen und bemerken, dass ihre Knie weich wurden.

An den Verkäufer hinter der Auslage gewandt

fragte Grant: „Wie viel wollen Sie für diese Brosche haben?“

„Nein, Grant“, flüsterte Mac und fühlte sich so unsicher wie selten zuvor.

„Geben Sie mir vierzig Pfund, und wir sind quitt“, erwiderte der Verkäufer jovial und strahlte wie ein Lottogewinner, als Grant ihm vierzig Pfund übergab.

Mac war verlegen, als Grant ihr die Brosche überreichte, und wusste nicht, wie sie auf dieses Geschenk reagieren sollte. Bisher hatte ihr kein Mann jemals Schmuck geschenkt – von ihrem Vater einmal abgesehen. Schmuckgeschenke implizierten eine Vertrautheit, die Mac prinzipiell ablehnte.

„Danke“, murmelte sie daher und schloss ihre Hand um die Brosche. „Das ist sehr lieb von dir. Wenn auch unnötig.“ Zögernd schaute sie ihm ins Gesicht. „Danke, Grant.“

„Gern geschehen.“ Grant schob die Hände in seine Hosentaschen und wirkte ebenfalls etwas unsicher. „Ich bin froh, wenn sie dir gefällt.“

„Sie ist ... wunderschön.“

Damit die Brosche nicht kaputt oder verloren ging, wickelte Mac sie in ein Taschentuch und steckte sie in die Innentasche ihrer Handtasche.

Grant räusperte sich und schaute sich suchend um. „Wir sollten uns vermutlich beeilen, wenn wir noch einen guten Platz bekommen wollen, um den nächsten Wettbewerb mit ansehen zu können.“

Sie nickte.

Schweigend liefen sie in Richtung des Wettbewerbsplatzes.

Mac dachte darüber nach, wie normal es sich anfühlte, mit Grant unterwegs zu sein und ihre Zeit mit ihm zu verbringen, und wie seltsam es auf der anderen Seite war, mit einem Mann einen Roadtrip zu unternehmen, den sie nicht kannte und der nicht ihr Freund war. Anfangs war sie noch davon ausgegangen, dass er irgendeinen Hintergedanken haben könnte, und hatte nur darauf gewartet, dass er mit der Ausrede um die Ecke kam, dass eines der Hotels ihre Reservierung verschlampt hätte und sie nun in einem Zimmer schlafen müssten, wo er sich dann an sie herangemacht hätte. Aber bislang war das nicht der Fall gewesen. In allen drei Hotels, in denen sie bisher übernachtet hatten, hatte sie in ihrem Zimmer geschlafen und er in seinem. Auch hatte Grant nicht abends mit einer fadenscheinigen Ausrede an ihre Tür geklopft.

Er benahm sich wie ein perfekter Gentleman, wurde nicht zudringlich und erwartete keine Gegenleistung für seine Ausgaben.

Für sie war es eine völlig neue Erfahrung, mit einem Mann unterwegs zu sein, der ihr die Türen aufhielt, sich stundenlang mit ihr unterhielt und sich interessiert an ihren Gedanken zeigte – ein Mann, der offenbar mehr in ihr sah als ein heißes Date und der keinen Blowjob erwartete, weil er ein Abendessen springen ließ.

Ein Mann, der ihr auf einem Jahrmarkt eine Brosche kaufte, weil der Stein ihn an ihre Augen erinnerte.

„Gut, dass du mich dazu überredet hast, diese Highland Games zu besuchen“, meinte er unvermittelt und beendete ihre Gedankengänge.

„Ich habe dir im Grunde keine Wahl gelassen“, erwiderte Mac trocken.

„Manchmal muss man andere zu ihrem Glück zwingen.“ Augenzwinkernd deutete er auf ein junges Paar, das vor einem Stand darüber zu diskutieren schien, ob der junge Mann in der Lage war, für seine Freundin einen Stoffbären zu gewinnen. Die junge Frau himmelte ihren Begleiter an und zog einen Schmollmund, woraufhin er die Augen verdrehte und dem Standbesitzer Geld gab.

Grinsend schwärmte Mac: „Auf Jahrmärkten ist die Welt noch irgendwie in Ordnung, findest du nicht?“

„Du warst aber schon dabei, als die Kids uns gerade beim Autoscooter den Arsch aufreißen wollten, oder?“

„Die waren doch putzig“, widersprach sie ihm. „Vor allem der Rothaarige mit der Zahnlücke, der das Spiel ziemlich ernst nahm und dich ständig rammen wollte.“

„Ja“, entgegnete Grant trocken. „Er hatte es auf mich abgesehen, weil er eifersüchtig auf mich war. Du willst mir doch nicht wirklich sagen, dass du nicht gesehen hast, mit welchen verknallten Stielaugen er dich die ganze Zeit angestarrt hat?“

Mac begann zu lachen. „Der Kleine war gerade einmal fünfzehn!“

„Ich war mal ein Junge von fünfzehn, also weiß ich die Symptome am besten zu deuten.“

„Du Spinner.“ Freundschaftlich stieß sie ihn in die Seite. „Ich bin doppelt so alt wie der Kleine.“

„Das macht den *Kleinen* doch erst recht an.“

„Grant“, mahnte sie ihn.

Er seufzte schwärmerisch auf. „Als ich fünfzehn war, war ich hoffnungslos in meine Biologielehrerin Mrs. Parker verknallt.“

„Wird das jetzt eine Geschichte darüber, wie du dich nachts unter der Bettdecke selbst angefasst und dir dabei gewünscht hast, dass Mrs. Parker dir privaten Biologieunterricht erteilt?“, hakte Mac misstrauisch nach. „Für Geschichten über pubertäre Masturbationsfantasien muss ich betrunken sein. Gibt es hier irgendwo eine Bar?“

„Wir sind auf einem Familienfest“, hielt er ihr vor. „Da gibt es keine Bar.“

„Was jammerschade ist.“ Mac zwinkerte ihm zu. „Wenn es etwas Ordentliches zu trinken gäbe, würden sich vermutlich auch mehr Familienväter dazu entschließen, hier aufzutauchen. Und Mütter.“

„Auch ohne Bar ist es doch sehr gut besucht.“ Grant zeigte auf ein Kinderkarussell, vor dem ein Haufen

Eltern stand und ihren Sprösslingen dabei zusah, wie sie kreischend eine Runde nach der nächsten drehten. „Ich kann mich daran erinnern, wie ich mit meinen Eltern in jedem Sommer auf den Jahrmarkt der Nachbarstadt gegangen bin. Das war einfach das Größte."

„Was hast du am liebsten gemacht?", wollte Mac wissen und sah zu ihm auf. An seinem Profil konnte sie erkennen, wie er lächelte.

„Ehrlich gesagt mochte ich die kandierten Äpfel am liebsten. Dicht gefolgt von den Hotdogs. Gleich danach kamen die Karussells. Mein Dad hat mich jedes Mal auf das wildeste Karussell von allen mitgenommen, während meine Mom uns zugeschaut hat."

Das klang wundervoll idyllisch – nach einer richtigen Familie. „Meiner Mom wurde immer schlecht, also durfte ich allein aufs Kettenkarussell und sie hat mir von unten gewunken", erinnerte sich Mac fast schon wehmütig, während sie beide die Zuschauerreihen des Wettbewerbsplatzes betraten.

„Und was ist mit deinem Dad? Ist der nicht mit dir aufs Kettenkarussell gegangen?"

Augenblicklich legte sich ein Schatten über ihre gute Laune. Mac bemühte sich um Beiläufigkeit, als sie ihm antwortete. Sie bemerkte nämlich, dass er sie neugierig musterte. „Nein, das ist er nicht."

Zur gleichen Zeit trat der grauhaarige Moderator mit dem dunkelgrünen Kilt auf die Bühne und tippte gegen das Mikrofon, das daraufhin ein lautes Knarzen von sich gab: „*Hallo zusammen! Für unser Tauzieh-Finale brauchen wir noch einige Teilnehmer. Wer auch immer Lust hat, sich uns anzuschließen, ist herzlich willkommen – egal ob Männlein oder Weiblein. Kommt einfach zur Registrierung und meldet euch. Jede Teilnehmerin und jeder Teilnehmer erhält ein Gratis-Bier im Anschluss.*“

Mac drehte sich zu Grant um. „Lass uns da mitmachen!“

Eine seiner dunklen Augenbrauen wanderte in die Höhe. „Wenn du unbedingt ein Bier trinken willst, können wir auch in einen Pub gehen.“

Sie verdrehte die Augen. „Komm schon! Das wird Spaß machen.“

„Es wird mit Sicherheit schmutzig und anstrengend sein, und wenn es vorbei ist, sind wir verschwitzt.“

Er bot ihr die beste Steilvorlage von allen, weshalb sie glucksend erwiderte: „Das klingt verdächtig nach Sex, und der macht schließlich auch Spaß.“

Grant schnitt eine Grimasse. „Aber beim Sex besteht nicht die Gefahr, dass deine Handfläche vor lauter Beanspruchung ganz wund und aufgerieben ist.“

Nachdenklich erwiderte sie: „Also eigentlich ...“

„Vergiss es“, unterbrach er sie mit einem Ächzen. „Ich weiß selbst, was du sagen wolltest.“

„Also machst du auch mit?“

Grant stand vor ihr wie ein Märtyrer, und seine Schultern sackten hinab.

„Was hast du schon zu verlieren?“, zog sie ihn auf.

Eine Stunde später fragte sich hingegen Mac, was sie zu verlieren hatte, als sie zusammen mit Grant auf der einen Seite eines Seiles stand und zusammen mit acht weiteren Teilnehmern gegen eine andere Gruppe antrat. Unter viel Gelächter kämpften sie dagegen an, nicht in den Matsch befördert zu werden, und zogen an ihrem Ende des Seiles. Dabei lehnte sie mit dem Rücken fast gegen Grants Brust, der sie anfeuerte, fester zu ziehen, und dabei ein tiefes, melodisches Lachen von sich gab, das in ihrer Brust widerhallte.

Als sie doch im Matsch landeten, sah Grant plötzlich nicht mehr wie der etwas zugeknöpfte Anwalt aus, der eine Partie Golf spielen wollte, sondern wie ein heißer, atemberaubender Mann, dem Matsch an der Stirn und auf dem Kinn klebte – und mit dem man unglaublich viel Spaß haben konnte.

KAPITEL 7

„Das ist genau das Wetter, das ich mit Schottland in Verbindung bringe."

„Keine Sorge, Lass, sobald wir ein paar Seemeilen hinter uns gebracht haben, kommt die Sonne raus", erklärte der Mann am Ruder, der in seinem blauen Pullover und der selbst gestrickten Mütze wie ein alter Seebär aussah und auch so sprach. Obwohl sie in den Lowlands von Schottland waren, in der Nähe von Dumfries, um genau zu sein, hatte Grant seine Schwierigkeiten, den anderen Mann zu verstehen, da dieser in einem harten schottischen Akzent sprach. Die Sicherheitseinweisung war ein kleiner Albtraum gewesen, weil er nur jedes zweite Wort verstanden hatte. Den Rest hatte er sich einfach zusammengereimt.

„Ich kann mir kaum vorstellen, dass es gleich besser wird", murmelte Mac neben Grant und schlang die

Arme um sich – jedenfalls versuchte sie es, was dank der Schwimmweste, die sie über dem blauen Regencape trug, eher schwierig war.

Zusammen quetschten sie sich zum Skipper ins Ruderhaus der kleinen Schaluppe, die durch den Meeresarm von Solway fuhr und dem Regen trotzte, der wie Bindfäden an der Frontscheibe klebte. Das Wetter war für eine Bootstour nicht perfekt, aber da sie morgen die Grenze nach England überqueren würden, war heute die letzte Möglichkeit, um aufs Meer zu fahren und vielleicht ein paar Delfine und andere Meeresbewohner beobachten zu können. Wenn er gewusst hätte, dass es so ungemütlich und kalt sein würde, hätte er die Tour abgesagt. Macs Lippen liefen bereits blau an, und sie sah nicht aus, als würde sie die Fahrt bisher genießen. Grant bekam ein schlechtes Gewissen, immerhin war die heutige Aktivität seine Idee gewesen.

Wenigstens waren sie die Einzigen, die bei der heutigen Tour teilnahmen, denn mehr Leute hätten in das Ruderhaus des Bootes nicht gepasst. Am hinteren Deck war zwar eine breite Bank montiert worden, auf die man sich hätte setzen können, aber da es regnete, war es im Inneren des Ruderhauses angenehmer – auch wenn es nicht viel wärmer war.

„Ist dir kalt?“, fragte Grant und musste sich genau in diesem Moment am Türrahmen festhalten, da die Schaluppe einen Satz nach vorn machte.

Auch Mac torkelte – geradewegs auf ihn zu.

Er legte seinen Arm um ihre Schulter und lehnte sich mit dem Rücken gegen das Seitenfenster, während er sie an sich zog. Das war am sichersten. Und es fühlte sich toll an. Mac roch wunderbar. Frisch und süß. Außerdem genoss er es, ihren Körper nah an seinem zu spüren. Obwohl es kalt war, fühlte sie sich warm an.

„Es ist in Ordnung. Vielleicht etwas frisch, aber völlig okay", erwiderte sie auf seine Frage und protestierte nicht, dass er noch immer seinen Arm um sie geschlungen hatte.

„Wirst du seekrank?"

„Es wäre das erste Mal. Hoffen wir das Beste." Sie seufzte schwer.

Grant schaute auf ihren Kopf und betrachtete versonnen ihr dunkles Haar, das sie heute zu einem Zopf geflochten hatte, der sie fast mädchenhaft wirken ließ. Am gestrigen Tag war es nach den Highland Games hoffnungslos zerzaust gewesen. Er konnte sich nicht daran erinnern, jemals eine Frau mit Matsch und Dreck im Gesicht gesehen zu haben, die bezaubernder ausgesehen hatte als Mac. Sogar in einer unförmigen, blauen Regenjacke und einer knallorangefarbenen Rettungsweste war sie eine Augenweide.

„Glaubst du, dass wir heute Delfine sehen werden?", wollte sie von ihm wissen und schmiegte sich wie selbstverständlich gegen ihn. Der Geruch nach Frühling drang in seine Nase.

Obwohl die Frage an ihn gerichtet war, antwortete ihr Skipper, der am Ruder stand und mit der kalten Meeresluft, die ins Ruderhaus zog, offenbar keine Probleme hatte. „Keine Sorge, Lass, ich kenne die Gegend wie meine Westentasche. Es gibt da einige Stellen, an denen wir mit großer Sicherheit ein paar Delfine oder Tümmler sehen. Erst vor drei Tagen wurde eine Gruppe Minkwale in nordöstlicher Richtung gesichtet. Vor einem Jahr verirrte sich sogar ein Orca in unsere Gefilde. Die sind sonst eher um die Shetland-Inseln herum zu finden."

Mac legte den Kopf zurück und sah zu Grant mit einem aufgeregten Funkeln in den Augen auf. „Das klingt viel besser als Seaworld."

„Viel besser", stimmte er zu.

Er lebte in Seattle, wo es eine ganze Tourismusbranche für Waltouren oder Walbeobachtungstouren gab, aber bisher war er immer zu beschäftigt gewesen, um an einer solchen Tour teilzunehmen. Und das, obwohl er als Kind ganz verrückt nach dem Film *Free Willy* gewesen war.

In den nächsten Minuten wurden sie heftig durchgeschaukelt, was bedeutete, dass Mac immer wieder gegen ihn gepresst wurde. Ihm blieb also nichts anderes übrig, als sie weiterhin eng an sich gezogen zu halten und seinen Arm dort zu lassen, wo er war – um ihre Schultern geschlungen. Währenddessen plauderte Mac mit dem Skipper, der ihr alles Wissenswerte über die hiesige Tierwelt und Artenvielfalt erzählte. Sicher war sich Grant zwar nicht, weil er – wie gesagt – nur jedes zweite Wort verstand, aber das war okay. Er fand es interessant genug, Mac so nah neben sich zu spüren und bei sich zu halten.

Offenbar war ihr Skipper ein Genie in Sachen Wettervorhersagen, weil der Himmel tatsächlich wie aus dem Nichts aufklarte und der Regen aufhörte. Gerade eben waren dicke Regentropfen gegen die Frontscheibe geprasselt und kurz darauf schien die Sonne und die dicken Regenwolken waren verschwunden. Es war zwar immer noch kalt und windig, aber wenigstens regnete es nicht mehr. Auch die See wurde ruhiger, sodass das heftige Schaukeln des Bootes aufhörte.

Gezwungenermaßen zog Grant seinen Arm zurück, blieb jedoch stehen, wo er war.

„Hast du Lust, das Ruder zu übernehmen?" Der Skipper sah ihn fragend an. „Du kannst dich nützlich machen, damit ich nicht die ganze Arbeit allein erledigen muss, während du mit der jungen, hübschen Dame flirtest."

„Wird gemacht", entgegnete Grant belustigt und trat ans Ruder.

Nach einer kurzen Einweisung übernahm er das Steuer der Schaluppe und achtete darauf, den Kurs zu halten, während der Skipper auf Deck verschwand und sie beide allein ließ.

Mac stellte sich neben ihn und schaute ihm dabei zu, wie er das kleine Boot steuerte. „Soll ich ein Foto von dir machen, wie du hinter dem Steuer stehst, damit du es als dein Facebookprofilfoto benutzen kannst?"

Er hatte ihren belustigten Unterton keineswegs überhört, und antwortete daher: „Als Profilfoto wäre das Motiv viel zu schade. Lieber lasse ich es auf meine Visitenkarten drucken."

„Bei deinem nächsten Klassentreffen wärst du der Star – dein Haus, dein Auto, dein Boot. Ob da jemand mithalten kann?"

„Glücklicherweise habe ich immer wichtige Termine, sobald Klassentreffen anstehen", bekannte Grant und schnitt eine Grimasse, während er den Horizont im Blick behielt.

„Kein Fan von Klassentreffen?"

„Nicht sonderlich. Man trifft dort nur auf die Leute, die man schon während der Schulzeit nicht leiden konnte. Und du? Hast du dich schon einmal auf einem Klassentreffen sehen lassen?"

„Ein Mal – auf dem zehnjährigen. Ich dachte, es würde lustig werden."

„Und war es das?"

Ihr Blick sagte alles. „Es war grauenvoll. Ich wurde wie ein Kuriosum betrachtet, weil ich nicht verheiratet oder wenigstens verlobt war. Bis auf Sammy Carpenter, die sich in der achten Klasse bereits als Lesbe geoutet hatte, war ich dort die einzige Frau ohne Ring am Finger. Dementsprechend öde waren die Gespräche um mich herum. Nicht einmal betrinken konnte ich mich, weil die Veranstaltung nachmittags stattfand und kein Alkohol ausgeschenkt wurde."

„Du hast recht – Spaß klingt anders."

Grant beobachtete, wie sie sich mit der Hüfte gegen das Ruder lehnte und aufs Meer hinausschaute. Ihre Lippen umspielte ein sanftes Lächeln. „Ich hatte mich darauf gefreut, meine Schulfreunde wiederzusehen – Menschen, die mit mir aufgewachsen waren und von denen ich als Teenager geglaubt hatte, dass wir noch mit achtzig Jahren befreundet sein würden. Wir haben so viel gemeinsam erlebt. Das hätte uns zusammenschweißen müssen. Aber als wir uns wiedersahen, war da nichts mehr, was uns irgendwie miteinander verbunden hätte. Es war komisch, denn ich war froh, als ich die Party verließ. Heute habe ich neue Freunde, aber bei ihnen bin ich mir sicher, dass wir uns niemals entfremden werden. Manchmal sehe ich Lucy, Blair und Harper eine ganze Weile nicht, aber sobald wir uns treffen, fühlt es sich an, als hätten wir uns erst gestern gesehen."

Er biss die Zähne aufeinander, sobald sie über ihre Freundinnen sprach. Seine Exverlobte war nicht unbedingt ein Thema, das er mit Mac besprechen wollte. Eigentlich klammerte er seit Tagen alles aus, was Harper und die abgesagte Hochzeit betraf, damit das

Thema nicht aufkam und er sie nicht belügen musste. Das schlechte Gewissen darüber, dass sie nicht wusste, wer er wirklich war, nagte von Tag zu Tag mehr an ihm. Mittlerweile kannte er Mac besser und wusste, wie loyal sie war.

„Hast du einen Freund, bei dem es dir so geht?", wollte sie unvermittelt von ihm wissen und wandte ihm das Gesicht zu.

Grant hatte Mühe, sich auf ihre Frage zu konzentrieren, denn mit den vom kalten Wind geröteten Wangen und den glänzenden Augen sah sie wunderschön aus.

„Ich würde sagen, das ist Zac – mein bester Freund und Arbeitskollege." *Der vermutlich nicht mehr mit ihm sprach, weil Grant abgehauen war, ohne ihm zu sagen, dass er die Hochzeit abgesagt hatte.*

„Ah." Sie nickte wissend. „Dein Kumpel, mit dem du diesen Roadtrip machen wolltest."

„Genau", erwiderte er in dem Bewusstsein, dass er schon wieder log. „Mein Kumpel."

„Hey, Steuermann." Der Skipper steckte seinen Kopf ins Ruderhaus herein und nickte nach draußen. „Wenn du dich auf deinen Job konzentrieren würdest, hättest du längst die Delfinfamilie entdeckt, die backbord zu sehen ist."

Mac riss bei seinen Worten die Augen weit auf und begann zu strahlen. Sie drängte sich am Skipper vorbei an Deck. Grant folgte ihr langsamer, nachdem er dem anderen Mann das Steuer übergeben hatte. Er konnte hören, wie die Motoren gestoppt wurden, und trat neben Mac. Sie stand ergriffen an der Reling und beobachtete ein halbes Dutzend Delfine, das nicht weit entfernt zu spielen schien. Er folgte Macs Blickrichtung und betrachtete ebenfalls das Spiel der Meeresbewohner, die dem Boot keine Beachtung schenkten und stattdessen fröhlich aus dem Wasser sprangen und wieder untertauchten. Ein schöneres Schauspiel gab es wohl wirklich nicht.

Das fand offenbar auch Mac. „Sieh dir das an", flüsterte sie ihm zu und legte ihre Hand auf seine. „Nur ein paar Meter entfernt spielen Delfine. Unglaublich."

Unglaublich fand Grant vor allem das Gefühl von ihrer Hand auf seiner oder den Ausdruck purer Begeisterung und Freude auf ihrem Gesicht, während sie den Tieren zusah.

Ebenso unglaublich war das rasante Herzklopfen, das bei ihm einsetzte, als Mac so nah bei ihm stand, dass ein paar ihrer Haarsträhnen im Wind flatterten und ihn im Gesicht kitzelten. Oder ihr Lachen, als zwei besonders neugierige Tiere so nah ans Boot heranschwammen, dass Mac und er ein paar Wasserspritzer abbekamen, sobald die Delfine mit ihren Flossen schlugen.

Grant wünschte sich, dass die Dinge zwischen ihnen anders stünden. Dass sie unkomplizierter wären.

Und dass er nicht derjenige war, der in Macs Augen das Herz ihrer Freundin gebrochen hatte.

~

„AUF EUREN BETTEN liegen kleine Frühstücksmenüs für morgen. Kreuzt einfach an, was ihr gerne hättet, und legt die Zettel auf die Kommode in den Flur. Mein Mann macht großartige French Toasts, falls ihr die versuchen möchtet." Die Betreiberin der Bed-and-Breakfast-Pension schloss fröhlich die Tür zum Schlafzimmer auf und plapperte munter weiter. „Und schreibt ruhig dazu, wann ihr frühstücken möchtet. Wir fangen um sieben Uhr an und servieren Frühstück bis halb zehn. So, das wäre das eine Schlafzimmer. Das andere befindet sich gleich nebenan. Es gibt zwar eine Verbindungstür, aber das andere Zimmer hat auch eine eigene Tür zum Flur."

„Vielen Dank", entgegnete Mac und betrat vor Grant das Zimmer.

Sie hatte leichte Skrupel, mit ihren Straßenschuhen über den gepflegten Teppichboden zu laufen, aber in den letzten Tagen hatte sie bereits herausgefunden, dass die meisten Briten Teppichböden hatten. Auch in diesem Gästezimmer war hellgrauer Teppich verlegt worden, der wunderbar zu dem gemütlich eingerichteten Zimmer passte, in dem sie oder Grant heute Nacht schlafen würde. Nach der schaukligen, wunderschönen Bootstour sehnte sie sich nach einem warmen, kuscheligen Bett und etwas Schlaf. Und nach etwas Zeit, um die verwirrenden Gefühle in den Griff zu bekommen, die Grant in ihr auslöste.

„Ja, danke. Das sieht alles ganz fantastisch aus", erwiderte nun auch Grant, der ihre Reisetasche auf den Boden stellte. „Wir werden uns bei Ihnen sehr wohlfühlen."

Mona, ihre Gastgeberin, deutete auf den Fernseher. „Falls ihr fernsehen wollt, müsst ihr zusätzlich den Receiver einschalten. Die beiden Fernbedienungen liegen auf dem Schreibtisch. Dort findet ihr auch einen Wasserkocher, wenn ihr Lust auf Tee oder Kaffee habt. Ein Badezimmer mit Duschen und Handtüchern befindet sich in beiden Zimmern en-suite. Ach ja, falls ihr heute Abend später nach Hause kommt, ist die Tür vielleicht schon abgeschlossen, aber ihr habt ja einen Universalschlüssel."

„Ich denke nicht, dass wir noch rausgehen werden." Mac lächelte erschöpft. „Ich für meinen Teil bin ziemlich müde."

„Nicht nur du. Ich auch", stimmte Grant ihr zu.

Erklärend fügte Mac an Mona gewandt hinzu: „Wir haben heute eine Bootstour durch die Bucht von Solway gemacht."

Mona zwinkerte verblüfft. „Bei dem Wetter?"

„Ja, wir sind ziemlich furchtlos", gab Mac lachend zurück. „Aber es hat sich auch gelohnt, denn wir haben tatsächlich Delfine gesehen. Sie waren ganz nah und schwammen um das Boot herum."

„Na, dann habt ihr ja doppelt Glück." Die ältere Frau nickte gut gelaunt. „Gerade als ihr heute Mittag angerufen habt, waren diese beiden Zimmer frei geworden. Im September sind wir nämlich immer komplett ausgebucht. Und wie es der Zufall so will, habt ihr die zwei Zimmer ergattert, auf deren gemeinsamer Terrasse ein beheizter Whirlpool steht. Nach einer kalten Bootstour ist das vermutlich die beste Art, sich aufzuwärmen."

Nun war es an Mac, verblüfft zu zwinkern, und das nicht nur wegen des Whirlpools.

Wieso sollten sie heute Morgen hier angerufen haben, um nach zwei Zimmern zu fragen? Grant hatte die Hotels und Pensionen schließlich lange im Voraus für sich und seinen Kumpel gebucht.

Jedenfalls hatte er ihr das erzählt.

Argwöhnisch schaute sie ihn an, aber er sah nicht in ihre Richtung, sondern lauschte andächtig ihrer Gastgeberin, die etwas über den Whirlpool erzählte.

Er wirkte völlig unschuldig. Mac kannte seine Mimik jedoch mittlerweile ganz gut und ahnte, dass er etwas verbarg. Grant mochte Anwalt sein und somit über ein grandioses Pokerface verfügen, aber sie legte er nicht so schnell rein. Sobald Mona sie allein ließ, würde sie ihn fragen, was hier los war.

Ihre Chance kam schneller als gedacht, denn Mona

verabschiedete sich gleich darauf und wünschte ihnen beiden eine gute Nacht. Mac schälte sich aus ihrer Jacke und warf diese auf das ordentlich gemachte Bett, während sie versuchte, Grants Blick einzufangen. Der öffnete jedoch die Verbindungstür zum anderen Zimmer und schob seinen Koffer hinein.

„Das zweite Zimmer hat genau die gleiche Größe. Willst du das hier nehmen? Dann nehme ich das andere."

Auch wenn es müßig war, mit seinem Rücken zu reden, fragte sie ihn neugierig: „Was meinte Mona gerade?"

„Hm?" Noch hatte er ihr seine Rückseite zugekehrt.

„Wieso hat sie davon gesprochen, dass wir heute Morgen bei ihr angerufen haben? Ich dachte, dass alle Unterkünfte bereits gebucht und bezahlt worden sind. Du hast mir erzählt, dass dein Kumpel und du ..."

„Ach das." Er drehte sich zu ihr um und winkte ab. „Mir fiel gestern Abend im Hotel auf, dass mein Kumpel und ich für heute und morgen einen Angelausflug im Lake District geplant und dort ein Hotel reserviert hatten. Also habe ich dort angerufen und erfahren, dass die Zimmer stornierbar waren. Ich denke nicht, dass du Lust auf einen zweitägigen Angelausflug hattest. Heute Morgen habe ich dann nach einer Alternative gesucht und hier angerufen."

Das klang plausibel.

Mac zuckte innerlich mit den Schultern und vergaß

die Angelegenheit, immerhin war es ihr egal, wie lange die Unterkünfte im Vorfeld reserviert worden waren. Sie warf ihre Handtasche zu ihrer Jacke aufs Bett und klatschte in die Hände. „Hat Mona etwas von einem Whirlpool gesagt?“

Ohne auf seine Antwort zu warten, durchquerte sie das Zimmer und öffnete die doppelseitige Balkontür, die direkt auf eine hölzerne Terrasse führte, an deren rechter Seite an einer hölzernen Trennwand ein großer Whirlpool stand. Mac war begeistert, denn der Whirlpool war so platziert worden, dass man einen herrlichen Ausblick über ein saftig grünes Tal hatte, wenn man es sich dort gemütlich machte. O ja, ein warmes, entspannendes Blubberblasenbad vor dem Schlafen wäre ein absoluter Traum.

„Also ich weiß ja nicht, was du tust, aber ich genehmige mir gleich ein Bad“, verkündete sie Grant, als der neben sie trat und ebenfalls den Whirlpool musterte, der Platz für mindestens sechs Menschen bot.

„Ich dachte, dir wäre kalt“, merkte er an.

„Das Wasser im Whirlpool ist bestimmt heiß.“ Um ihre Aussage zu bestätigen, trat sie nah an den Whirlpool heran und steckte einen Finger hinein. „Ich hatte recht. Angenehm warm. Versuch es auch einmal.“

Grant schüttelte den Kopf. „Lieber nicht. Wer weiß, wer vorher da drin war.“

Mac starrte ihn an, als hätte er nicht mehr alle Tassen im Schrank. „Ich glaube kaum, dass ein

Leprakranker hier hineinspaziert ist, um es sich im Whirlpool gemütlich zu machen. Was soll schon passieren?"

„Eiterbeulen, Ausschlag, Pilzinfektionen ..."

„Vermutlich trägst du in deiner eigenen Dusche Plastiksandalen, um keinen Fußpilz zu bekommen, richtig?"

Als Erwiderung schnitt er eine Grimasse. „Auch auf die Gefahr hin, dich zu enttäuschen, aber ich dusche nackt."

Gespielt erschrocken griff sie sich ans Herz. „Du Rebell!"

„Sehr komisch, Mac." Mit dem Kinn nickte er in Richtung Terrassentür. „Kommst du mit rein?"

„Wieso? Ich dachte, wir würden uns in den Whirlpool setzen."

Ungeduldig verschränkte er die Arme vor der Brust. „Ich habe sowieso kein Badezeug dabei."

„Ich auch nicht."

Zufrieden nickte Grant. „Also ist die Diskussion eh sinnlos, schließlich ..."

„Mach die Augen zu", unterbrach Mac seine Argumentation und schlüpfte aus ihren Schuhen, während sie nach dem Saum ihres Pullis griff.

„Wieso?" Grant klang völlig ratlos.

„Weil ich mich jetzt ausziehe", erwiderte sie gelassen.

Grant schnappte hörbar nach Luft. „Was? Du willst

in Unterwäsche in den Whirlpool steigen? Und wenn dich jemand sieht?"

„Wer soll mich denn sehen?" Mit gerümpfter Nase drehte sie den Kopf in alle Richtungen. Von der Terrasse aus hatte man einen Blick in ein unbewohntes Tal und durch die hölzernen Trennwände links und rechts konnte niemand auf die Terrasse schauen. „Außerdem will ich mir meine schöne Unterwäsche nicht ruinieren."

„Soll das heißen, dass du nackt in den Whirlpool steigen willst?" Er klang fassungslos.

Mac wartete mit einer Antwort, bis sie sich den Pulli über den Kopf gezogen und neben sich fallen gelassen hatte. „Jep." Sie öffnete ihre Hose und zog sie nach unten, bevor sie sie von sich trat.

„Ziehst du dich gerade wirklich vor mir aus?"

„Hast du etwas dagegen?" Neugierig schaute sie ihn an, während sie lediglich in T-Shirt, Unterwäsche und Hello-Kitty-Socken vor ihm stand. „Ich glaube, dass du schon einmal eine nackte Frau gesehen hast, oder?"

„Ja, aber dabei war ich eigentlich auch immer nackt."

„Dann runter mit den Klamotten. Ich teile den Whirlpool gerne mit dir." Mit dem Zeigefinger beschrieb sie einen Kreis und lächelte ihn zuckersüß an. „Einmal umdrehen, bitte."

Grant verzog zwar den Mund, gehorchte jedoch

und brummte dabei: „Das ist lächerlich, Mac. Ich werde nicht nackt zu dir in den Whirlpool steigen."

„Spielverderber." Kichernd schlüpfte sie aus ihrem T-Shirt und zog auch ihre Unterwäsche sowie ihre Socken aus, während er noch immer mit dem Rücken zu ihr stand. „Wenn du nicht zu mir in den Whirlpool steigen willst, warum stehst du dann noch immer auf der Terrasse herum?"

Er antwortete mit einer Gegenfrage: „Kann ich mich wieder umdrehen?"

„Einen Moment noch", bat sie ihn und stieg über die kleine Treppe in den Whirlpool hinein. Sie stöhnte genießerisch, als sie sich ins warme Wasser sinken ließ. „Du solltest es dir noch einmal überlegen, Grant. Es ist himmlisch." Obwohl sie bis zur Schulter im Wasser versunken war, zog sie ihre Beine an den Körper heran und umschloss diese mit beiden Armen. „Jetzt kannst du dich wieder umdrehen."

Das tat er auch und betrachtete sie argwöhnisch, bevor sein Blick zu ihrem Kleiderhaufen glitt, auf dem ihr schwarzer BH thronte.

„Du bist nackt."

„Wie Gott mich schuf", erwiderte sie lächelnd.

Mac wusste, dass Grant bis auf ihre nackten Schultern nichts sehen konnte, schließlich war es bereits dämmrig und die eine Lampe direkt neben der Terrassentür spendete lediglich ein trübes Licht. Und zudem hatte sie die Beine an den Körper gezogen. Wenn sie erst einmal die Düsen angestellt hätte, würde man außer Blubberblasen eh nichts mehr sehen.

„Entweder kommst du jetzt rein oder du wartest, bis ich fertig bin und ins Bett gehe, bevor du den Whirlpool selbst ausprobieren kannst. Aber ich sollte dich warnen, dass es länger dauern könnte."

So entrüstet und bieder wie er sich gerade gegeben hatte, glaubte Mac, dass er sich tatsächlich einfach umdrehen und im Zimmer verschwinden würde, doch überraschenderweise zog er sich seinen Pulli über den Kopf und knöpfte sich gleich darauf das Hemd auf.

Nichtsdestotrotz brummte er dabei: „Nicht zu fassen, dass ich das tue."

Ihn aus seinem überkorrekten Schneckenhaus zu locken, machte besonders viel Spaß. „Keine Sorge, du verstößt gegen kein Gesetz, weil du dich zu mir in einen Whirlpool setzt. Obwohl ich mir vorstellen könnte, dass es den einen oder anderen Bundesstaat gibt, in dem völlige Nacktheit in Whirlpools verboten ist. In Texas darf man beispielsweise keine Vibratoren besitzen."

„Wann sind wir eigentlich auf das Thema Sexspielzeug gekommen?"

„Keine Ahnung", entgegnete Mac und fragte sich plötzlich, welcher Teufel sie geritten hatte, nackt in diesen Whirlpool zu steigen und dann auch noch Grant zu provozieren, dass er sich zu ihr setzte. Der

Mann sah mit nacktem Oberkörper nämlich fantastisch aus.

Ihr Mund wurde trocken.

Sie sah breite Schultern und eine ausgeprägte Brust, auf der schwarze Haare wuchsen, die sich über seinen flachen Bauch hinweg verjüngten und unter dem Bund seiner Hose verschwanden. Seine Arme waren muskulös, aber nicht aufgepumpt. Er war athletisch und kräftig, aber kein gestählter Muskelmann, der davon träumte, Arnold Schwarzenegger zu doubeln. Als er den Gürtel seiner Hose öffnete und diese fallen ließ, konnte Mac nicht nur sehen, dass er ein Paar hellblauer Boxershorts trug, sondern auch, dass seine Beine wohlgeformt und trainiert waren. Es gab einfach nichts Unerotischeres als Männer mit dünnen, schlaksigen Beinen. An Grant war nichts dünn oder schlaksig.

Betont gelassen legte er den Kopf schief und hakte beide Daumen in den Bund seiner Boxershorts. „Einmal die Augen schließen, bitte."

„Meinetwegen", maulte sie und legte beide Hände über ihre Augen.

Das Rascheln von Stoff sagte ihr, dass er sich gerade komplett entblätterte, bevor Wasser spritzte und er ebenso zufrieden seufzte wie sie.

Mit ebendieser zufriedenen Stimme warf er ihr vor: „Du hast gelinst, richtig?"

Natürlich hatte sie das, auch wenn sie leider nichts

hatte erkennen können. „Natürlich nicht“, empörte sich Mac und zog die Hände von ihren Augen weg.

Das Atmen fiel ihr plötzlich etwas schwer, denn Grant saß ihr genau gegenüber, hatte seine Arme lässig über den Rand des Whirlpools gelegt und die Beine von sich gestreckt. Sie dagegen hatte jede zu zensierende Stelle verdeckt, als sie die Beine an den Körper gezogen hatte. Von Grant konnte sie jedoch alles sehen. Wirklich alles. Und es machte ihm nicht einmal etwas aus. Ansonsten hätte er seine Blöße bedeckt oder ebenfalls die Beine angezogen.

Aber nein, er lehnte entspannt im Wasser und hatte sich so frei entfaltet, dass seine Wade beinahe ihren Oberschenkel berührt hätte. Der Whirlpool war definitiv zu klein.

Hatte sie ihn gerade noch bieder und prüde genannt?

Jetzt war es eher so, dass sie sich bieder und prüde vorkam, weil sie hier saß und die Beine wie einen Schutzschild benutzte, damit er nichts von ihr sehen konnte. Dabei war diese Aktion ihre Idee gewesen. Und unbequem war das Ganze auch noch.

„Schaltest du den Whirlpool ein?“, bat sie ihn, weil er direkt neben dem Tableau saß, an dem man die Düsenfunktionen bedienen konnte.

Mac konnte sehen, wie er grinste, als wüsste er genau, was sie dachte. Das gefiel ihr nicht, immerhin gab sie sich lieber unberechenbar. Es war deutlich besser, diejenige zu sein, die für Überraschungen sorgte, anstatt selbst überrascht zu werden. Und ein nackter Grant *war* eine Überraschung.

„Ja, Ma'am." Er gehorchte und schaltete die Düsen ein.

Augenblicklich begann das Wasser zu sprudeln und wilde Blasen zu bilden.

Erleichtert entspannte Mac ihre Beine, die sich bereits zusammengekrampft hatten, und streckte sie von sich. Während sie sich tiefer ins Wasser sinken ließ, betrachtete sie Grant verstohlen. Er hatte unbekümmert die Augen geschlossen und genoss offenbar den Sprudel des Whirlpools, was sie ihm nicht verdenken konnte. Es war auch himmlisch, das heiße Wasser um sich herum zu spüren. Problematisch wurde es nur, wenn man nackt mit einem Mann im Whirlpool saß, der einen alles andere als kaltließ.

Es wäre so einfach gewesen, sich zu ihm zu gesellen, ihn zu küssen und heißen Sex in einem Meer aus Blubberblasen zu haben, aber irgendetwas hielt sie davon ab. Vielleicht war es die Tatsache, dass sie es genoss, wie rücksichtsvoll und höflich Grant sich ihr gegenüber verhielt. Er trug ihre Tasche, ließ ihr den Vortritt und öffnete Türen für sie. Zum ersten Mal in ihrem Leben behandelte ein Mann sie voller Respekt und sah in ihr nicht nur ein Sexobjekt. Das wollte sie nicht ruinieren, indem sie sich, kaum dass sie beide nackt waren, auf ihn stürzte. Vielleicht wollte sie aber auch nicht die Nähe zerstören, die sich zwischen ihnen gebildet hatte. Sex verkomplizierte nun einmal Dinge zwischen Menschen. Mac war eine Expertin darin, das Interesse an Männern zu verlieren, wenn sie mit ihnen geschlafen hatte. Und sie wollte nicht, dass das bei Grant passierte.

Gleichzeitig wollte sie ... mehr.

Heiße Küsse, seinen Geruch an ihrer Haut, ihre Hände auf seiner Brust und seine Hände auf ihrem Körper.

„Und jetzt erzähl mir noch einmal vom texanischen Sexspielzeugverbot", bat er sie unvermittelt.

Aus ihren Gedanken gerissen, die sich ebenfalls mit Sex beschäftigt hatten, starrte sie ihn an. „Was?"

„Du hast gerade gesagt, dass in Texas Vibratoren verboten sind. Bist du sicher?"

„Sag du es mir. Schließlich bist du der Anwalt."

Als er sich mit einer Hand durch sein Haar fuhr, spannte sich sein Bizeps an. „Ich bin Anwalt für Steuerrecht, nicht für ... Belange der sexuellen Unterhaltungsindustrie."

Sie fand es ungefährlicher, über seinen Job zu reden als über die sexuelle Unterhaltungsindustrie. „Steuerrecht? Bedeutet das, dass du anderen Menschen hilfst, Steuern zu sparen, damit sie noch reicher werden?"

Grant lächelte schwach. „So würde ich es nicht nennen."

„Sondern?"

Er zuckte mit den Schultern. Ein paar Wassertropfen spritzten dabei in die Luft. „Ich würde sagen, ich helfe meinen Mandanten dabei, ihre wirtschaftliche Lage so weit zu optimieren, wie es unser Steuerrecht zulässt."

„Ah ..." Sie nickte verstehend. „So klingt es natürlich viel besser. Das erinnert mich an meinen Debattierclub im College. Da wurde auch alles so schön umformuliert, bis es toll klang."

„Du warst in einem Debattierclub?"

Seine milde Neugierde tat ihr gut, denn meistens wurde sie wie ein Marsmännchen angestarrt, wenn sie erzählte, dass sie auf dem College gewesen war – auf einem guten College, das erfolgreiche Menschen wie Madeleine Albright, Hillary Clinton und Pamela Melroy hervorgebracht hatte. Niemand vermutete von einer Frau, die bei einer Mietwagenfirma am Empfang stand, dass sie einen Collegeabschluss besaß. Dass Grant nicht überrascht wirkte, gefiel ihr.

„Ja, und ich war ziemlich gut, aber nach ein paar Monaten trat ich aus."

„Wieso?"

„Zickenkrieg", urteilte sie leichthin. „Ich war in Wellesley und bekam den gesamten Frust der Clubvorsitzenden ab, weil ich nicht länger mit ihrem Bruder ausgehen wollte. Seither arbeite ich grundsätzlich lieber mit männlichen Arbeitskollegen zusammen."

„Und ich arbeite sehr gerne mit weiblichen Arbeitskollegen zusammen."

Mac zog eine Augenbraue in die Höhe. „Weil sie den besten Kaffee kochen können?"

„Wir haben einen Kaffeevollautomaten im Büro", entgegnete er nonchalant auf ihre sarkastische Frage. „Nein, Frauen sind generell besser in Problemlösungen und können ihr Ego hintanstellen. In einer reinen Männerrunde kommt es viel zu oft zu einem Schwanzvergleich und das behindert ein erfolgreiches Arbeiten."

Dass ausgerechnet Grant das Wort Schwanzvergleich in den Mund genommen hatte, fand Mac erstaunlich. Er wirkte fast schon zu überkorrekt, als dass er solche Begriffe verwendete. „Mit der Einstellung bist du vermutlich ziemlich allein."

„Nicht unbedingt. Zum Glück ändert es sich langsam, aber es ist noch ein langer Weg."

Nachdenklich sah sie ihn an und konnte nicht glauben, dass sie beide nackt im Whirlpool saßen und eine Feminismusdebatte über Arbeitschancen von Frauen führten.

„Wenn ich an meinen Boss denke, magst du recht haben."

„Du meinst deinen Boss, der nichts gegen sexuelle Belästigung am Arbeitsplatz hat?"

Mac rümpfte die Nase. „So würde ich es nicht unbedingt nennen."

„Sondern?“

Sie zuckte mit den Schultern und sank schnell wieder tiefer ins Wasser, weil sie befürchten musste, dass ihre Brüste gerne eine Stippvisite an der frischen Luft machen wollten. „Er scheint kein Womanizer zu sein und wenig Datingerfahrung zu haben. Deshalb schießt er übers Ziel hinaus, wenn er mich um ein Date bittet. Leider merkt er nicht, dass er nicht mein Typ ist.“

„Und wer ist dein Typ?“ Klang seine Stimme wirklich plötzlich tiefer als sonst? Und war sein Blick schon immer so intensiv und dunkel gewesen? Mac konnte es nicht mit Bestimmtheit sagen.

„Nicht mein Boss“, erwiderte sie gespielt beiläufig. „Und auch nicht jemand, der herumläuft, als wenn seine Mutter morgens die Kleidung für ihn heraussuchen und seine Lunchbox vorbereiten würde.“

Grant erwiderte nichts, sondern starrte sie weiterhin mit einer Intensität an, die ihre Haut prickeln und ihr Blut kochen ließ. Innerlich wand sie sich und fragte sich, was er gerade dachte, obwohl sie es ahnte. Kein Mann, dem sie jemals begegnet war, hatte mit seinem Blick Liebe machen können, aber Grant war eine Ausnahme. Seine dunklen, fast schwarzen Augen wanderten über ihr Gesicht und blieben an ihren Lippen hängen, die Mac unweigerlich aneinander rieb, während ihr heiß wurde – innerlich heiß. Und trotz der Hitze, die der Whirlpool abgab, wurden ihre Brustwarzen hart.

Ihr Inneres zog sich lustvoll zusammen, und ihr Puls pochte schneller und schneller, während sie hastiger atmete. Und das alles nur, weil er sie vom anderen Ende des Whirlpools aus ansah, als wäre sie ein köstliches Dessert.

Jedoch tat er nichts.

Es war nicht die Tatenlosigkeit eines schüchternen Mannes, der unsicher war, ob er sein Date küssen sollte. Grant wusste genau, was er tat, und er wollte ihr den nächsten Schritt überlassen.

Die Spannung zwischen ihnen war elektrisch aufgeladen. Da war es wirklich kein Wunder, dass irgendwo im Tal plötzlich ein Donnergrollen zu hören war und am Ende des Horizonts ein Blitz aufleuchtete.

Er seufzte schwer und klang enttäuscht. „Ich schätze, das war es mit unserem Bad im Whirlpool. Wir sollten lieber reingehen, bevor es ungemütlich wird."

Mac nickte wortlos und schnappte nach Luft, als er aufstand. Es war albern, aber sie legte sich abrupt die Hände über die Augen. Ausgerechnet sie! Diejenige mit der großen Klappe, die sich vor seinen Augen ausgezogen und ihn als Spielverderber gefoppt hatte, hielt sich die Hände vor die Augen, als er aus dem Whirlpool stieg und keinerlei Scham kannte. Himmel, sie benahm sich furchtbar albern.

Als sie die Hände wieder wegzog, lief er über die Terrasse in Richtung Balkontür und präsentierte ihr seine nackte Rückseite. Sein breiter Rücken schimmerte im trüben Licht des Terrassenlichts und bestand aus gewölbten Muskeln und ebenen Vertiefungen. Zwei kleine Grübchen befanden sich direkt über seinem Hinterteil, das Mac bereits das eine oder andere Mal bewundert hatte, weil es seine Jeans so gut ausfüllte.

Unwillkürlich nagte sie auf ihrer Unterlippe herum, als er im Zimmer verschwand. Er war eine Augenweide. Nett und charmant dazu.

Und zuvorkommend, denn eine halbe Minute später tauchte er wieder auf – mit einem Handtuch um seine Hüften geschlungen und einem ordentlich gefalteten Handtuch in seinen Händen, das er auf den Rand des Whirlpools legte und sich kommentarlos umdrehte. Das war ritterlich.

Wie immer.

Rasch stand sie auf, schlang das Handtuch um sich und kletterte ebenfalls aus dem Whirlpool hinaus, wobei Grant ihr seine Hand reichte, damit sie nicht ausrutschte.

„Danke", flüsterte sie und stand ihm so nah, dass sie die Wärme seiner Haut spüren konnte. Rasch beugte sie sich vor und küsste ihn auf die Wange, bevor sie sich eilig ins Zimmer begab.

In der Nacht lag sie wach und starrte im Dunkeln

auf die Verbindungstür, die ihre Zimmer trennte und die sie nur hätte öffnen müssen, um sich zu ihm zu gesellen und mit ihm zu schlafen. Aber das tat sie nicht, weil sie Angst davor hatte, was Grant mit ihren Gefühlen anstellte. Sex war meistens der Anfang vom Ende. Wenn sie erst einmal mit einem Mann geschlafen hatte, verlor sie das Interesse an ihm oder er begann mehr zu wollen – eine Beziehung. Eine gemeinsame Zukunft. Eine Familie. Dafür war Mac aber nicht geschaffen.

Und sie hatte Angst davor, was passierte, wenn sie mit Grant schlief und genau das passierte.

Oder was passierte, wenn er das Interesse verlor und sie mehr wollte.

KAPITEL 8

Wie vermutlich jeder Mann hatte auch Grant ein paar Sexfantasien im Kopf, die ein lustvolles Ziehen in seinen Eingeweiden verursachten.

Als Halbwüchsiger hatte er davon geträumt, sich von Pamela Anderson retten zu lassen und ihr dann den roten Badeanzug auszuziehen. Und als Collegestudent hatte er ständig von einem heißen Quickie mit zwei Verbindungsschwestern in einem Hörsaal geträumt.

Seit gestern Abend hatte er eine neue Fantasie – seine bisherige Lieblingsfantasie, die alle anderen in den Schatten stellte. Zu seiner Schande konnte Grant nur noch an Sex in einem Whirlpool denken. An heißen, verdorbenen Sex in einem Wasser voller Sprudelblasen mit einer schwarzhaarigen Nymphe, die es geschafft hatte, ihn die ganze Nacht wach zu halten.

Leider hatte sie ihn auf eine andere Weise wach gehalten, als er bevorzugt hätte.

Grant hatte schlaflos in seinem Bett gelegen und die Zähne zusammengebissen, weil er von einer geradezu schmerzhaften Erektion gequält wurde und über den Gedanken, dass Mac nur ein paar Meter entfernt selig in ihrem Bett schlief und für seine Qualen verantwortlich war, verrückt geworden war. Vermutlich hätte er sich einfach einen runterholen sollen, aber er wollte nicht Hand an sich selbst legen, während die Frau, an die er dabei denken musste, nur ein paar Meter entfernt schlief. Er wollte mit ebendieser Frau schlafen, wollte seine Hände über ihre weiche Haut gleiten lassen und wollte mit seinen Lippen eine Spur feuchter Küsse über ihren gesamten Körper ziehen.

Grant wollte sie riechen, schmecken und Mac vor Lust stöhnen hören, wenn er sich in ihr vergrub, und er wollte ihr in die Augen sehen, während sie gemeinsam kamen. Und vor allem wollte er ihre Brüste berühren und die rosigen Nippel kosten, die sich am gestrigen Abend vorwitzig aus einem Meer von Blubberblasen erhoben hatten, als sie gemeinsam im Whirlpool gesessen hatten.

Gott, dieser Anblick!

Die ganze Nacht lang hatte er nur an Macs Brüste denken können – wunderschöne, perfekt geformte

Brüste, cremezarte Haut und harte, zartrosafarbene Nippel, die genau in seine Richtung gezeigt hatten, als würden sie ihn auffordern, näher zu kommen und sie zu berühren. Auch am Morgen hatten sich seine Gedanken nur darum gedreht, wie verlockend und verführerisch Mac in diesem Whirlpool ausgesehen hatte.

Aus diesem Grund war der bisherige Tag eher angespannt gewesen. Grant wurde immer wieder hart und versuchte diesen Umstand zu verbergen, während Mac seltsam gehemmt und gleichzeitig besonders gesprächig war – sprich: Sie hatte in einer Tour geredet. Fast schon so, als wolle sie kein Schweigen zwischen ihnen zulassen.

Jetzt am Abend hatte sie das Problem gelöst, indem sie zu lauter Musik in einem Club tanzte, in dem keine Unterhaltung möglich war, und er ihr zusah, wie sie auf der Tanzfläche die Hüften kreisen ließ. Wenn es schon schlimm gewesen war, am gestrigen Abend einen freundschaftlichen Kuss auf die Wange zu bekommen, der sich wie tausend kleine Nadelstiche angefühlt hatte, während Grant nichts anderes als einen tiefen, leidenschaftlichen Kuss wollte, der sie beide in ihren Grundfesten erschütterte, war das hier die pure Folter.

Mac tanzte wie entfesselt mit einem entzückten Ausdruck auf dem glühenden Gesicht, während ihre Brüste bei jeder Bewegung auf und ab hüpften und ihr praller Po hin und her schaukelte. Es war erotisch, sie dabei zu beobachten, wie sie sich mit offenem Haar, geröteten Wangen und strahlenden Augen zur Musik bewegte. Im Gegensatz zu den knapp bekleideten Frauen und Mädchen auf der Tanzfläche, deren Outfits so kurz und eng waren, dass Grant bereits an seinem Verstand zu zweifeln begann, trug Mac ihre schwarzen Jeans und ein unspektakuläres, weißes Shirt, das nicht einmal einen nennenswerten Ausschnitt besaß. Und sie trug Turnschuhe.

Aber sie war rassiger, heißer und sinnlicher als alle Frauen in ihren nuttigen Kleidern zusammen.

Das schien nicht nur er zu finden, sondern auch ein paar andere Typen, die bereits um sie herumschlichen oder sie vom anderen Ende der Tanzfläche beobachteten. Grant war ein Kerl und ahnte, woran die anderen Männer dachten, während sie Mac betrachteten, schließlich dachte er auch daran. Der Unterschied war nur, dass er bereits mit eigenen Augen gesehen hatte, dass die Realität die Vorstellung bei Weitem übertraf. In Wirklichkeit war Mac nämlich nackt noch schöner und verführerischer, als man es sich im Kopf ausmalte.

Sie hob den Kopf und grinste ihm zu.

Die Eifersucht auf all die Kerle, die sich gerade vorzustellen versuchten, wie sie Mac ausziehen und vögeln würden, brannte ein Loch in seinen Magen, weswegen er ihr lediglich steif zunicken und mit seiner

Bierflasche zuprosten konnte. Als Antwort lachte sie auf und tanzte einfach weiter.

Sie hatte ihn schon ein paarmal dazu aufgefordert, sich zu ihr auf die Tanzfläche zu gesellen, aber das war keine gute Idee. Allein die Vorstellung, wie sie sich zu Salsaklängen an ihm rieb, ließ ihn Schlimmstes befürchten. Daher stand er am Rand der Tanzfläche und klammerte sich an seine Flasche Corona.

Auch wenn er sich nicht zu ihr gesellte, hatten andere nicht das Problem.

Grant spürte, wie ein Muskel in seiner Wange zuckte, als ein bulliger Typ mit aufgeknöpftem Hemd auf Mac zukam, ihren Arm umfasste und den Kopf zu ihrem senkte, um vertraulich mit ihr zu reden. Alles in ihm spannte sich an, als er sah, wie der andere sie anfasste. Automatisch stellte er seine Flasche beiseite und wollte schon auf die Tanzfläche stürmen, als Mac verneinend den Kopf schüttelte und den bulligen Kerl anlächelte. Der sagte noch irgendetwas, woraufhin Mac ein weiteres Mal den Kopf schüttelte und ihm den Arm tätschelte. Der Kerl verschwand wieder. Grant wollte jedoch nicht darauf warten, dass der Nächste sein Glück probierte, sondern begab sich selbst auf die Tanzfläche und zog Mac besitzergreifend an sich.

„Hey." Sie strahlte ihn an und drehte sich in seinen Armen zu ihm um, sodass sie ihm ins Gesicht sehen konnte. „Kommst du also doch noch tanzen?", rief sie ihm über die laute Musik hinweg zu.

Seine Hände legten sich auf ihre Hüften und er senkte den Kopf. Ihre Gesichter waren einander so nah, dass sich ihre Lippen berührt hätten, wenn Grant seinen Kopf nur ein kleines weiteres Stück zu ihr gesenkt hätte. Oder wenn sie sich auf die Zehenspitzen gestellt und ihm ihr Gesicht entgegengereckt hätte.

„Was wollte der Typ von dir?", wollte er wissen und bewegte sich mit ihr im Rhythmus der Musik. Damit sie ihn verstand, hatte er seinen Mund dicht an ihr Ohr bewegt.

Mac legte ihre Hände auf seine Schultern und schmiegte sich an ihn. Auch sie bewegte ihren Mund in die Nähe seines Ohres. „Er wollte wissen, ob ich allein hier sei und Lust auf einen Joint mit ihm auf der Dachterrasse hätte."

Scharf atmete er ein. „Er wollte mit dir Gras rauchen?"

„Sieht so aus", erwiderte sie unbeeindruckt und legte den Kopf zurück. Amüsiert zwinkerte sie ihm zu. „Ich habe ihm gesagt, dass ich ..."

Was auch immer sie ihm sagen wollte, wurde vom Bass der Musikanlage übertönt.

„Was?", brüllte er ihr förmlich ins Gesicht.

Mac schnitt eine Grimasse, lachte auf und schlang ihm die Arme um den Hals. Ihre Lippen berührten seine Ohrmuschel, als sie erklärte: „Ich habe ihm gesagt, dass mein Freund sehr eifersüchtig ist und nicht erlaubt, dass ich mit einem anderen Mann als mit ihm Joints auf Dachterrassen rauche."

Etwas durchzuckte ihn.

Etwas Heißes, Verschlingendes und Besitzergreifendes, was nichts mit der Erwähnung eines Joints zu tun hatte. Dazu kam das unerträglich gute Gefühl, das die Berührung ihrer Lippen an seiner plötzlich hochempfindlichen Ohrmuschel auslöste, und ihr aufregender Körper, der sich an seinem rieb und für die Bilder in seinem Kopf verantwortlich war. Bilder einer nackten Mac, die sich hemmungslos unter ihm wand, ihm zuflüsterte, wie er sie wo berühren sollte, und die seinen Namen stöhnte, sobald er mit seinen Lippen ihre Nippel umschloss.

Heiße Lust überrollte ihn und riss alle mühsam aufgebauten Verteidigungswälle ein.

Wenn Mac dem bulligen Typen weisgemacht hatte, dass er ihr Freund sei, sollte der auch etwas zu sehen bekommen, was ihn davon überzeugte, dass sie vergeben war.

Grant schlang seinen linken Arm fest um ihre Taille und legte seine rechte Hand auf ihren Hinterkopf, bevor sein Mund ihren suchte. Und fand. Mitten auf der Tanzfläche küsste er sie wie ein Verhungernder, verschlang ihren Mund mit seinem und registrierte mit rasendem Herzen, dass sie seinen leidenschaftlichen Kuss erwiderte.

Sie küssten sich wie entfesselt, pressten sich eng

aneinander und würden beide an akutem Sauerstoffmangel sterben, wenn sie so weitermachten.

Auf die wilde Leidenschaft, die in seinen Adern wütete, war er nicht vorbereitet gewesen. Niemals zuvor hatte er mit solch einer Lust umgehen müssen, die sich noch steigerte, als Mac in seinen Mund stöhnte und ihre Finger in seine Schultern bohrte. Ihre weichen Lippen brachten ihn um den Verstand und ihre festen Brüste, die sich bei jeder Bewegung gegen seine Brust rieben, brachten ihn in arge Bedrängnis. Sie musste einfach spüren, dass er steinhart war. Mac musste wissen, dass er nur an eines denken konnte – sie beide nackt in einem Bett.

Er intensivierte den Kuss und versuchte sich gleichzeitig zu beherrschen. Aber das war kaum zu schaffen. Ihr Duft, ihre Lippen, ihre kleinen Laute der Lust und ihre Hände, die über seine Schultern fuhren und seinen Nacken umschlossen, waren mehr, als er verkraften konnte.

Ihr Haar zwischen seinen Fingern fühlte sich wunderbar weich an.

Auch seine Hände gingen auf Wanderschaft, glitten über ihren schmalen Rücken und fuhren über ihre Hüften. Dann legten sie sich auf Macs Po und pressten sie gegen sein Becken.

Wieder stöhnte sie in seinen Mund. Dieses Mal erwiderte er das Stöhnen und leckte gleichzeitig an ihrer Unterlippe, bevor sich ihre Zungen zu einem wilden Tanz fanden.

Grant stand kurz davor, die Beherrschung zu verlieren. So etwas war ihm noch nie passiert. Seit wann war ein einziger Kuss so archaisch, wild und setzte ihn dermaßen in Brand, dass er alles um sich herum vergaß? Mac saugte an seinen Lippen und löste in ihm das Bedürfnis aus, sie zu packen und in die Clubtoilette zu zerren, um dort schmutzigen, heißen und versauten Sex zu haben. Sie sollte seinen Namen schreien, wenn sie kam.

Seine Hände umklammerten ihren Po, und sein Herz schlug in Lichtgeschwindigkeit, während er den Drang niederkämpfte, genau das zu tun, worüber er gerade nachdachte.

Verdammt! Er war vierunddreißig Jahre alt, hatte einen Bürojob und befolgte akribisch jedes nur denkbare Gesetz, aber hier stand er mitten auf der Tanzfläche eines Clubs in Leeds und knutschte vor einem Haufen sicherlich minderjähriger Kinder herum und wollte Mac in eine Toilettenkabine zerren, um sie und sich um den Verstand zu vögeln. Was war nur mit ihm los? Er war ein guter Liebhaber! Ein zurückhaltender Liebhaber, der respektvoll auf seine Partnerin einging und sich darum bemühte, dass sie sich wohlfühlen konnte ...

Wieder stöhnte sie seinen Namen und biss ihm lustvoll in die Unterlippe.

Der kleine Schmerz ließ die Funken fliegen. Diese Leidenschaft war erschreckend.

Grants Handbewegungen wurden fahrig und seine Atemzüge immer abgehackter.

Auch Mac hatte Mühe, Luft zu holen, wie er feststellte, als sich ihre Münder voneinander lösten und sie sich in die Augen schauten. Ihr Blick war glasig und nach innen gerichtet, und ihre Haare sahen wunderbar zerzaust aus. Sie fuhr sich mit der Zunge über ihre feuchten Lippen und erklärte mit heiserer, zittriger Stimme: „Wenn du mich *so* geküsst hast, nur um dem Typen eine Show zu bieten, dann ... dann muss ich dir jetzt leider in die Eier treten."

Grant unterbrach den brennenden Blickkontakt zwischen ihnen nicht, als er ihre rechte Hand von seiner Schulter zog und ihr einen Kuss in die Handfläche drückte. Er konnte sehen, wie sie schwer schluckte.

Im Hintergrund sang Gloria Estefan, dass man seinen Körper zum Conga bewegen sollte, aber Grant wollte nur eines tun: seinen Hintern in Richtung Ausgang bewegen und Mac mitnehmen, um mit ihr das zu tun, was er schon gestern im Whirlpool hatte machen wollen – heißen, verschwitzten Sex.

Mit einer beunruhigenden Intensität wollte er alles: mit Mac schlafen, sie um den Verstand vögeln und dann langsam und zärtlich Liebe mit ihr machen. Mehrmals hintereinander.

„Der Typ ist mir egal", stieß er rau hervor. „Sollen wir gehen?"

„Wohin?", flüsterte sie.

„Ich glaube, das weißt du", entgegnete er und küsste sie ein weiteres Mal.

~

Der ungefähr zwanzigminütige Fußmarsch vom Club zum Hotel hätte Mac einen kühlen Kopf bescheren sollen, aber das tat er nicht. Grant und sie hatten es so eilig gehabt, ins Hotel zu kommen, dass sie nicht auf ein Taxi gewartet hatten, die in Leeds anscheinend dünn gesät waren.

Also waren sie zu Fuß aufgebrochen und schweigend nebeneinanderher gegangen. Sie hatten lediglich einen kurzen Stopp bei der benachbarten Tankstelle eingelegt, um eine Großpackung Kondome zu kaufen, die Mac in ihre Tasche gestopft hatte. Kondome zu kaufen war das eine, aber eine Großpackung mit sich stolz herumzutragen, auf der in neonfarbener Schrift *Hot Nights – gefühlsecht* stand, war etwas anderes. Sie beide hatten die Kondompackung völlig gelassen gekauft und nicht mit der Wimper gezuckt, als der Teenager hinter der Kasse gekichert und ihnen zweideutig zugezwinkert hatte, als er ihnen viel Spaß wünschte. Und das, obwohl sie sich auf der Tanzfläche im Club wie zwei paarungsbereite Wildtiere aneinandergeklammert hatten.

Bei der Erinnerung an den Kuss, mit dem Grant sie überrascht und förmlich umgerissen hatte, wurden ihr die Knie weich, als sie beide das Hotel betraten und in Richtung Fahrstühle eilten. Dass sie seit gut zwanzig Minuten kein Wort miteinander gewechselt hatten, hieß nicht, dass die sexuelle Spannung zwischen ihnen verschwunden war.

Das war sie nicht.

Ganz und gar nicht.

Zwischen ihnen flogen so sehr die Funken, dass Mac glaubte, dass ihr Haar in alle Richtungen abstand und sie nur mit einem Schnippen ihrer Finger Elektrizität produzieren konnte.

Sobald sie den Aufzug betraten, drückte Grant den Knopf für die dritte Etage. Er sah ihr hungrig ins Gesicht und beantwortete die Frage, die sie ihm gar nicht gestellt hatte. „Mein Zimmer liegt in der dritten Etage, deines in der sechsten. So lange kann ich nicht warten."

Mac schluckte schwer und lehnte sich zittrig gegen die verspiegelte Aufzugswand hinter sich. Grant stellte sich dicht vor sie und tat nichts, sondern starrte ihr unverwandt in die Augen, bis er die Hand hob und ihr eine Haarsträhne aus der Stirn strich.

Seit er sie wie ein Verhungernder geküsst hatte, waren

alle Argumente verpufft, weshalb es eine schlechte Idee war, mit ihm ins Bett zu gehen. Mac konnte nur daran denken, wie gut er aussah, wie fantastisch er roch und wie wunderbar er zu ihr war. Auf der Tanzfläche hatte sie ihn beobachtet und sich die ganze Zeit gewünscht, dass er zu ihr kam. Und als er dann wirklich da gewesen war und sie an sich gezogen hatte, war ihr Herz vor Aufregung und Freude fast explodiert. Aber als er sie leidenschaftlich geküsst hatte, wäre sie um ein Haar auf der Tanzfläche eines englischen Clubs gekommen – nur weil Grant mit seinem Mund über ihren hergefallen war.

Das Ping des Aufzuges unterbrach ihre Gedanken.

Grant nahm sie bei der Hand und führte sie in den Hotelflur, den sie beide eilig durchquerten. Wie zwei Teenager im Hormonrausch brachten sie den Weg bis zum Ende des Flures hinter sich und blieben vor Zimmer dreihundertachtundzwanzig stehen. Mit fahrigen Bewegungen zog Grant seine Schlüsselkarte aus seinem Portemonnaie und stieß die Tür auf, als endlich das grüne Licht aufblinkte, mit dem die Tür entriegelt wurde. Zusammen stolperten sie hinein und warfen die Tür ins Schloss.

Dann gab es kein Halten mehr.

Mac wirbelte zu ihm herum, stellte sich auf die Zehenspitzen und schlang ihm die Arme um den Nacken, während Grant seine Hände auf ihre Hüften legte und sie hart an sich zog. Einen Herzschlag später fixierte er sie mit seinen dunklen Augen und senkte dann den Mund, um sie zu küssen.

Leidenschaftlich kosteten ihre Lippen einander, glitten übereinander und verschlangen sich gegenseitig, bis Grant ihre Zunge in seinen Mund saugte und dabei ein tiefes Stöhnen von sich gab, durch das sich Macs Zehen in ihren Turnschuhen verkrampften. Eine prickelnde Gänsehaut breitete sich über ihrem Körper aus. Unbeherrscht fuhr sie ihm durch sein Haar, streckte ihm auffordernd den Mund entgegen, damit er sie weiter küsste, und rieb währenddessen ihre Brüste an seiner Brust.

Er war heiß, verströmte durch seinen dünnen Pulli angenehme Wärme und fühlte sich unter ihren Händen unbeschreiblich hart an. Als Mac ihre Finger über seine Brust wandern ließ, spannte er seine Muskeln an, und sein Atem stockte. Das erregende Gefühl von Macht stieg ihr in den Kopf, während ihre eigenen Knie weich wie Butter wurden, sobald er sie berührte. Und das tat er.

Langsam und gemächlich glitten seine Hände über ihren Rücken, schoben sich unter ihr Shirt und streichelten ihren nackten Rücken. Es war zum Verrücktwerden. Mac wollte sich endlich nackt an ihm reiben und seine Haut direkt an ihrer spüren.

Schwer atmend reagierte sie auf jede Liebkosung seines Mundes an ihren Lippen und auf seine rauen Finger auf ihrem nackten Rücken, während ihre

Brustwarzen so hart wurden, dass sie beinahe schmerzten.

Regungslos verharrte sie, als Grant seinen Mund von ihrem löste und den unerträglich guten, feuchten Kuss beendete und stattdessen seine Lippen zu ihrem Hals wandern ließ. Zärtlich und dann wieder etwas gröber saugte er an einer Stelle direkt unter ihrem Ohrläppchen, leckte mit seiner Zunge über die gleiche Stelle und ließ seine Hand währenddessen zu ihren Brüsten wandern. Durch den Stoff ihres Spitzen-BHs massierten seine Finger erst die eine Brust und dann die andere, bevor sein Daumen abwechselnd ihre harten Nippel umkreiste.

Das Stöhnen, das Mac daraufhin ausstieß, kam tief aus ihrem Inneren.

Sie schloss ihre Augen und lehnte sich gegen ihn, vergrub die Nase an seinem Hals und sog seinen männlichen Geruch in sich auf. Ein heißes Verlangen danach, ihn zu fühlen, jede Stelle seines Körpers zu erkunden und seinen nackten Körper an ihrem zu spüren, baute sich in ihr auf und pulsierte in ihren Venen. Und es schwappte zwischen ihre Schenkel, wo sich ihre Lust konzentrierte und sie unruhig machte.

Durch seine und durch ihre Hose spürte sie seine harte, fordernde Erektion an ihrem Bauch und merkte, wie ihre Kehle trocken wurde. Mit zitternden Händen zog sie ihm den Pulli und das dünne T-Shirt über den Kopf, bevor sie nach dem Saum ihres Shirts griff und es sich ebenfalls über den Kopf zog. Mac ließ es einfach neben sich auf den Boden fallen und wollte nach dem Verschluss ihres BHs am Rücken greifen, als Grant hart den Kopf schüttelte.

Seine Stimme klang mühsam beherrscht, als er heiser und rau brummte: „Lass mich das tun."

Mac lehnte sich vor und spreizte die Finger über seiner Brust, um die harten Konturen nachzufahren und die angespannten Muskeln unter seiner heißen Haut zu ertasten. Die dunklen Haare auf seiner Brust fühlten sich weich und gleichzeitig spröde an. Langsam ließ sie ihre Hände über seine Brust abwärts wandern und war erstaunt darüber, wie fest seine Bauchmuskeln waren. Sie senkte den Kopf und leckte über seine breite Schulter und seine Kehle. Das Zittern, das daraufhin durch seinen Körper ging, ließ sie stolz lächeln.

Aber Grant wollte ihr offenbar nicht das Ruder überlassen, denn er schob ein Knie zwischen ihre Knie, öffnete den Verschluss ihres BHs und legte seine Hände über ihre Brüste. Selbst durch den Spitzenstoff konnte sie die Wärme seiner Handflächen spüren.

„Davon träume ich schon lange", murmelte er mit einem Stöhnen, das ihr durch und durch ging, weil es sich fast schon schmerzhaft anfühlte. Sie war für diesen Schmerz verantwortlich.

Er stöhnte ein weiteres Mal, als er seine Lippen durch den Spitzenstoff um ihren linken Nippel legte.

Mac krallte die Finger in seine Brust, denn das, was er mit seinem Mund an ihren Brüsten anstellte, war mehr, als sie vertragen konnte. Erst leckte er zärtlich über ihre Brustspitze, dann sog er sie förmlich in seinen Mund und biss anschließend sanft hinein. Dazu kam die Reibung des Spitzenstoffs über ihrer empfindlichen Haut. Das Gleiche machte er mit der anderen Brust. Grant schien völlig besessen von ihren Brüsten zu sein, hielt sie in seinen großen Händen und liebkoste sie immer wieder, bis Mac schier verrückt vor Lust und Verlangen war und glaubte, es nicht mehr lange aushalten zu können.

Das flüsterte sie ihm auch ins Ohr und presste ihren Unterkörper gegen seinen. Der Druck, den sie durch seine Hosen an ihrer Hüfte spürte, war enorm. Und erregend.

Mit bebenden Lippen schaute sie ihm ins Gesicht und öffnete dabei den Knopf seiner Hose, bevor sie den Reißverschluss nach unten zog. Seine dunklen Augen waren dabei vollkommen glasig und starrten sie sinnlich an.

Mac schüttelte ihren BH ab, der auf den Boden fiel, und bemerkte, wie prall und schwer sich ihre Brüste anfühlten. Als sie sich an Grant presste, rieben ihre Brüste gegen seine harte Brust. Das erregte sie noch mehr. Innerlich brannte sie darauf, ihn endlich in sich zu fühlen und ihn den süßen Schmerz stillen zu lassen, der sich in ihrer Mitte ausbreitete.

Er roch so gut und schmeckte noch besser, als sie ihn gierig küsste und ihre Hand dabei in seine offene Hose schob. Gleichzeitig atmete sie scharf ein. Der Kuss war wild, feucht und voller Verlangen. Was aber Macs völlige Aufmerksamkeit beanspruchte, war der harte Penis, den sie mit ihrer Hand umfasste. Langsam ließ sie ihn durch ihre Hand gleiten und erforschte seine Länge sowie seine Härte. Unter der heißen, gespannten Haut fühlte sie pulsierende Adern und biss sich auf die Unterlippe, als Grant kehlige Laute ausstieß, die in ihr ein lustvolles Zittern auslösten. Hemmungslos rieb sie über seine Erektion und leckte gleichzeitig über seine Lippen.

An ihren Lippen murmelte er etwas, was sie nicht verstand, aber als er ihre Hose öffnete und seine Hand unter ihr Höschen gleiten ließ sowie ihre feuchte Lust fand, schnappte sie ebenso erregt nach Luft und gab Worte von sich, die sie selbst nicht verstand. Mac krümmte ihren Rücken durch und wusste, dass sie kommen würde, wenn er sie weiterhin streichelte.

Grant musste es ähnlich gehen.

Als hätten sie beide den gleichen Gedanken gehabt, lösten sie sich hastig voneinander und warfen ihre restliche Kleidung von sich. In Sekundenschnelle waren beide nackt und klammerten sich gleich darauf wieder aneinander. Unter einem sinnlichen Kuss fielen sie zusammen aufs Bett.

Grants Hände strichen über die Rückseite ihrer

Oberschenkel, legten sich auf ihren Po und massierten ihre Hüften, während er sie auf den Rücken drehte und sich auf sie legte. Sein Gewicht auf ihrem Körper fühlte sich großartig an. Und sein pulsierender, heißer Penis presste sich gegen ihren Bauch und machte deutlich, was er wollte.

Mac verging fast vor Erregung und legte ihre Hände auf seine Schulter, während sie ein Bein gegen seine Hüfte drückte und in seinen Mund stöhnte, als die prickelnde Lust ihres Vorspiels immer höher stieg.

Kaum bemerkte sie, wie er sich erhob, in ihrer Tasche wühlte und sich eines der Kondome überstreifte. Ihre Körper klebten förmlich aneinander, als er sich wieder über sie legte, ihr in die Augen sah und langsam in sie eindrang.

Mit angehaltenem Atem starrte sie ihm ins Gesicht und öffnete stöhnend den Mund, als sie ihn in sich fühlte. Automatisch spannte sie ihren Körper an, krallte ihre Hände in seinen Rücken und presste sich mit schaukelnden Bewegungen gegen ihn. Sein Brustkorb hob und senkte sich, während er bewegungslos in ihr verharrte.

„Hör nicht auf", flüsterte sie ihm zu und schlang ein Bein um seine Hüften.

„Wir haben doch noch nicht einmal angefangen", gab er mit vor Erregung heiserer Stimme zurück und senkte sich auf sie.

Während sie sich küssten, begann sich Grant zu bewegen.

Mit langsamen, tiefen Stößen nahm er sie gefangen, glitt in sie hinein und fast komplett wieder hinaus. Sie verlor sich in seinen Bewegungen und schloss die Augen, als sich ihre Lust immer höher und höher schraubte.

Das Herz hämmerte wie verrückt in ihrer Brust, und in ihren Ohren rauschte das Blut, während Grant seinen Mund an ihrem Hals vergrub und seine Hände unter ihren Po schob, um sie in die Höhe zu heben. Augenblicklich schrie Mac auf, denn er fand diesen einen Punkt in ihrem Inneren, der so empfindlich auf seine Berührungen reagierte, dass sie beinahe das Bewusstsein verlor.

Lustvoll zog sich Mac um ihn zusammen und stöhnte wieder und wieder seinen Namen, als er sich schneller zu bewegen begann und bei jedem Stoß diese eine Stelle berührte.

Seine Stimme klang gepresst. „Du fühlst dich so gut an, Mac. So ... verdammt ... gut."

Laute absoluter männlicher Lust folgten seiner Aussage. An ihrem Gesicht konnte sie seinen Atem spüren und spannte sich an, um ihn dazu anzutreiben, schneller zu werden und sie über den Abgrund zu stoßen, der rasend schnell näher kam.

„Schneller, härter", wimmerte sie und biss ihm in die Schulter.

„So?“, keuchte er. „So, Baby?“

„Ja, bitte ...“, nuschelte sie gegen seine Schultern und zuckte im Takt seiner hämmernden Stöße.

Tief in ihr braute sich ein Orgasmus zusammen, der sie blind und taub für alles machte – nur nicht für Grant, dessen Stöße noch schneller und härter wurden und der sie auf dem Bett immer weiter nach oben schob. Mac ballte die Hände zu Fäusten, atmete schwer und zog sich um ihn zusammen, als plötzlich eine heiße, intensive Lust explodierte, die sich in jeder Nervenzelle ihres Körpers ausbreitete.

Sie glühte, prickelte und brannte am ganzen Körper, als Grant stöhnend auf ihr zusammenbrach und gegen ihren Hals schnaufte.

Mit rasendem Herzen und dem Gefühl, sich in ihre Bestandteile aufgelöst zu haben, schmiegte sie sich an ihn.

„Genau das müssen wir noch einmal machen“, seufzte sie zitternd. „Es war so gut. Verdammt gut.“

„Kann ... nicht ... reden“, keuchte er gegen ihr Ohr. „Bin ... tot.“

Lächelnd schlang Mac auch das andere Bein um seine Hüften. „Wie lange wirst du tot sein, bevor wir das Ganze wiederholen können?“

„Gib mir zehn Minuten. Dann stehe ich von den Toten wieder auf.“ Grant bewegte den Kopf zur Seite und fand mit seinem Mund ihre Lippen, die er zärtlich küsste, bevor er flüsterte: „Bis dahin können wir uns anderweitig beschäftigen."

Mac ließ ihre Finger durch sein Nackenhaar gleiten und entgegnete schelmisch: „Deine Ideen sind fantastisch."

KAPITEL 9

Grant traute seinen Augen kaum.

Auf der Suche nach Mac hatte er sich aus dem hoffnungslos zerwühlten Hotelbett gequält, war dabei fast über ein Kissen sowie über das Tablett vom Zimmerservice gestolpert, das sie sich mitten in der Nacht hatten kommen lassen, und war nackt ins Badezimmer getapst, wo Mac in der Badewanne lag. Sie nahm ein Schaumbad, lag entspannt mit hochgestecktem Haar in der Wanne und hob gerade ihr rechtes Bein in die Höhe, um es zu rasieren.

Mit seinem Rasierer.

Ihn traf es wie ein Schlag und augenblicklich war er hellwach. Wie angewurzelt stand er im Türrahmen und beobachtete mit staubtrockener Kehle, wie sich die schwarzhaarige Nymphe nach vorn reckte und mit sanften Bewegungen den Rasierer über ihre seifige

Haut zog. Noch nie hatte er eine Frau dabei beobachtet, wie sie sich die Beine rasierte, und merkte gerade, wie ein Fetisch in ihm zu erwachen schien. Dazu kam das sinnliche Bild, wie ihre wunderschönen Brüste im Badeschaum verschwanden und dann wieder auftauchten.

Von ihren Brüsten konnte er einfach nicht genug bekommen. Schon wieder kribbelte es in seinen Fingern, sie zu berühren und andere äußerst unanständige Dinge mit ihnen zu machen.

Wie in der letzten Nacht.

Grant wusste nicht mehr, wie oft sie miteinander geschlafen hatten, aber das Zimmer sah aus, als hätte eine Rockband dort eine Orgie gefeiert. Die Zimmermädchen würden sich bedanken und ihre ganz eigenen Schlüsse ziehen, wenn sie die leere Packung Kondome im Abfalleimer fanden – oder das Bettzeug, das ein paar Ketchup-Flecken abbekommen hatte, als Mac und er sich ein Käsesandwich geteilt hatten. Ein postkoitales Käsesandwich, das köstlich gewesen war, weil Mac ihn damit gefüttert hatte. Wie sie sich auf diese wahnsinnig sinnliche und heiße Art den Ketchup von den Fingern geleckt hatte, war zu viel für ihn gewesen. Der anschließende Sex hatte das Bett vermutlich ein paar Zentimeter zur Seite rücken lassen.

Und jetzt stand er hier, beobachtete, wie sie sich die Beine rasierte, und begann schon wieder hart zu werden, obwohl er nach den letzten Stunden tot sein müsste. Es war halb elf, was bedeutete, dass sie nicht nur das Frühstück verpasst hatten, sondern in einer halben Stunde auschecken mussten. Grant bezweifelte jedoch stark, dass er in einer halben Stunde in der Lage war, angezogen und mit gepacktem Koffer in der Lobby des Hotels aufzutauchen.

Bei Macs Anblick fiel es ihm verdammt schwer, sich an seinen eigenen Namen zu erinnern.

Sie hatte ihn offenbar nicht nur endlich bemerkt, sondern auch gleich entdeckt, dass er ihren Anblick ziemlich scharf fand. Ihre Mundwinkel zuckten nämlich, als sie den Blick zu seiner Leistengegend hob. „Guten Morgen, mein Süßer."

Ihre rauchige Stimme fand er unglaublich sexy, erklärte dennoch beiläufig: „Ich bin kein Süßer."

„Ich weiß, ich habe auch nicht mit dir gesprochen", entgegnete sie frech.

Grant stieß ein krächzendes Lachen aus. „Mein Schwanz ist erst recht kein Süßer."

„Da irrst du dich gewaltig", widersprach sie in Plauderlaune und fuhr mit dem Rasierer über ihr Schienbein. „Er ist schon allein deshalb zuckersüß, weil er sich in der letzten Nacht so wunderbar um mich gekümmert hat. Seitdem verbindet uns ein inniges Verhältnis."

Als müsste es sich für dieses Kompliment bedanken, zuckte besagtes Körperteil. Grant senkte ungläubig den Kopf und fuhr sich mit einer Hand über sein Gesicht, während seine Schultern vor Gelächter zu zucken begannen. Keine Frau, mit der er jemals eine Nacht verbracht hatte, hatte sich am nächsten Morgen vor seinen Augen die Beine rasiert und über sein bestes Stück gesprochen, als wäre er ihr neuer bester Freund.

„Wieso lachst du?“

„Weil *du* süß bist“, erklärte er und kam näher, um sich auf den Rand der Badewanne zu setzen. „Und sexy und lustig und gemessen an deinem heutigen Energielevel extrem gut in Form.“

Sie schaute zu ihm auf und verzog ihre vollen Lippen zu einem schelmischen Lächeln. „Sagte der Mann, der mitten in der Nacht schlappgemacht hat.“

Das hatte er anders in Erinnerung, aber er widersprach ihr nicht, sondern zog ihren Fuß auf seinen Oberschenkel und streichelte mit seinen Daumen über die samtweiche Haut ihrer Wade, die im Morgenlicht des Badezimmers wie eine Perle schimmerte. Gut konnte er sich erinnern, wie es sich angefühlt hatte, als sich ihre schlanken Beine um seine Hüften geschlungen hatten. Langsam wanderte seine Hand aufwärts. Fasziniert streichelte und ertastete er die zarte Haut an der Innenseite ihres Oberschenkels.

„Was wird das?“, wollte sie heiser von ihm wissen. Es war diese Art atemloser Heiserkeit, die er in den letzten Stunden kennengelernt hatte. Eine Tonlage, die Mac von sich gab, wenn sie erregt war und ihm Dinge ins Ohr flüsterte, die ihn den Kopf verlieren ließen.

Das Erste, was ihm in den Sinn kam, sprach er aus. „Wir müssen eine neue Kondompackung kaufen. Es ist nur noch eines übrig."

Als sie lachte, wippten nicht nur ihre Brüste auf und ab, sondern auch ein paar Haarsträhnen lösten sich aus ihrer improvisierten Hochsteckfrisur und kringelten sich verführerisch um ihren feuchten Hals.

„Ich habe nachgeschaut. Es ist keines mehr übrig."

„In meiner Kulturtasche habe ich noch eins. Das müsstest du entdeckt haben, als du meinen Rasierer widerrechtlich an dich genommen hast. Das ist doch mein Rasierer, oder?"

„Ja, schließlich ist mein Kulturbeutel in meinem Zimmer, und ich hatte keine Lust, in diesem Aufzug drei Etagen nach oben zu fahren." Sie deutete auf ihren nackten, extrem gelenkigen Körper. Noch hatte Grant keine Beschwerden darüber gehört, dass sie einen Wadenkrampf bekam, weil ihr Fuß auf seinem Oberschenkel lag. „Widerrechtlich? Stört es dich, dass ich deinen Rasierer benutze?"

„Baby, du darfst alles benutzen, was du in die Finger bekommst."

Mac verdrehte die Augen und zog ihren Fuß von seinem Schenkel hinunter. Gleichzeitig rutschte sie bis nach vorn und deutete mit dem Kinn hinter sich. „Du darfst mir die Haare waschen. Nach dieser Nacht brauche ich eine Kopfmassage. Du hast mir beim letzten Mal den Schädel ausdauernd gegen das Kopfteil des Bettes gehämmert."

Nun verdrehte Grant die Augen und wollte gerade widersprechen, dass sie nur noch eine halbe Stunde bis zum Auschecken hatten, als Mac das Haargummi aus ihrer Frisur zog und sich eine wilde Mähne schwarzen Haares über ihren Rücken ergoss.

Bevor er es sich versah, kletterte er hinter sie in die Badewanne und zog sie durch das Wasser an sich. Erst jetzt fiel ihm der liebliche Duft auf, der aus dem Wasser strömte und dem Badezusatz zuzuschreiben war, dessen geöffnetes Fläschchen auf der Seifenablage lag.

„Später werde ich nach einem Blumenstrauß riechen", klagte er schmunzelnd und schob ihre Haare zur Seite, bis sie über ihre linke Schulter nach vorn fielen und ihm einen ungehinderten Blick auf ihren zarten Nacken und ihren bloßen Rücken gestatteten. Er beugte sich vor und küsste sie auf den Hals, während seine seifigen Finger ihr Rückgrat entlang strichen.

„Das ist ein Badezusatz aus weißem Tee und Aloe Vera", murmelte Mac und drehte den Kopf weiter nach links, damit er sie besser auf den Hals küssen konnte.

„Dann werde ich nach weißem Tee und Aloe Vera riechen", korrigierte er und vergrub seinen Mund in ihrem Nacken. „Du riechst so gut."

„Und deine Bartstoppeln kratzen", erwiderte sie seufzend.

„Ich sollte mich rasieren.“ Grant drückte ihr einen sanften Kuss auf die Stelle, über die er gerade mit seinem Kinn geschabt war, aber Mac schüttelte den Kopf.

„Nein, du darfst gerne weitermachen. Ich mag zufälligerweise deine Stoppeln auf meiner Haut.“

„Ach so?“ Wissend schlang er einen Arm um ihre Mitte und rieb sein Kinn über ihre Schulter.

„Aber erst musst du mir die Haare waschen“, warf Mac ein und drehte den Kopf so weit zu ihm zurück, dass sie ihm einen Kuss auf seinen linken Oberarm drücken konnte.

Sein Herz setzte kurz aus. Das Gefühl verwirrte ihn mehr, als er zugeben wollte.

Bevor er zu sehr darüber nachdenken konnte, warum er so versessen darauf war, Zeit mit Mac zu verbringen, und warum es ihm schwerfiel, sich von ihr fernzuhalten, schöpfte er mit beiden Händen Wasser über ihren Kopf und griff nach der kleinen Shampooflasche, die das Hotel seinen Gästen zur Verfügung stellte. Er gab einen ordentlichen Klecks Shampoo in seine Hände und verteilte es in ihrem Haar.

Langsam rieb er das Shampoo in ihre langen Strähnen, knetete den dadurch entstandenen Schaum in ihr Haar und massierte mit kräftigen Fingern ihre Kopfhaut. Auch ihren Nacken und ihre Schultern walkte er durch und erntete von ihr ein so erotisches Stöhnen, dass Grant die Zähne zusammenbeißen musste.

Auch ohne Whirlpoolfunktion kam dieses Bad seiner aktuellen Lieblingssexfantasie sehr nahe. Der zarte Duft nach Shampoo und Badezusatz, das warme Wasser um ihn herum und Mac direkt vor ihm, deren nass glänzende Haut und tiefes Stöhnen ihm Schweißperlen auf die Stirn trieben, würden ihn bis in den Schlaf verfolgen.

Ein bisschen bedauerte er es, dass das Bad gleich vorbei sein würde, als er vorsichtig das Shampoo aus Macs Haar ausspülte.

Zum Abschluss drückte er ihr einen Kuss hinter ihr rechtes Ohr. „Fertig."

„Noch nicht ganz." Feixend zwinkerte sie ihm zu. „Bleib du hier."

Tropfnass erhob sie sich und stieg aus der Wanne hinaus, um ans Waschbecken zu treten und in seinem Kulturbeutel zu wühlen, bis sie das quadratische Päckchen fand und triumphierend in die Höhe hielt.

Ihre Rückseite war bereits zum Anbeißen, aber als sie wieder an die Badewanne trat und Grant sie von vorn in ihrer ganzen tropfnassen Nacktheit bewundern konnte, lehnte er sich schwer atmend zurück. Ein kleines Rinnsal Wasser perlte von ihrer rechten Schulter direkt über ihre Brust und tropfte von dort auf den Boden. Seine Kehle war staubtrocken.

Wie von selbst hob er eine Hand und legte sie auf ihren flachen Bauch.

Keiner von beiden unterbrach den Blickkontakt, als

seine Hand tiefer wanderte, zwischen ihre Beine glitt und sie feucht und heiß vorfand. Als sie zu ihm in die Wanne stieg, glaubte er, einen Herzinfarkt zu bekommen.

Die anschließende Erfüllung seiner liebsten Sexfantasie brachte ihm dank der etwas unbequemen Badewanne mehrere blaue Flecken ein und bescherte ihm aufgrund des überfluteten Badezimmerbodens ein paar Erklärungsnöte an der Hotelrezeption, aber *verdammt*!

DAS war es wert gewesen!

„Was soll das?“ Mac fing den Autoschlüssel, den Grant ihr zuwarf, und schaute ihn verwirrt an, während er ihrer beider Gepäck in den Kofferraum quetschte.

„Du fährst heute“, bestimmte er gähnend und rieb demonstrativ über seinen Bartschatten, den er noch nicht rasiert hatte – zum Glück! Mac mochte es nämlich, wenn Bartstoppeln seine Wangen zierten. Dann sah er weniger wie ein Anwalt für Steuerrecht aus, sondern wie ein Mann, mit dem man viel Spaß haben konnte. Sowohl innerhalb als auch außerhalb eines Bettes. Außerdem mochte sie es, wie sich seine Bartstoppeln auf ihrer Haut anfühlten.

„Wieso soll ich fahren?“

„Weil ich müde bin. In der letzten Nacht habe ich nicht viel Schlaf abbekommen."

„Ich auch nicht", erinnerte sie ihn mit einem Naserümpfen. „Falls du dich erinnerst: Ich war dabei, als wir nicht geschlafen haben."

Grinsend zuckte er mit den Schultern und sah so heiß und liebreizend zugleich aus, dass Mac merkte, wie ihre Nerven aufgeregt flatterten. „Das mag schon sein, aber schließlich habe ich die Hauptarbeit übernommen."

Empört schnappte sie nach Luft. „Ach ja? Und wie war das heute Morgen? Da habe ich die ganze Arbeit übernommen, während du nur faul in der Badewanne gelegen und gelegentlich gegrunzt hast." Sie ahmte seine Stimme nach. „Ja, Baby, genau da ... das ist gut. Mach weiter, Baby. Gleich bin ich so weit."

Er feixte. „Aber ich habe dein Haar gewaschen, oder nicht?"

„Erwartest du jetzt eine Medaille?", spottete sie, während ihr der Schlagabtausch in der Tiefgarage des Hotels wahnsinnig viel Spaß machte. Genauso viel Spaß hatte es gemacht, Grant dabei zu beobachten, wie er der Frau hinter der Rezeption zu erklären versucht hatte, warum der Badezimmerboden überflutet worden war. Er war peinlich berührt gewesen und sogar rot geworden, als er davon gefaselt hatte, dass er mit der Armatur nicht zurechtgekommen war und deshalb das Bad unter Wasser gesetzt hatte. Niemand hatte das geglaubt. Erst recht nicht das Hotelpersonal, das spätestens dann begreifen würde, was in Zimmer dreihundertachtundzwanzig passiert war, wenn es die leere Kondompackung und das völlig verwüstete Bett bemerkte. Es war zu süß gewesen, dass Grant auf ebendieses verwüstete Bett vierzig Pfund Trinkgeld gelegt hatte.

„Du könntest dich heute Abend bei mir revanchieren. Sanfte Hände auf meiner Haut und eine Massage ... das klingt gar nicht schlecht."

Es klang sogar fantastisch. So fantastisch, dass Mac beinahe vorgeschlagen hätte, ihren heutigen Ausflug sausen zu lassen und direkt ins nächste Hotel einzuchecken. Aber sie wollte nicht wie das nymphomanische Sexmonster wirken, das sie bereits in der vergangenen Nacht gezeigt hatte, als sie Grant mit einem Kuss geweckt hatte – einem Kuss, der in einem Blowjob geendet hatte.

„Mal abwarten." Bedeutungsvoll wedelte sie mit dem Autoschlüssel herum. „Du erlaubst mir also tatsächlich, deinen Mietwagen zu fahren? Und das, obwohl ich gar nicht versichert bin? Hast du dir den Vertrag noch einmal angesehen und ein juristisches Schlupfloch entdeckt, Herr Anwalt?"

„Mach dich nur über mich lustig", warnte er sie mit einem Blitzen in den Augen, während er die Fahrertür für sie öffnete. „Ich werde dich daran erinnern, wenn du irgendwann die Hilfe eines Anwalts brauchst."

„Wann sollte ich einen Anwalt brauchen?“, fragte sie nach und ließ sich auf den Fahrersitz gleiten.

Er feixte. „Erregung öffentlichen Ärgernisses – zum Beispiel Nacktbaden in einem Whirlpool.“

Glucksend wollte sie ihm widersprechen, aber er warf die Autotür zu, lief um den Wagen herum und setzte sich auf den Beifahrersitz.

Zwar hatte Mac eine große Klappe gehabt und selbst vorgeschlagen, das Fahren zu übernehmen, aber nun auf der falschen Seite zu sitzen, war leicht verstörend. Auf der linken Seite war sie noch nie gefahren. Und bislang hatte sie auch kein Auto gesteuert, dessen Lenkrad sich auf der rechten Seite befand.

Grant musste ihre Bredouille erkennen, denn er grinste schon wieder. „Alles startklar? Das Gaspedal ist rechts. Oder doch links?“

„Hey, es ist *dein* Mietwagen“, hielt sie ihm vor und war dankbar, dass das Fahrzeug ein Automatikgetriebe hatte. Auch noch auf der falschen Seite zu schalten, wäre für sie der blanke Horror gewesen. „Mach nur so weiter und du kannst dein anwaltliches Geschick bei einer schottischen Mietwagenfirma unter Beweis stellen.“

Glücklicherweise hielt er die Klappe, bis Mac den Motor gestartet hatte und rückwärts aus der Parklücke gefahren war. Im Schleichtempo fuhr sie durch die Tiefgarage und wollte ständig mit dem Auto nach rechts fahren, weil es sich verdammt unnatürlich anfühlte, links zu bleiben. Außerdem hatte sie Angst, den linken Seitenspiegel des Wagens abzufahren.

„Wieso zum Teufel fahren die Briten auf der falschen Seite? Ich meine, ständig brauchen sie eine Extrawurst", schimpfte sie und empfand sich selbst als total unkoordiniert, wie sie den Wagen von der rechten Seite aus lenkte. Das war doch nicht natürlich! „Sie fahren auf der falschen Spur, haben eine Königin und essen zum Frühstück gebackene Bohnen. Was kommt als Nächstes?"

„Apropos Frühstück. Wir sollten irgendwo etwas zu essen besorgen. Nach der letzten Nacht fühle ich mich ziemlich ausgehungert."

Sie überhörte seine Anspielung und konzentrierte sich lieber darauf, nicht die Schranke einzureißen, vor der sie anhielt. Mac ließ das elektrische Seitenfenster hinab, steckte die Parkkarte hinein und atmete durch, als die Schranke hochfuhr. Behutsam gab sie Gas und fühlte sich im ersten Moment orientierungslos, als sie auf die Landstraße abbiegen sollte, auf der nur mäßiger Verkehr herrschte.

„Wir müssen nach links fahren. Schau einfach, ob von rechts jemand kommt. Sonst musst du nichts beachten. Ich schaue nach Fußgängern."

Spontan empfand sie Dankbarkeit dafür, dass sich das Hotel nicht mitten in Leeds befand, sondern am Rand der Stadt stand. Nach ihrem gestrigen Fußmarsch hatte sie noch geschimpft, aber jetzt sah die

Welt ganz anders aus. Außerdem war sie dankbar für Grants ruhige Art.

„Willst du nicht lieber fahren?“, wollte sie unsicher wissen.

„Du kannst das schon“, ermunterte er sie. „Wer auf dem College das Auto seines Politikprofessors kurzgeschlossen und umgeparkt hat, wird doch nicht vorm britischen Linksverkehr zurückschrecken.“

Mac musste lachen und beäugte die rechte Spur. Auch wenn ihr ihr Instinkt sagte, nach links zu schauen, konzentrierte sie sich vor allem auf die Autofahrer, die von rechts kamen, und bog ab, als sich eine große Lücke gebildet hatte. Sobald sie sich auf der Straße befand, konnte sie durchatmen. Die erste Hürde war geschafft.

„Perfekt. Jetzt kann ich ja die Augen zumachen, während du uns bis nach Nottingham fährst“, scherzte Grant und lehnte sich sichtlich zufrieden zurück. „Weck mich, wenn wir da sind.“

„Wag es nicht“, antwortete sie sofort und klang ernst. „Ansonsten kannst du die Massage vergessen.“

„Nun gut, dann sieh in mir dein persönliches Navigationsgerät.“

Mac nickte schweigend und passte sich der Geschwindigkeit der übrigen Verkehrsteilnehmer an. Stirnrunzelnd sah sie kurz nach links zu Grant und richtete ihr Augenmerk sofort wieder auf die Straße vor sich.

„Ich kann mich gar nicht daran erinnern, dass ich dir von dem Streich an meinem Politikprofessor erzählt habe.“

„Doch ... vor ein paar Tagen.“ Sein Lachen hatte etwas Unnatürliches an sich. „Woher sollte ich sonst davon wissen?“

KAPITEL 10

Es war ein Wunder, dass sie es zur Tea Time geschafft hatten.

Seit anderthalb Tagen waren sie in London und hatten gerade zum ersten Mal ihr Hotel verlassen. Wenn es nach ihm gegangen wäre, würden sie auch die kommenden zweieinhalb Tage dort verbringen, wo es am gemütlichsten war – in dem extrabreiten Bett ihrer Hotelsuite. Aber Mac hatte ihn mit einer Tea Time überraschen wollen, die in einem noblen Hotel direkt am Hyde Park stattfand und von zarter Harfenmusik begleitet wurde. Also hatten sie sich angezogen und waren den etwa zwanzigminütigen Weg von ihrem Hotel am Piccadily Circus bis zum Hotel an der Park Lane angetreten.

Grant gab es zu.

Es hatte etwas für sich, Mac gegenüberzusitzen und

ihr dabei zuzusehen, wie sie an einem kleinen Gurkensandwich knabberte oder geziert an der Teetasse aus hauchfeinem Porzellan nippte, während ihr schwarzes Haar in weichen Wellen über ihre Schultern fiel und sie eine weiße Bluse trug, an deren Kragen sie die Brosche befestigt hatte, die er ihr auf jenen Highland Games geschenkt hatte.

Im Gegensatz zu der Aufmachung, die er in den letzten Tagen genießen durfte – Mac im weißen Hotelbademantel oder Mac ohne einen einzigen Fetzen Kleidung am Leib –, sah sie momentan sogar ziemlich züchtig aus. Die Bluse bedeckte jedes interessante Körperteil und war bis zum Hals zugeknöpft, aber da er wusste, was sich darunter verbarg, begann er nervös auf seinem dick gepolsterten und geschmackvoll designten Stuhl herumzurutschen.

Nicht einmal die weiße Bluse konnte verbergen, wie gut sie ihren BH ausfüllte.

Er atmete schwer und trank in einem Zug seinen aromatischen Tee aus.

Bevor er die Teetasse wieder abgesetzt hatte, stand bereits eine diensteifrige Kellnerin neben ihm und schenkte ihm nach – sie war blutjung, sehr zuvorkommend und äußerst hübsch. Grant erwiderte ihr Lächeln nur kurz und konzentrierte sich voll und ganz auf Mac, deren volle, roten Lippen sich auf diese sinnliche Art und Weise bewegten, während sie kaute. Eigentlich war alles verdammt sinnlich, was sie mit ihrem Mund tat ...

„Schmeckt es dir nicht?“ Fragend sah sie ihn an und legte den Kopf schief. Dabei fiel eine Strähne ihres langen Haares zur Seite und legte sich genau über die Stelle, an der er gerne über ihren Nippel leckte. In seinem Magen zog sich Lust zusammen und die Luft um ihn herum begann zu flirren. Die weiße Stoffserviette über seinem Schoß würde nicht mehr lange verbergen können, woran er dachte.

„Was?“

Ihre Mundwinkel zuckten. „Ich wollte wissen, ob es dir nicht schmeckt.“

„Doch, doch.“ Grant räusperte sich und stopfte sich eines der winzigen Sandwiches in den Mund, um seine Antwort zu untermauern.

Eiersalat mit Kresse.

Es war nicht seine liebste Geschmacksrichtung, aber ausgerechnet jetzt hätte er nicht einmal den Unterschied zu Kaviar gemerkt, weil er nur daran denken konnte, wie sie schmeckte. Und wie sie roch. Oder welche Laute sie von sich gab, wenn sein Mund über die Stelle fuhr, die am süßesten war.

„Hast du gesehen, wie dich die Kellnerin angeschmachtet hat?“ Mac feixte.

„Welche Kellnerin?“, wollte er verwirrt wissen und konzentrierte sich darauf, mechanisch zu kauen. Er musste aufhören, an Sex mit Mac zu denken, wenn er dieses Essen überstehen wollte, ohne sie sich wie ein Neandertaler über die Schultern zu werfen und wegen unsittlichen Benehmens in aller Öffentlichkeit verhaftet zu werden.

Mac verdrehte belustigt die Augen. „Die Kellnerin, die dir seit einer halben Stunde schöne Augen macht. Die kleine Blonde mit den großen blauen Augen. Merkst du das nicht?"

Grob schüttelte er den Kopf und konnte sich nicht einmal daran erinnern, wie die Kellnerin aussah, die sie beide bediente. Wie sollte er auch auf eine andere Frau achten, wenn er seine Augen nicht von Mac lassen konnte? „Sie interessiert mich nicht."

Ihr Lächeln wurde weich. „Das ist schön. Ich habe nämlich schon angefangen, eifersüchtig zu werden."

Grant beugte sich vor und erklärte heiser über den Tisch mit der strahlend weißen Tischdecke, dem perfekt arrangierten Geschirr und dem edlen Silberbesteck: „Du brauchst nicht eifersüchtig zu sein. Wenn es nach mir ginge, hätten wir das Hotelzimmer nicht verlassen, sondern würden jetzt gerade eine heiße Nummer auf dem Sessel schieben. Oder meinetwegen an der Wand. Vor allem an der Wand. Die sieht stabil genug aus, wenn ich daran denke, was ich mit dir machen will."

Ihre bernsteinfarbenen Augen weiteten sich, während ihre Wangen knallrot wurden. An ihrer Kehle direkt über dem Kragen konnte er sehen, wie sie schluckte. Gleichzeitig bemerkte er *seine* Brosche an ihrer Bluse und war erstaunt über das besitzergreifende Gefühl, das sie in ihm auslöste. Er wollte sie mit seinem Zeichen versehen, sie beißen und markieren, damit sie und alle Welt wussten, dass sie ihm gehörte und niemandem sonst.

Was zum Teufel war nur mit ihm los?

Mac wurde nervös. Das sagten ihm nicht nur die Blicke, mit denen sie sich unsicher umsah, als wolle sie herausfinden, ob jemand in ihrer näheren Umgebung gehört hatte, was er gerade gesagt hatte, sondern auch die peinliche Röte in ihrem Gesicht.

Ihm war es egal, ob das ältere, distinguierte Paar, das zwei Tische neben ihnen saß und gerade mit Champagner anstieß, oder die indischen Geschäftsleute am runden Tisch nur einige Meter entfernt mitbekommen hatten, was er ihr zugeraunt hatte. Sollten sie doch wissen, dass er es kaum erwarten konnte, mit der Frau in seiner Begleitung hemmungslosen Sex zu haben.

„Pst", murmelte sie ihm zu. „Nicht, dass dich jemand hört, Grant."

„Na und?" Sein Brustkorb weitete sich. Unter dem Tisch begann er sein Bein an ihrem zu reiben. „Die Tea Time war deine Idee."

Ihr Mund öffnete sich erschrocken. „Grant, füßelst du etwa mit mir?"

„So sieht es aus."

„Und wenn das jemand sieht?“

„Wer sollte das sehen? Wir füßeln schließlich unter dem Tisch.“

„Aber das Tischtuch ist nicht lang genug.“

Er grinste diabolisch und rieb weiterhin sein Bein an ihrem. „Würdest du dein Höschen ausziehen und es mir geben?“

Ihr fiel der Unterkiefer nach unten.

Grant vermutete, dass es die Reaktion darauf war, dass ein paar neue Gäste gerade hinter seinem Stuhl hergingen und einen Tisch in der Nähe anpeilten. Ob ihn jemand gehört hatte, konnte er nicht sagen, weil er sich nicht umdrehte, um es herauszufinden.

„Willst du mich in Verlegenheit bringen?“

Er schnappte sich ein kleines Sandwich mit Frischkäse und Lachs und verschlang es mit Appetit. Langsam begann er Spaß an dieser Tea Time zu haben. „Darf ich dich daran erinnern, wer wen in Verlegenheit gebracht hat, weil er vergessen hat, das *Bitte nicht stören*-Schild an die Tür zu hängen?“

Augenblicklich begann Mac zu glucksen und hielt sich die Hand vor ihren Mund.

Der Laut war wunderschön und machte ihn nicht nur an, sondern ließ auch ein warmes Gefühl in seine Brust steigen.

„Lach du nur“, brummte er, obwohl er beinahe breit gegrinst hätte.

„Der Anblick war einfach göttlich", krächzte sie amüsiert. „Du splitternackt mit einem Snickersriegel im Mund und zwei Zimmermädchen, die die Handtücher wechseln wollten und kichernd das Weite suchten. Deinen Gesichtsausdruck werde ich niemals vergessen."

Und er würde nicht vergessen, wie sie lachend auf dem Bett gelegen hatte, als er wie ein Idiot mitten im Zimmer stand und von zwei Zimmermädchen angestarrt wurde, als hätten die noch nie einen nackten Mann gesehen, der vor seiner Herzensdame einen heißen Tanz hinlegte.

„Was ist jetzt mit deinem Höschen?"

„Ich kann es nicht so einfach ausziehen. Selbst wenn ich es wollte."

„Warum nicht?"

„Ich trage keinen Rock, sondern Hosen", wies sie ihn auf das Offensichtliche hin.

„Das weiß ich." Grant schob seinen Teller ein Stück nach vorn und wischte ein paar imaginäre Krümel vom Tischtuch, während er betont beiläufig entgegnete: „Du könntest in die Toilette gehen und das Höschen ausziehen."

Sehr charmant zeigte sie ihm einen Vogel. „Das werde ich nicht tun! Das hier ist ein Fünf-Sterne-Hotel!"

„Und wenn es ein Vier-Sterne-Hotel wäre?"

„Dann würde ich ebenfalls nicht mein Höschen

ausziehen", flüsterte sie ihm zu. „Das wäre unanständig."

Grant nippte an seinem Tee. „Spielverderberin."

„Ich bin keine Spielverderberin", widersprach sie so empört, als hätte er gerade Blasphemie begangen.

„Dann beweis es mir", provozierte er sie. „Komm schon. Damit ich etwas habe, um mich auf später freuen zu können."

Sie schnaubte verächtlich, schwieg jedoch.

Auch Grant sagte nichts, sondern musterte sie ganz genau, während widerstreitende Gefühle auf ihrem Gesicht zu erkennen waren. Er ahnte, dass sie mit sich rang. In seiner Mac steckten nämlich zwei Frauen, und jetzt gerade konnte er voller Spannung beobachten, welche den Sieg davontrug. Entweder gewann die rebellische Mac, die nackt in Whirlpools sprang, oder die anständige Mac, die trotz ihres wilden Alter ego bis zum Hals im Wasser versank, wenn sie mit einem Mann nackt im Whirlpool saß. Er hoffte auf die rebellische Mac, weil er selbst Lust auf etwas Verrücktes hatte.

Als wären die letzten Tage nicht verrückt genug gewesen ...

Mac reckte die Nase in die Höhe und erhob sich geradezu majestätisch von ihrem Stuhl. Wie einen Leibeigenen befahl sie ihm: „Bestell mir noch eines dieser Gurkensandwiches. Ich verschwinde kurz."

„Ah." Zufrieden grinste er. „Wird gemacht, Baby."

Kaum war sie weg, trippelte besagte blonde Kellnerin an den Tisch und fragte ihn diensteifrig, ob sie etwas für ihn tun konnte. Eine Nanosekunde musterte Grant die hübsche Blondine mit den großen blauen Augen und konnte nur daran denken, dass er dunkles Haar und bernsteinfarbene Augen an Frauen attraktiver fand. Sehr viel attraktiver.

Um nicht unhöflich zu sein, bestellte er für Mac noch ein Gurkensandwich und behielt dabei den Ausgang im Auge, durch den Mac verschwunden war. Bevor er gründlich darüber nachdachte, erhob er sich und legte den gleichen Weg zurück wie Mac, bis er sich in der Lobby des Hotels wiederfand und den glücklicherweise leeren Flur zu den Toiletten entlangging.

Grant wusste, dass es eine schwachsinnige Idee war, zumal überall Überwachungskameras montiert waren, aber er schlüpfte durch die Tür in die Damentoilette und war im ersten Moment darüber überrascht, dass der Vorraum mit den eigens eingerichteten Schminkplätzen leer war. Frauen gingen doch gerne im Rudel aufs Klo. Warum also fand hier kein Treffen der anonymen Schminksüchtigen statt, wie er immer vermutet hatte?

Das Fünf-Sterne-Hotel verfügte nicht nur über extra Schminkplätze im Vorraum der Damentoiletten, sondern über bereitgestellte Pflegeprodukte und die angenehmste Musik, der er jemals gelauscht hatte.

Auf Zehenspitzen schlich er in den nächsten

Raum, in dem sich mehrere Toilettenkabinen sowie Waschbecken befanden, und fragte sich, wie er herausfinden sollte, wo sich Mac befand. Bevor er den Gedanken weitergesponnen hatte, öffnete sich eine der Kabinen.

Er zuckte zusammen und machte sich auf ein riesiges Theater gefasst, weil er die heiligsten Hallen der Damenwelt betreten hatte, als Mac aus der Kabine heraustrat.

Auch sie zuckte zusammen. „Was hast du denn hier zu suchen? Bist du völlig ...?"

Grant schnitt ihr das Wort ab, indem er sie zurück in die Kabine drängte und die Tür abschloss.

„Wo ist das Höschen?"

„Grant, das ist die Damentoilette", zischte sie ihm zu.

„Ich weiß." Er wackelte mit den Augenbrauen. „Romantisch, nicht wahr?"

„Überhaupt nicht." Mac stöhnte resigniert. „Sei froh, dass sonst niemand hier ist, du Perversling. Wir könnten rausgeworfen werden. Ist dir das klar?"

„Sei doch nicht so nervös", hielt er ihr vor und legte seine Hände auf ihre Hüften. „Und jetzt sag mir: Wo ist dein Höschen?"

Mac verdrehte die Augen und griff in ihre Hosentasche, aus der sie einen winzigen, schwarzen, fast durchsichtigen Tanga zog, um diesen vor seiner Nase herumbaumeln zu lassen.

„Vielen Dank." Er schnappte sich ihn und stopfte ihn in seine Hosentasche.

„Könnten wir jetzt bitte gehen, bevor wir erwischt werden?", verlangte sie ungeduldig zu wissen.

„Gleich", raunte Grant und zog sie an sich. „Erst will ich dich küssen. Und vielleicht diese Bluse aufknöpfen …"

Sie schnappte nach Luft. „Grant!"

Darauf antwortete er nicht, sondern küsste sie mit angestauter Leidenschaft und fühlte sich wie der beste Liebhaber der Welt, als sie prompt in seinen Mund stöhnte.

Mit geschickten Fingern knöpfte er ihre Bluse auf und umfasste ihre Brüste durch ihren BH. „Gott, ich kann nicht genug von dir bekommen", murmelte er benommen. „Oder von den beiden hier."

Mac brachte stotternd seinen Namen hervor.

„Ja, sag meinen Namen", raunte er ihr zu und streichelte die warme, schwere Fülle ihrer Brüste.

Sie krallte ihre Hände in seine Brust und legte den Kopf schweratmend zurück. „Das … das verstößt doch ganz sicher gegen irgendwelche Gesetze!"

„Höchstwahrscheinlich", gab er unbeeindruckt zurück und starrte hungrig auf sie nieder. „Wir könnten …"

„Manchmal könnte ich ihn umbringen!"

Augenblicklich erstarrten beide, als plötzlich Stimmen ganz in ihrer Nähe laut wurden und eine Tür zugeschlagen wurde. Grant wagte kaum zu atmen und warf einen vorsichtigen Blick auf Mac, die ihn höchst alarmiert ansah.

„Als er gesagt hat: lass uns mal wieder ausgehen, *bin ich nicht davon ausgegangen, dass diese blöde Kuh mit von der Partie sein würde. Wenn ich nur sehe, wie sie auf ihren Louboutins durch die Gegend stöckelt, könnte ich ausflippen."*

„Wer hat sie überhaupt eingeladen?"

„Das war bestimmt Patrick. Er ist seit seiner Trennung von Milicent eh ganz scharf auf sie. Meinst du, ihre Brüste sind echt?"

„Echt oder nicht – sie ist verdammt stolz auf sie, sonst würde sie die Dinger nicht aller Welt unter die Nase halten."

„Oder ein Kleid tragen, das man auch dann kaufen würde, wenn man sich gewisse Dienste bezahlen lässt."

Diabolisches Kichern wurde laut. *„Du bist so böse, Camille."*

Wasser rauschte, als würde jemand am Waschbecken stehen und sich die Hände waschen.

„Ich kann das Miststück einfach nicht leiden, seit sie mit meinem Bruder zusammen war und gleichzeitig ihren Ex gevögelt hat."

„Ich weiß. Zum Glück hat sich Charlie bei ihr nichts weggeholt. Lass uns lieber zurückgehen, bevor sie sich an Spencer heranmacht. Sollte sie ihre Fühler nach ihm ausstrecken, muss ich sie leider mit diesem hässlichen Täschchen

von Valentino schlagen, das nur wieder beweist, dass die Frau keinen Geschmack besitzt."

Wieder ertönte dieses diabolische Kichern, bevor eine Tür zugeschlagen wurde und friedliche Ruhe einkehrte.

Grant senkte den Kopf zu Mac. Seine Stirn berührte ihre.

„Das war aufschlussreich."

„Wieso?"

„Weil ich endlich herausgefunden habe, was Frauen wirklich tun, wenn sie zusammen aufs Klo gehen. Sie planen Anschläge auf Geschlechtsgenossinnen mit hässlichen Täschchen von Valentino."

Mac verzog den Mund. „Sei froh, dass sie nicht über die schlechten Leistungen ihrer Freunde im Bett hergezogen sind, denn das machen Frauen meistens, wenn sie zusammen aufs Klo gehen." Sie schob ihn von sich. „Und jetzt sollten wir uns endlich aus dem Staub machen."

Grant widersprach nicht, sondern grinste. „Kein Problem. Ich habe ja dein Höschen und kann warten."

KAPITEL 11

„Danke für ... *du weißt schon*“, murmelte Grant an ihr Ohr.

Mac lächelte breit und schmiegte ihren Rücken dichter gegen seine Brust, während sie sich entspannt in die Kissen kuschelte und ihre Wange gegen seinen Oberarm rieb, den Grant unter ihren Kopf geschoben hatte. Eng lagen sie beieinander in ihrem Hotelbett und standen kurz davor, einzuschlafen. Wie schon in den vorherigen Nächten fand Mac es erstaunlich, wie ruhig es in ihrem Hotelzimmer war, wenn man bedachte, dass sich das Gebäude direkt am Piccadily Circus befand, wo um kurz nach zwölf Uhr nachts noch der Bär steppte. Grant hatte ihr sogar vorgeschlagen, auszugehen und das Londoner Nachtleben kennenzulernen, aber sie hatte abgelehnt.

So war es doch viel schöner – Zimmerservice, ein heißes Bad mit viel Badeschaum, Sex unter der Dusche und dann die Abendnachrichten, bevor man ein zweites Mal übereinander herfiel und langsamen, endlosen Sex mit multiplen Orgasmen hatte. Und jetzt gab es ein ausgiebiges Kuscheln, bevor sie beide zusammen einschlafen würden.

Eine gerammelt volle Bar mit warmem Bier und verklebten Fußböden, in der man ständig angerempelt wurde und schlechte Musik ertragen musste, klang hingegen eher suboptimal.

Genau hier wollte Mac gerade sein. Zusammen mit Grant.

„Gern geschehen", flüsterte sie zurück. „Und ebenfalls danke für ... *du weißt schon.*"

„Immer wieder gerne, Baby", murmelte er an ihr Ohr und zog sie noch enger an sich, während er ein Bein zwischen ihre schob und gegen ihren Hals schnaufte.

Das war so etwas wie sein ganz persönliches Ritual. Erst zog er sie sehr eng an sich, dann schob er ein Bein zwischen ihre und schnaufte anschließend gegen ihren Hals, bevor er etwas Undeutliches murmelte und ganz plötzlich eingeschlafen war.

Bevor er jedoch einschlafen konnte, küsste sie seinen Oberarm und ließ ihn wissen: „Es war ein schöner Tag."

„Das finde ich auch." Seine Stimme war warm, vertraut und hüllte sie wie in eine schützende Decke ein.

„Auch wenn sie uns fast aus dem Hotel geworfen hätten."

Als er gluckste, bewegte sich seine Brust an ihrem Rücken. „Ehrlich gesagt habe ich damit gerechnet, als Sittenstrolch in Gewahrsam genommen zu werden."

„Wer hätte das gedacht?" Sie streichelte über seine Hand und spürte dabei, wie sich eine Flamme in ihrer Herzgegend entzündete. „Der anständige Steueranwalt, der sich wie ein Hobbygolfer kleidet und sogar auf der Autobahn keinen Tempomat bräuchte, will in der Damentoilette eines Londoner Luxushotels eine flotte Nummer schieben."

Grant schnaubte. „Hobbygolfer?"

„Tiger Woods und du, ihr scheint in den gleichen Läden eure Outfits zu kaufen", neckte sie ihn und zog die Schultern in die Höhe, als er seine Zähne spielerisch in ihren Nacken grub. „Polohemden, Hosen mit Bügelfalten ... autsch!"

Er hatte ihr einen Klaps auf den Po gegeben. „Das wollte ich schon immer tun", erklärte er befriedigt. „Dir den Hintern versohlen."

„Hat Tiger bestimmt auch." Ausgelassen kicherte sie und musste es sich gefallen lassen, dass Grant schon wieder seine Zähne über ihre Haut schabte.

„Das ist sowieso alles auf deinen Einfluss zurückzuführen."

„Was denn? Dass du dich wie ein Golfer kleidest?"

„Nein", brummte er. Sein linker Arm umschlang ihren Brustkorb und er senkte sein Gesicht in ihren Nacken. „Ich meinte die flotte Nummer in der Damentoilette eines Londoner Luxushotels. Du hast den anständigen Steueranwalt von Grund auf verdorben."

„Tja, es ist eine Gabe", scherzte sie. „Jeder Mensch sollte wenigstens in einer Sache gut sein. Bei mir ist es, anständige Steueranwälte mit Sex zu verderben."

„Du hast viele Talente", widersprach er. „Stell dein Licht nicht unter den Scheffel. Ich kenne keine Frau, die so vielfältig talentiert und interessant ist wie du."

Plötzlich hatte sie einen Kloß im Hals.

Und ihre Augen brannten.

Grant konnte nicht wissen, dass sie seit fast zwei Wochen zu verdrängen versuchte, was ihr Vater in seinem Testament über sie gesagt hatte. Oder wie sehr es ihr zu Herzen ging, dass ihr Vater sie sein Sorgenkind und eine Enttäuschung genannt hatte, die ihr Leben vergeudete und nichts auf die Beine stellte. Allein die Erinnerung an die Testamentseröffnung ihres Vaters und an das Gefühl, vor allen ihren Geschwistern wie eine Versagerin dargestellt worden zu sein, war beschämend und tat ihr weh.

Wenn Grant also von ihren Talenten sprach oder anmerkte, wie interessant sie doch war, konnte Mac nur daran denken, dass sie in ihrem Leben noch nichts Sinnvolles geleistet hatte – jedenfalls hatte das ihr Vater behauptet.

„Schläfst du schon?“

Sie schüttelte den Kopf. „Nein. Tue ich nicht. Ich denke nach.“

„Worüber?“

Mac schluckte.

Sie dachte darüber nach, dass sie in dem Wissen aufgewachsen war, einen Vater zu haben, der nie für sie da gewesen war und der sich niemals zu ihr bekannt hatte. Ein Vater, dessen Zuneigungsbekundungen monatliche Alimente und Geschenke zu allen Feiertagen gewesen waren. Ein Vater, dem es egal gewesen war, ob sie ihn brauchte – ob sie einen Vater brauchte, der ihre Schlachten schlug und der ihr beibrachte, was es hieß, eine Familie zu haben sowie mehr wert zu sein als ein lumpiges Date in einem Schnellrestaurant.

Und sie dachte darüber nach, dass sie trotz allem, trotz all der Wut und trotz der Entfremdung wissen wollte, ob er sie, seine Tochter, jemals geliebt hatte. Oder ob sie nicht nur sein Sorgenkind und seine größte Enttäuschung gewesen war, sondern auch sein schlimmster Fehltritt.

„Über meinen Dad“, gestand sie flüsternd. „Seine Beerdigung war vor etwas weniger als zwei Wochen.“

Sie konnte hören, dass Grant stockte, bevor seine Umarmung tröstlich wurde. „Das tut mir leid, Mac."

„Danke."

„Woran ist er gestorben?", fragte Grant leise nach.

„An einem Schlaganfall. Es kam ganz plötzlich. Er war siebenundsiebzig." Sie fuhr sich über ihre Unterlippe. „Es ... es ist kompliziert."

„Wie meinst du das?"

„Wir ... wir hatten kein sonderlich gutes Verhältnis. Mein Vater und ich. Schon seit ein paar Jahren. Es war lange her, dass ... dass wir miteinander geredet haben."

„Auch das tut mir leid."

Eigentlich wollte sie abwinken und lässig erklären, dass es egal war – stattdessen entgegnete sie zittrig: „Mir auch."

Vielleicht lag es daran, dass sie Grant nicht ins Gesicht sehen konnte oder dass ihr Vater tot war und es jetzt völlig egal war, wer erfuhr, dass ihr Vater der große Forrester Huntington war. Und vielleicht lag es daran, dass sie wollte, dass Grant alles von ihr wusste. Ganz egal, was die Gründe waren, Mac flüsterte in die dunkle Stille des Hotelzimmers: „Meine Eltern waren nicht verheiratet – jedenfalls nicht miteinander. Als ich gezeugt wurde, war mein Vater mit einer anderen Frau verheiratet und hatte eine Affäre mit meiner Mom. Er war ein ... lebenslustiger Mensch. Ein Schauspieler. Meine Mutter war Produktionsassistentin und zwanzig Jahre jünger als er."

„Oh." Grant klang überrascht. „Dein Dad war Schauspieler?"

„Sogar ein ziemlich guter. Als Vater war er ... *nicht* gut. Als Schauspieler war er ... großartig", erwiderte sie mit einer Mischung aus Stolz, Enttäuschung und Abscheu.

Tröstlich beschrieb Grants Daumen federleichte Kreise auf ihrem linken Oberarm. „Hat er in einem Film mitgespielt, den ich kennen sollte?"

„Mhm." Mac stieß den Atem aus. „Ganz bestimmt. Mein Vater war Forrester Huntington."

Augenblicklich hörte Grant damit auf, federleichte Kreise auf ihre Haut zu zeichnen. Er erstarrte förmlich. „Dein Vater ist Forrester Huntington? *Der* Forrester Huntington?"

„Forrester *MacKenzie* Huntington. Ja, mein Vater." Sie verstellte die Stimme und imitierte den CIA-Agenten Jack Brown, der mit folgendem Satz berühmt geworden und in die Filmgeschichte eingegangen war: *„Für mich gelten keine Regeln. Ich bin Jack Brown."*

Für ein paar Sekunden war es völlig ruhig.

Mac konnte ihr Herz in ihren Ohren schlagen hören.

„Die Filme habe ich mir mit meiner Grandma immer angesehen", erwiderte Grant ruhig. „Sie war ganz verrückt nach seinen Filmen."

„So wie meine Mom." Mac verzog den Mund. „In

ihren Augen war er ein Held, ein begnadeter Künstler – ein Ritter in glänzender Rüstung."

„Und was war er in deinen Augen?"

Seine einfühlsame Stimme machte die Situation halbwegs ertragbar.

Dankbar griff sie nach seiner Hand und verschränkte seine Finger mit ihren. „In meinen Augen war er mein Vater. Mein Vater, der nie da war, keine meiner Schulaufführungen besuchte und keine meiner Freunde kannte, weil niemand wissen durfte, dass er mein Vater war. Als ich das Fahrradfahren lernte, war er nicht da, um Stützräder an mein Fahrrad zu schrauben, und als ich in der Schule beim Schwimmen am Beckenrand ausrutschte und mir mein Handgelenk brach, war er auch nicht da. Nie war er da oder zeigte einen Funken Interesse an mir. Ein paarmal im Jahr besuchte er meine Mom und mich und brachte jedes Mal einen Haufen Geschenke mit. Einmal besuchte er mich sogar auf dem College und schickte eine Limousine zum Wohnheim, die mich in das Hotel fuhr, in dem er untergebracht war – das Personal hielt mich vermutlich für eine Prostituierte."

Heute konnte sie darüber lachen, damals mit neunzehn hatte sie sich nachts in den Schlaf geweint vor Scham.

„Das klingt ziemlich beschissen."

„Das war es auch", bekannte sie. „Und das Schlimme an der Sache war, dass ich ihn trotz allem als Kind geliebt und verehrt habe, schließlich war mein Vater ein Hollywoodstar. Ich habe erst gegen ihn rebelliert, als ich die Highschool beendet habe."

„Was hatte sich geändert?"

Sie erinnerte sich an die Samtschatulle, in der die wunderschöne Perlenkette gelegen hatte. Am Tag ihres Highschoolabschlusses, als alle ihre Freunde stolz für Fotos in ihren Talaren zusammen mit ihren Eltern und Familienangehörigen posiert hatten, war ihr durch einen Boten die Perlenkette ihres Vaters zugestellt worden. „Ich weiß, es klingt kindisch ..."

„Nichts von dem, was du mir erzählt hast, klingt kindisch, Mac." Er rieb sein Kinn gegen ihre Schultern.

„Es ist nur so ... Zum Highschoolabschluss schenkte er mir eine Perlenkette. Eine wunderschöne Perlenkette, die ich liebte. Bis zu dem Tag, als ich vor dem Fernseher saß und ihn auf dem roten Teppich der Oscars entdeckte, wo er interviewt wurde. Neben ihm ... neben ihm stand seine Tochter Allegra – meine Halbschwester. Und sie trug die gleiche Kette. Er hatte sie mitgenommen und erzählte in die Kamera, wie stolz er auf sie sei, dass sie bald aufs College gehen würde und dass er ihr die Perlen zum Highschoolabschluss geschenkt hatte. Ich war ... am Boden zerstört."

„Und die Perlenkette war nichts Besonderes mehr", murmelte er verstehend.

„Genau." Mac befürchtete, sich vor Grant zu blamieren, indem sie in Tränen ausbrach, denn mit einem Mal kamen so viele Gefühle in ihr hoch, dass sie nicht mehr wusste, wohin mit ihnen. „Von da an veränderte sich alles für mich. Er wollte nicht mein Vater sein, also wollte ich nicht seine Tochter sein. Wenn er kein Interesse an mir hatte, hatte ich auch keines an ihm."

„Das kann ich verstehen, Mac. Sogar sehr gut."

„Meine Mom nicht", entgegnete sie heiser. „Sie kann es überhaupt nicht verstehen, weil mein Vater in ihren Augen unfehlbar war. Sie meint, dass ich dankbar sein sollte, aber ... das bin ich nicht. Ich habe nicht darum gebeten, wie ein schmutziges Geheimnis im Dunkeln verborgen zu werden."

„Hast du das deiner Mom gesagt?"

„Ja." Selbst in ihren Ohren klang ihre Antwort wie ein Schniefen. „Sie meinte, ich würde dramatisieren, dabei müsste sie doch am besten wissen, was ich meine, immerhin war er zigmal verheiratet, aber hat nie daran gedacht, sie – die Mutter seines Kindes – zur Frau zu nehmen."

Grant seufzte. „Das muss für deine Mom sehr schwer gewesen sein."

Mac nickte, denn sie erinnerte sich an viele Begebenheiten, an denen ihre Mom unglücklich und einsam gewirkt hatte. Immer wenn Mac während der Schulzeit bei einer Schulveranstaltung teilgenommen und auf der Suche nach ihrem Vater ins Publikum geschaut hatte, hatte sie ihre Mom entdeckt, die dort allein gesessen und ihr zugesehen hatte.

Jedes Mal war sie allein gewesen zwischen all den Elternpaaren, die sich zusammen die Aufführung ihrer Kinder angeschaut hatten.

„Das glaube ich auch", flüsterte sie. „Es muss schwer für sie gewesen sein."

„Und für dich."

„Vor ein paar Jahren haben wir uns furchtbar gestritten. Seither ... seither reden wir nicht mehr miteinander. Ich weiß gar nicht, ob sie von dem Tod meines Vaters erfahren hat."

„Vielleicht solltest du dich bei ihr melden", schlug Grant leise vor.

„Vielleicht", stimmte sie ihm leise zu. „Es ist nur so ... auf der Testamentseröffnung meines Vaters ..." Mac brach ab.

„Alles okay?"

„Nicht wirklich", flüsterte sie verzagt. „Es ... es war echt beschissen. Mein Vater ... Er hatte sein Testament auf Video aufnehmen lassen, und ... und ein paar Sachen, die er dort gesagt hat, kann ich ihm nicht verzeihen. Und ich habe Angst, dass meine Mom ebenso denkt wie er."

„Willst du mir verraten, was er gesagt hat, was du ihm nicht verzeihen kannst?"

Mac musste die Zähne aufeinanderbeißen und kniff

die Augen zusammen, während sie die locker sitzenden Tränen zurückhielt. „Er ... er nannte mich sein Sorgenkind, seine Enttäuschung. Und er sprach davon, dass ich mein ... mein Leben vergeude, weil ich mich mit Gelegenheitsjobs über Wasser halte und nicht ... verheiratet bin. Ich hätte nichts erreicht ... trotz aller Möglichkeiten, die er mir hat zukommen lassen." Sie stieß den angehaltenen Atem an. „So in etwa lautet die Kurzversion."

Grant antwortete nicht sofort, aber als er es tat, war seine Stimme beruhigend, fest und klar. „Soll ich dir etwas sagen, Mac? Du hast recht, denn dein Vater kann dich nicht gekannt haben. Niemand, der dich kennt, käme auf die Idee, dich eine Enttäuschung zu nennen. Niemand."

Seine Worte taten ihr gut.

Scherzhaft entgegnete sie: „Das musst du sagen, weil du gerne mit mir schläfst."

„Ich muss es sagen, weil es die Wahrheit ist." Er küsste sie auf die Schläfe. „Du brennst nicht, MacKenzie, du leuchtest. Wer das nicht in dir sieht, hat dich nicht verdient."

Atemlos drehte sie sich in seinen Armen um und küsste ihn, während die zurückgehaltenen Tränen nun doch zu fließen begannen, und Mac bemerkte, dass sie ein Problem hatte, das größer war als die Frage nach einem Rückflugticket oder überzogenen Kreditkarten.

Zum ersten Mal in ihrem Leben war sie verliebt – Hals über Kopf und mit jeder Faser ihres Herzens. So stark und verzehrend, dass der Gedanke sie auffraß, sich irgendwann von Grant trennen zu müssen.

Ja, sie war verliebt. In einen Steueranwalt mit dem Hang zu Bügelfalten, Polohemden und Sex in Damentoiletten.

KAPITEL 12

Er hatte einen Plan.

Einen guten Plan. Jedenfalls hoffte Grant das.

Während er nachts wach gelegen und Mac neben ihm geschlafen hatte, hatte er sich den Kopf zerbrochen, wie er den Schlamassel bewältigen sollte, in den er sich selbst gebracht hatte, weil er ihr nie gesagt hatte, wer er wirklich war und in welcher Beziehung er zu einer ihrer besten Freundinnen stand. Ein paarmal hätte er sich fast verplappert, denn Mac hatte ihm nie erzählt, dass sie aus Rache an ihrem chauvinistischen Politikprofessor dessen Auto kurzgeschlossen und mehrere Häuserblocks vom Campus entfernt geparkt hatte. Das war Harper gewesen. Harper hatte ihm viel über sie erzählt. Aber das konnte Mac nicht wissen, weil ihr nicht klar war, dass er das *verdammte Arschloch* war, das ihrer Freundin das Herz gebrochen hatte. Und weil sie es nicht wusste, hatte sie seine Erklärung nicht in Zweifel gezogen.

Wenn sie es herausfand, würde sie vor Wut rasen – so viel war sicher.

Also wollte er ihr gar nicht die Gelegenheit geben, es herauszufinden?

Grant wollte es ihr selbst beichten. Aber das wollte er nicht hier in London tun, sondern zu Hause. Und er wollte, dass sie mit ihm nach Seattle kam.

Ja, es war eine verrückte Idee und aus dem Wunsch heraus geboren, sie bei sich zu haben und nicht gehen lassen zu müssen, gleichzeitig dachte er pragmatisch daran, dass er Mac somit die Gelegenheit gab, mit Harper zu reden. Seine Ex und er waren im Guten auseinandergegangen, und als hoffnungsloser, Hals über Kopf verliebter Optimist – oder auch Vollidiot – glaubte er, dass Harper Mac davon abhalten könnte, ihm in die Eier zu treten und ihn in die Wüste zu schicken, wenn er ihr erzählte, was Sache war. Harper würde verstehen, dass er sich in ihre Freundin verliebt hatte.

Auch das hoffte er.

Zuerst musste er Mac jedoch dazu bekommen, mit ihm nach Seattle zu fliegen und sich nicht beim Zwischenstopp in Atlanta von ihm zu trennen und nach Miami zu fahren.

Seine Chance kam schneller als erwartet, denn

während sie am nächsten Morgen beim Frühstück saßen und er seine Mails checkte, trudelte eine Nachricht der Fluggesellschaft ein, dass der ursprüngliche Flug ausfiel und sie auf einen Direktflug nach Seattle umgebucht worden seien.

„Ist etwas passiert?"

„Hm?" Er sah über den Tisch zu Mac, die ihn fragend musterte.

„Du runzelst die Stirn", entgegnete sie und rührte in ihrer Kaffeetasse herum. „Deshalb frage ich dich, ob etwas passiert ist."

Grant zuckte mit den Schultern, während das Frühstück ihm plötzlich schwer im Magen lag. Der Verlauf des jetzigen Gesprächs war schließlich entscheidend. „Ich habe eine gute und eine schlechte Nachricht."

„Zuerst die schlechte", bat sie ihn und verzog lächelnd das Gesicht. „Dadurch wird die gute Nachricht nur besser."

Er spielte mit den Zuckertütchen vor sich herum und bemühte sich um Gelassenheit. „Unser ursprünglicher Flug fällt aus und sie haben uns auf einen Direktflug umgebucht – ohne Stopp in Atlanta."

„Okay", erwiderte sie unbeeindruckt. „Und die gute Nachricht?"

Das war alles? Kein Protest oder sonst etwas? Einfach nur ein schwaches Lächeln und keine Panik darüber, wie sie nach Miami kommen sollte? „Ein Upgrade in die Businessclass."

„Also das mit der Businessclass klingt wirklich verdammt gut."

Grant war überrascht und auch ein bisschen aus der Fassung gebracht, wie Mac auf die Nachricht reagierte. Vielleicht hatte der Kaffee bei ihr noch nicht gewirkt, und sie hatte gar nicht richtig verstanden, was er ihr sagen wollte. Räuspernd wiederholte er daher: „Ein Direktflug bedeutet, dass du ..."

„Ich weiß, was er bedeutet." Sie lächelte ihn schief an. „Wir fliegen direkt nach D.C. und steigen nicht in Atlanta um."

„Äh ... nicht ganz." Er schluckte schwer. „Wir fliegen nicht nach D.C., sondern nach Seattle. Dort wohne ich."

„Was?" Mac wirkte verwirrt. „Hast du nicht gesagt, dass du in Washington wohnst?"

„Ja, im Staat Washington", betonte er. „Nicht in der Stadt."

„Oh." Nun runzelte sie die Stirn, und Grant befürchtete, dass Mac plötzlich eins und eins zusammenzählte. Aber das tat sie nicht. Stattdessen hob sie eine Hand in die Höhe und strich sich eine Haarsträhne beiseite. „Da haben wir wohl aneinander vorbeigeredet."

„Ja ... scheint so."

„Ich hatte mich schon gewundert, dass man in Atlanta zwischenlandet, wenn man nach D.C. fliegt."

Wegen all der Lügen bekam er ein schlechtes

Gewissen, als sie so gelassen reagierte. „Tut mir leid, dass das deine Pläne durcheinanderwirbelt."

„Ach, das macht nichts." Sie stieß den Atem aus. „Ich muss sowieso ein paar Dinge regeln."

„Welche Dinge? Meinst du deinen Job?"

„Eigentlich meine ich so ziemlich alles." Mac schnitt eine Grimasse. „Meinen Job, den Streit mit meiner Mom und so weiter."

„Glaubst du, dass dich dein Boss feuern will, weil du deine Überstunden in Anspruch genommen hast?"

Sie schüttelte den Kopf und faltete die Serviette zusammen. „Nein, das würde er nicht tun."

„Auch dann nicht, wenn du jetzt mit nach Seattle kommst und noch ein paar Tage an deinen Urlaub dranhängst?"

Mac machte nicht den Eindruck, sonderlich besorgt um ihren Job zu sein. „Selbst wenn er mir drohen sollte, mich zu feuern, wäre es nicht sehr tragisch. Ich denke schon länger darüber nach, die Branche zu wechseln. Vielleicht sollte ich mir einen Job suchen, der besser zu mir passt. Auch wenn ich noch keine Ahnung habe, was das sein könnte."

„Schwebt dir etwas Bestimmtes vor?"

„Nein, aber keine unnötigen Autoversicherungen mehr zu verkaufen, wäre ein guter Anfang."

Grant glaubte nicht, dass das alles war, worüber sie zurzeit nachdachte, aber er wollte nicht tiefer bohren. Wenn Mac so weit war, würde sie es ihm erzählen. Er kannte sie gut genug, um zu wissen, dass sie Probleme erst einmal mit sich selbst ausmachen musste.

„Wann geht der Flug?“

Er konnte noch gar nicht wirklich glauben, dass es so einfach gewesen war, sie dazu zu bringen, mit ihm nach Seattle zu fliegen. Zwar wusste er, dass Mac spontan war, aber eine solche Planänderung war kein Pappenstiel. Grant konnte sein Glück kaum fassen und würde genau darüber nachdenken, wie der nächste Schritt aussah – und wie er Mac die Sache mit Harper beibringen konnte, ohne alles zu versauen. „Morgen früh um zehn“, erklärte er daher bedächtig. „In Seattle ist es zwölf Uhr mittags, wenn wir ankommen.“

„Das klingt gut – und die Businessclass natürlich auch“, verkündete sie fröhlich. „Die Umbuchung hat außerdem noch etwas Gutes.“

„Ach ja?“ Warum dachte er sofort an Sex im Flugzeug, als sie ihm mit ihren strahlenden Augen ins Gesicht sah und dabei lebhaft nickte?

„Ja! Harper lebt doch auch in Seattle, also kann ich mir mit eigenen Augen ein Bild davon machen, wie es ihr geht. Bestimmt ist sie schon wieder zu Hause.“ Sie schüttelte traurig den Kopf. „Dass ich nicht da war, als sie vorm Altar versetzt wurde, macht mir ziemlich zu schaffen. Vielleicht kann ich sie etwas von ihrem Liebeskummer ablenken. Oder wir drei gehen zusammen etwas essen, Grant. Du wirst sie sicher mögen.“

Ein stumpfer Eispickel in seiner Brust hätte sich nicht unangenehmer anfühlen können.

Obwohl er nicht mit ihr über Harper und seine Beteiligung an der abgesagten Hochzeit im Frühstücksraum eines Hotels reden wollte, konnte und wollte er sie nicht länger anlügen. Also griff er über den Tisch hinweg nach ihrer Hand und drückte sie. „Also ... Was das betrifft ... Ich sollte dir ..."

„Möchten Sie noch einen Kaffee, Sir?" Ein Kellner hielt ihnen eine Kaffeekanne unter die Nase und schenkte ihnen beiden nach, ohne eine Antwort zu erwarten. „Wenn Sie gerne einen Orangensaft oder ein anderes Getränk hätten, sagen Sie mir bitte Bescheid. Wir haben eine große Auswahl an frisch gepressten Säften."

„Wenn das so ist, nehme ich gerne einen Orangensaft", bat Mac ihn freundlich. „Was ist mit dir, Grant?"

Er glaubte nicht, dass er momentan irgendetwas hinunterbekäme – erst recht keinen frischen Orangensaft, durch den er aufstoßen und vor Anspannung vermutlich kotzen müsste. Wortlos schüttelte er daher den Kopf.

Der Kellner war Fluch und Segen zugleich, weil er nicht sofort verschwand, sondern mit Mac über die besten Sehenswürdigkeiten der Stadt plauderte und mit seinen Tipps nicht geizte, was man nicht verpassen sollte, wenn man in London war. Mac war Feuer und Flamme für die Ideen des Kellners und strahlte über das ganze Gesicht, während sie Grants Hand drückte und ihn begeistert ansah.

Nein, er würde es nicht übers Herz bringen, ihr jetzt von Harper und ihm zu erzählen – nicht, wenn sie solche Freude hatte und ihn ansah, als könnte sie es nicht erwarten, mit ihm unterwegs zu sein. Er würde warten, bis sie in Seattle waren.

Er würde warten und hoffen, dass sie bis dahin das Gleiche für ihn empfand wie er für sie und es nicht ertragen könnte, von ihm getrennt zu sein.

Denn Grant wusste, dass es ihm das Herz brechen würde, wenn Mac ihm seine Lügen nicht verzeihen könnte.

KAPITEL 13

Grants Wohnung passte zu dem Mann mit den Polohemden und den Bügelfalten in den Hosen – nicht zu dem Mann, der sie darum gebeten hatte, in einem Londoner Hotel das Höschen auszuziehen, und der einen klapprigen Toyota gefahren war.

Sein eigenes Auto war ein silbern glänzender Lexus, der in einer privaten Parkbox in der Tiefgarage des Wohnhauses stand, in der er wohnte. Das Wohnhaus mit dem Portier und den Kunstwerken im Erdgeschoss lag in bester Lage, war gepflegt und den Leuten vorbehalten, die über das nötige Kleingeld verfügten, um hier zu wohnen. Auch seiner Wohnung sah Mac auf einen Blick an, dass ihr Besitzer reichlich Geld besitzen musste. Zwar hatte sie gewusst, dass er Anwalt war, aber sie hatte sich nicht wirklich Gedanken darum gemacht, wie viel Geld er besaß. Warum auch? Es hatte Mac noch nie interessiert, wer wie viel Geld verdiente, und bei Grant hatte sie nicht damit begonnen, sich diese Fragen zu stellen. Außerdem hatte er sich in den vergangenen zwei Wochen nicht wie jemand benommen, der mit seinem dicken Portemonnaie prahlte. Sie waren in völlig normalen Restaurants essen gegangen, hatten sich auch oft in Imbissständen wiedergefunden und waren in London mit der Metro gefahren, anstatt sich mit Taxis herumkutschieren zu lassen. Grant hatte nicht mit Geld geprahlt.

Als sie sich in seiner Wohnung – in seiner riesigen Wohnung – umsah, bekam sie einen kleinen Eindruck davon, dass er sich im Gegensatz zu ihr keine Gedanken ums Geld machen musste. Vermutlich hätte ihre eigene Wohnung in seine Küche gepasst.

Sie sah weiße Wände, dunkle Holzfußböden und ultramoderne Beleuchtungssysteme an den Decken. Ein paar Landschaftsfotografien in schwarzen Chromrahmen zierten die Wände des Flures und perfekt aufeinander abgestimmte Möbelstücke besaßen einen funktionellen Charakter. Hier eine Ablagemöglichkeit, dort ein Schrank, damit persönliche Dinge verstaut werden konnten, die den Eindruck eines Ausstellungsraumes gemindert hätten. Grants Wohnung sah wie das Musterstück eines Innendesigners aus – stylish, kostspielig, unpersönlich. Und unbenutzt. Auch im Wohnzimmer hatte Mac den Eindruck, dass niemand hier wirklich lebte, weil das Zimmer sauber und fast schon steril war, alles an seinem Platz lag und man keine Rückschlüsse auf den Bewohner ziehen konnte. Nichts lag herum. Alles passte zueinander.

Es bestand kein Zweifel daran, dass seine Wohnung äußerst geschmackvoll eingerichtet war und dass seine Möbelstücke von sehr guter Qualität waren, aber es fehlte die persönliche Note. Wo waren gerahmte Fotos, die auf das Tischchen neben dem Ledersofa gepasst hätten und die sich Mac gerne angesehen hätte, weil sie ihn mit seinen Freunden und vielleicht mit seinen verstorbenen Eltern gezeigt hätten? Wieso lag keines seiner alten Sweatshirts über einer Stuhllehne und warum stapelten sich auf dem Tisch mit der breiten Tischplatte keine Briefe, Rechnungen und Notizzettel wie bei ihr?

Mac musste nicht einmal in die Küche sehen, um zu wissen, dass sie dort die gleiche Ordnung erwartete wie überall in seiner Wohnung.

Angesichts der bis ins kleinste Detail durchstrukturierten Wohnung mit der tadellosen Einrichtung, der akkuraten Ordnung und der gründlichen Sauberkeit wäre Mac normalerweise geflohen, denn eigentlich sträubte sie sich mit jeder Faser ihres Herzens gegen alles, was derart konventionell und auch konservativ erschien. Bei Grant war das nicht der Fall. Anstatt das Weite zu suchen, warf sie ihre Jacke und ihre Tasche auf sein Sofa und seufzte zufrieden. Fast so, als habe sie gerade ihr Revier markiert.

Vermutlich wäre es ihr sogar egal gewesen, wenn er eine Fußmatte besessen hätte.

Nach einem langen Flug, der dank des geräumigen Platzes in der Businessclass und guter Filme ziemlich bequem verlaufen war, konnte sie nicht anders, als ihn ein bisschen zu foppen. Feixend klopfte sie auf die Rückenlehne des eleganten Sofas und zwinkerte ihm zu. „Bist du sicher, dass dieses Sofa zum Sitzen da ist? Ich fürchte, meine Jeans könnte dunkelblaue Abdrücke auf diesem Ausstellungsstück hinterlassen."

„Fühl dich ganz wie zu Hause", erwiderte Grant und wirkte etwas nervös, während er seine Augen durch das Zimmer huschen ließ, als erwartete er, dass eine unangenehme Überraschung gleich durch die Tür spazieren würde.

Mac folgte seiner Blickrichtung. „Ist alles okay?"

„Sicher."

„So wirkst du aber nicht." Sie rümpfte die Nase. „Machst du dir Sorgen darum, dass ich deine Wohnung zu unordentlich finde? Ehrlich gesagt finde ich sie eher etwas zu ordentlich."

„Sehr witzig." Grant schnitt eine Grimasse.

„Oder befürchtest du, dass ich die Unterwäsche meiner Vorgängerin in der Waschmaschine finde, wenn ich meine Klamotten waschen will?"

„Darüber mache ich mir tatsächlich keine Sorgen, weil ich die Wäsche zum Wäscheservice gebe."

Dramatisch seufzte sie auf. „Ein Wäscheservice?"

„Gehört zum Inklusivservice des Hauses – wie der Portier und der Conciergedienst. Der hat auch alle Spuren deiner Vorgängerin beseitigt, während wir im Flugzeug saßen", erklärte er trocken.

„Nobel, nobel." Mac schnalzte mit der Zunge und ließ ihre Finger über die Buchrücken wandern, die in den deckenhohen Regalen hinter dem Sofa standen. „Als Steueranwalt scheint man gut zu verdienen."

„Ich kann nicht klagen." Auch Grant schlüpfte endlich aus seiner Jacke und warf sie über eine der Stuhllehnen. „Die Wohnung habe ich mir jedoch vom Erbe meiner Eltern gekauft und nicht von meinem Gehalt. Sonderlich stolz muss ich also nicht darauf sein."

Überrascht legte sie den Kopf schief. Grant klang plötzlich resigniert, aber vielleicht war es auch die Müdigkeit, die aus ihm sprach, denn im Gegensatz zu ihr schien er sich während des Fluges nicht sonderlich entspannt zu haben. Anfangs hatte sie geglaubt, dass er unter Flugangst litt, weil er in seinem Sitz gesessen und kaum einen Ton von sich gegeben hatte. Er war so abwesend erschienen, dass sich Mac sogar gefragt hatte, ob er es bereute, sie mit zu sich nach Hause zu nehmen. Doch dann hatte er ihre Hand genommen und sie geküsst – und ihre Zweifel waren verschwunden. Jetzt waren sie in seiner Wohnung, und Mac wurde das Gefühl nicht los, dass irgendetwas nicht stimmte. Eine Art innere Stimme sagte ihr, dass sie etwas Entscheidendes verdrängte, aber sie wollte nicht weiter darüber nachdenken, weil sie ahnte, was nicht stimmte.

Und zwar überwand sie gerade jede Bindungsphobie und jeden Widerwillen gegen Beziehungen, die sie seit dem Eintritt ins Erwachsenenalter gehegt und gepflegt hatte, für einen Mann, der genau das war, was sie immer abgelehnt hatte: ein vernünftiger, gradliniger, anständiger Kerl mit einem angesehenen Beruf und einem nach vorn orientierten Lebensplan. Männer, die das Potenzial hatten, zu einem respektablen Ehemann mit einem Haus inklusive Garten in der Vorstadt und Vater von zwei perfekten Kindern sowie Herrchen eines Labradors zu werden, hatte Mac so schnell in den Wind geschossen, dass sie das Wort *Zukunft* nicht einmal in den Mund nehmen konnte. Das war ihre Art gewesen, gegen ihre Eltern zu rebellieren, die sich genau das für sie gewünscht hatten und es selbst nie vorleben konnten.

Doch Grant hatte weder mit Macs merkwürdiger Rebellion noch mit ihren Eltern etwas zu tun. Ihr war es egal, dass er Polohemden trug, eine spießig angehauchte Wohnung besaß und vermutlich wirklich zu Golfspielen seiner Geschäftspartner eingeladen wurde. Sie hatte sich in ihn verliebt und fand den Gedanken an eine ernste Beziehung plötzlich gar nicht mehr schlimm.

„Wieso solltest du nicht stolz sein?", fragte sie ihn sacht und kam auf ihn zu, weil er den Eindruck machte, etwas Mitgefühl zu brauchen. „Du hast es weit gebracht."

Er runzelte die Stirn. „Weil ich das Pech hatte, mit neun Jahren Vollwaise zu werden und die Lebensversicherung meiner Eltern zu erhalten, die mir ein teures Studium und eine teure Wohnung ermöglichte. Wenn ich hätte wählen können, dann ..."

„Dann hättest du deine Eltern gewählt", beendete sie seinen Satz und legte eine Hand auf seine Brust, während sie sich an ihn schmiegte und von unten in seine Augen schaute. Zärtlich streichelte sie über die Stelle, unter der sein Herz schlug. „Das weiß ich, Grant."

Mit dunklen Augen sah er sie an und erwiderte nichts.

Obwohl sie nicht genau sagen konnte, was ihm gerade durch den Kopf ging, lächelte sie ihm zu und schlang ihren freien Arm um seine Mitte. Einfach nur an ihn gelehnt in seinem Wohnzimmer zu stehen, seine Wärme spüren zu können und sein Herz unter ihrer Hand schlagen zu fühlen, tat unbeschreiblich gut.

„Was kann ich für dich tun?", wollte sie mit einem Flüstern von ihm wissen.

Grant senkte den Kopf und berührte ihre Stirn mit

seinem Mund. „Dass du hier bist, Mac, ist alles, was ich brauche."

Beinahe hätte sie gegrinst, weil er so verdammt kitschig klang – kitschig und süß. Sie schmolz dahin.

„Aber wenn du schon so fragst, könnten wir beide uns für ein Nickerchen hinlegen."

Sie ahnte, wie sein Nickerchen aussehen würde, schließlich hatte seine Stimme unnatürlich beiläufig geklungen.

„Das wäre keine gute Idee", widersprach sie ihm daher ernst. „Es ist erst mittags. Wenn wir jetzt schlafen gehen, erwischt uns der Jetlag und wir sind die ganze Nacht wach."

„Wer hat denn gesagt, dass wir bei unserem Nickerchen zum Schlafen kommen werden?"

Mac lachte heiser und legte den Kopf zurück. „Du machst mir nichts vor. Sobald du fertig bist, liegst du komatös neben mir und schläfst ein. Und dann haben wir den Salat." Kopfschüttelnd machte sie sich von ihm los. „Außerdem habe ich kein einziges sauberes Kleidungsstück mehr. Wir sollten uns um die Wäsche kümmern und dann kannst du mir ein bisschen Seattle zeigen. Einkaufen sollten wir auch, damit wir heute Abend etwas kochen können."

Grant legte stöhnend den Kopf in den Nacken und präsentierte dabei dunkle Bartstoppeln, die Mac gerne mit den Fingern gestreichelt hätte, wenn sie nicht gewusst hätte, dass diese Berührung ein *Nickerchen* nach sich gezogen hätte.

„Ist das dein Ernst?" Er kniff die Augen zusammen. „Das klingt ja nach entsetzlich viel Arbeit. Dabei hatte ich mich schon so sehr auf ein Nickerchen gefreut."

„Später vielleicht", schränkte sie ein und gab ihm einen kleinen Schubs nach hinten. „Jetzt haben wir erst einmal etwas zu tun."

Schicksalsergeben seufzte er und fuhr sich anschließend mit beiden Händen durchs Haar. „Okay ... Weil du es bist. Bei der Gelegenheit sollte ich auch mal wieder zum Friseur."

„Lass es etwas länger", riet sie ihm und schürzte die Lippen. „Ich mag es, wenn es nicht so akkurat geschnitten ist. Wilder ist besser."

„Wilder ist besser?" Nun klang er belustigt.

„Wilder ist immer besser", bestätigte sie vielsagend.

ALS MAC am nächsten Morgen aufwachte, fühlte sie sich wie gerädert, war müde und hatte leichte Kopfschmerzen, was kein Wunder war, weil Grant am Abend zuvor eine Flasche Rotwein geöffnet hatte. Obwohl Mac nur ein paar Schlucke getrunken hatte, fühlte es sich heute an, als hätte sie den schlimmsten Kater seit Silvester vor vier Jahren. Und bereits dieser Kater war episch gewesen, immerhin hatte sie damals eine halbe Bar leer getrunken. Heute kam ein ausgewachsener Schlafmangel durch die Zeitverschiebung von ganzen acht Stunden dazu.

Merkwürdigerweise war Grant bereits aufgestanden und lag nicht mehr im Bett, als ihr Wecker klingelte, den sie sich gestellt hatte, um nicht den halben Tag zu verschlafen. Mit dem Gefühl, von einem Bus überfahren worden zu sein, kämpfte sie sich aus dem Bett und stapfte zu Grants Kommode, aus der sie sich ein Paar Boxershorts und ein T-Shirt nahm, bevor sie ins Badezimmer ging. Ein kurzer Blick in den Spiegel sagte ihr, dass sie so schlimm aussah, wie sie sich fühlte. Sie putzte sich die Zähne, wusch sich das Gesicht und schlüpfte in die gemopste Kleidung, bevor sie sich auf die Suche nach Grant machte.

Der Geruch nach Kaffee und warmem Gebäck ließ ihre Lebensgeister erwachen.

Was sie auf dem Esstisch fand, überraschte sie noch mehr als die Tatsache, dass Grant am Abend zuvor köstliche Spaghetti mit Fisch gekocht hatte. Ein reich gedeckter Frühstückstisch mit Obstsalat, Säften, Kaffee, warmem Gebäck, French Toasts und einem riesigen Strauß Blumen erwartete sie.

Sprachlos stand sie ein paar Sekunden davor und fragte sich irritiert, ob Grant Superkräfte besaß. Er hatte genauso wenig geschlafen wie sie und musste schon vor einiger Zeit aufgestanden sein, um für dieses

Frühstück verantwortlich zu sein. Und dann die herrlichen Blumen ...

Eigentlich war sie kein Blumentyp, aber beim Anblick der leuchtenden Farben und der verschiedenen Blumensorten wurde ihr ganz anders zumute. Sie war gerührt und aufgeregt zugleich. Grant hatte für sie Blumen besorgt – wunderschöne Blumen, die er irgendwo in aller Herrgottsfrühe gekauft haben musste, um ihr eine Freude zu machen.

Mit wild klopfendem Herzen schnupperte sie an den wunderschönen Blüten und merkte, wie ihre Kehle eng wurde.

„Oh ... ich wollte dich gerade wecken."

Als sie sich umdrehte, stand Grant in der Tür.

„Guten Morgen", begrüßte sie ihn und lächelte ihn dabei schüchtern an.

Warum sie ausgerechnet jetzt schüchtern war und errötete, konnte Mac nicht sagen. Es waren nur Blumen und ein Frühstück. Aber die Bedeutung dahinter ...

„Guten Morgen." Auch Grant wirkte nervös. „Ich habe Frühstück gemacht."

„Das sehe ich." Sie holte tief Luft. „Die Blumen sind ... wunderschön, Grant. Danke. Und dann dieses Frühstück."

Auch er schien Luft zu holen, bevor er zu ihr trat und sie auf die Schläfe küsste. „Ich dachte, ich sollte dich heute ein bisschen verwöhnen. Komm, setz dich, Liebling."

Das Wort Liebling war wie warmer Honig und eine einzige Liebkosung. Ihr schlug das Herz bis zum Hals und die Stelle an ihrer Schläfe, die er gerade zärtlich mit seinen Lippen berührt hatte, prickelte.

Während Grant ihr den Stuhl zurechtrückte und sie bediente, zwischendurch die Hand über ihren Nacken gleiten ließ und mit sanften Bewegungen seiner Fingerspitzen ihre sensiblen Nervenenden erregte, erschauerte Mac wohlig und merkte, dass die Schmetterlinge in ihrem Inneren so sehr flatterten, dass sie selbst das Gefühl hatte, fliegen zu können.

Atemlos verfolgte sie, wie er ihr die schönsten Gebäckstücke auf den Teller legte, Ahornsirup auf ihren French Toast träufelte und anschließend frische Erdbeeren auf ihrem Teller verteilte. Sie empfand ein so heißes Verliebtsein, dass sie befürchten musste, gleich zu verglühen. Mac hatte sich niemals zuvor so umsorgt und verwöhnt gefühlt. Kein Mann hatte sie jemals mit dieser Aufmerksamkeit behandelt und ihr das Gefühl gegeben, etwas ganz Besonderes zu sein.

Für keinen Mann war sie bisher *Liebling* gewesen.

Sie fühlte sich fast hilflos in Gegenwart des Mannes, der ihr gerade Kaffee einschenkte und genau die Menge Milch und Zucker hinzugab, die sie gerne in ihrem Kaffee trank.

Wenn sie weiterhin mit dieser atemlosen Faszination verfolgte, wie er sie umsorgte, würde sie etwas Dummes tun – wie ihm zu sagen, dass sie ihn liebte und sogar eine Fußmatte akzeptieren würde. Aber das wollte sie nicht. Noch nicht. Also räusperte sie sich und kam auf etwas Belangloses zu sprechen.

„Ich weiß zwar nicht, was du heute vorhast oder wann du wieder ins Büro gehen musst, aber ich habe gehört, dass die Hafenrundfahrt wirklich toll sein soll."

„Das hört sich ... gut an."

Nun ja, sehr begeistert klang er auf jeden Fall nicht. „Wir können natürlich auch etwas anderes machen. Ich bin für alle Vorschläge offen."

Er lächelte schwach und setzte sich auf seinen Stuhl, um sich selbst etwas Kaffee einzuschenken. Sobald er das getan und die Kanne wieder abgestellt hatte, sah er sie unschlüssig an. „Wir sollten vielleicht erst einmal über etwas Wichtiges sprechen, bevor wir den Tag planen, Mac."

Stirnrunzelnd nahm sie einen Schluck Kaffee und setzte die Tasse gleich darauf wieder ab. Über den opulent gedeckten Tisch musterte sie sein besorgtes Gesicht und konnte sich keinen Reim auf sein Verhalten machen.

In dem Versuch, die etwas merkwürdige Stimmung aufzulockern, scherzte sie: „Ich hoffe, es geht nicht darum, dass ich mir ein Paar Boxershorts und ein T-Shirt von dir ausgeliehen habe."

Seine Mundwinkel zuckten nicht einmal. Stattdessen schüttelte er den Kopf. „Nein, darum geht es nicht."

Das wurde immer obskurer. „Okay. Worum geht es dann?"

Sein Adamsapfel hüpfte hoch, als er schluckte. „Du erinnerst dich, dass ich dir erzählt habe, dass ich mit meinem Kumpel einen Roadtrip machen wollte und dass er kurz vorher abgesagt hat."

„Ja, dein Kumpel Zac."

„Genau." Er zögerte und schien nach den richtigen Worten zu suchen. „Nun ... es ist so: Zac hatte gar nicht abgesagt. Er war ebenfalls in Schottland."

Mac verstand nur noch Bahnhof. „Aber ..." Sie stockte kurz. „Wo war er denn? Hattet ihr euch gestritten? Ich bin gerade ein wenig verwirrt, Grant."

„Das Gefühl kenne ich", murmelte er und schaute nach rechts und nach links, aber nicht in ihr Gesicht. „Es kann sogar sein, dass er ziemlich wütend auf mich ist. Ich habe ihn nämlich sitzen gelassen. Und nicht nur ihn, um ehrlich zu sein."

Nun war Mac erst recht verwirrt. „Wie meinst du das denn?"

„Wir waren nicht in Schottland wegen eines Roadtrips, sondern wegen ... einer Hochzeit."

Sie rümpfte die Nase. „Wegen einer Hochzeit? Wer wollte denn heiraten? Etwa dein Kumpel?"

Wenn sie nicht alles täuschte, wurde Grant etwas blass um die Nase. „Erinnerst du dich an unser

Kennenlernen an der Tankstelle? Du dachtest, ich hätte gehört, wie du mit Lucy telefoniert hast, und wüsste daher deinen Namen, aber daher kannte ich dich nicht. Ich wusste, wer ... du warst, weil es ... in Harpers Wohnung ein Bild gibt. Von ihr, Lucy, Blair und ... dir. Nein, nicht Zac wollte in Schottland heiraten. Sondern ... ich."

Ungefähr zehn Sekunden lang starrte Mac ihn an und war unfähig, seine Worte zu verstehen. Sie konnte und wollte nicht realisieren, was er ihr gerade sagte, obwohl die Puzzleteilchen so kinderleicht zusammenzufügen waren.

In ihrem Kopf herrschte Leere, während sie begriff, wer er war – wer er für ihre Freundin Harper war. Und während sie begriff, mit wem sie in den vergangenen zwei Wochen zusammen gewesen war.

In wen sie sich verliebt hatte.

Gerade hatte sie noch das Gefühl gehabt, vor Glück zu fliegen, aber jetzt ...

Jetzt stürzte sie ab, rasend schnell und ohne Fallschirm, und schlug schmerzhaft auf dem Boden auf.

KAPITEL 14

Grant bemerkte den Moment, in dem Mac verstand, was er ihr gerade sagen wollte.

Sie wurde leichenblass und riss ihre Augen ungläubig auf.

Er wusste, dass er Mist gebaut hatte. Großen Mist. Und Grant wusste auch, dass es nicht einfach sein würde, Mac dazu zu bringen, ihm nicht die Eier abzureißen und auf Nimmerwiedersehen zu verschwinden. Eigentlich hatte er ihr gestern schon sagen wollen, was Sache war, aber dann war der Tag so schön gewesen, dass er ihn nicht verderben wollte. Und abends waren sie Arm in Arm eingeschlafen.

Mit Mac im Bett zu liegen und einzuschlafen, hatte sich so vertraut angefühlt, dass er sich gewünscht hatte, alles sei anders gelaufen. Als er sie heute Morgen am Frühstückstisch stehen gesehen hatte, wie sie sein Shirt und seine Boxershorts getragen und an den Blumen gerochen hatte, die er morgens bei einem benachbarten Blumenhändler gekauft hatte, war der Gedanke so verlockend gewesen, ihr nichts zu sagen, dass ihm ganz schlecht geworden war.

Aber Grant konnte die große Beichte nicht länger aufschieben.

„Bitte sag mir, dass das nicht wahr ist", flüsterte sie ihm entsetzt zu. „Sag nicht, dass du das Arschloch bist, das Harper kurz vor der Hochzeit verlassen hat."

Er stieß den angehaltenen Atem aus. „Hör zu, Mac, Harper und ich ..."

Sie fluchte laut auf. „Das ist nicht dein Ernst!"

Grant ballte die Hände zu Fäusten und versuchte sich an all die Dinge und Argumente zu erinnern, die er seit Tagen sammelte, um dieses Gespräch so gut wie möglich zu überstehen – und Mac nicht zu verlieren. „Mac, ich wollte dir schon länger sagen, dass ..."

„Und warum hast du es dann nicht getan?"

„Vielleicht weil ich genau diese Situation gefürchtet habe", entgegnete er leise und ruhig. „Vielleicht weil ich wusste, dass es nicht richtig war, dir nichts zu sagen, aber weil es zu viel Spaß gemacht hat, mit dir unterwegs zu sein. Wenn ich dir gesagt hätte, wer ich bin, dann hättest du ..."

„Dann hätte ich mich niemals zu dir ins Auto gesetzt!"

„Genau das meinte ich, Mac.“ Hilflos hob er beide Hände in die Höhe. „Was hätte ich denn tun sollen?“

„Du hättest sagen können: *Hey, Mac, du kennst mich zwar nicht, aber ich bin das Arschloch, das ...*“

„Könntest du aufhören, mich das Arschloch zu nennen“, fuhr er sie scharf an. „Wenn du mich erklären lassen würdest, wie es zur Trennung von Harper und mir kam, würdest du auch verstehen, dass ich kein Arschloch bin.“

Mac kniff die Augen zusammen. „Das hättest du mir schon damals an der Tankstelle erklären können!“

Er schnaubte, denn in seiner Erinnerung war sie es gewesen, die ihm – einem vermeintlich Fremden – sofort berichtet hatte, was sie für unaussprechliche Dinge mit dem Mann tun würde, der mit ihrer Freundin Schluss gemacht hatte.

Mit aller Vernunft, zu der er momentan fähig war, erwiderte er: „Ich weiß, dass es ein Schock ist. Und ich weiß, dass du wütend bist, aber wenn du genau drüber nachdenkst, wirst du verstehen, dass ich dich nicht verletzen und hintergehen wollte.“

„Wie kannst du da sitzen und diesen Schwachsinn von dir geben, wenn du mir erst vor zwei Minuten eröffnet hast, dass du der Verlobte meiner Freundin bist?“, fragte sie ihn ungläubig.

„Ex-Verlobter“, betonte er. „Ich bin Harpers Ex-Verlobter. Wir sind getrennt.“

„Weil du sie sitzen gelassen hast!“

„Weil es ein Fehler gewesen wäre, wenn wir beide geheiratet hätten", erwiderte er geduldig.

„Das sagst du!"

Grant sah ihr an, dass sie kurz vor einer Explosion stand. Die gut gelaunte, zu Scherzen aufgelegte und liebevolle Mac war verschwunden. An ihre Stelle war eine vor Zorn rasende Mac getreten, deren Gesicht unnatürlich rot geworden war.

„Ich komme mir so dumm vor! Seit zwei Wochen sind wir zusammen, und mir ist nie etwas komisch vorgekommen, dabei waren alle Anzeichen da!" Sie musterte ihn hart. „Wieso hast du es mir nicht von Anfang an gesagt?"

„Vielleicht weil du gesagt hast, dass du dem Ex deiner Freundin gerne die Eier abreißen würdest", entgegnete er trocken.

„Das war nicht der Grund. Du hast mir nicht gesagt, wer du wirklich bist, weil du Angst davor hattest, dass ich dir die Eier abreißen würde – und das weißt du!" Sie fasste sich an den Kopf, als hätte sie auf einmal einen Geistesblitz. „O mein Gott! Zwei Wochen lang hatten wir den Honeymoon, den Harper und du hättet haben sollen."

Brummend schnalzte er mit der Zunge. „Das ist lächerlich. Wir hatten nicht ..."

„Ich glaube, mir wird schlecht." Sie sprang vom Stuhl auf und warf dabei die Kaffeetasse um. Die haselnussbraune Flüssigkeit ergoss sich mit einem Schwall über das weiße Tischtuch, doch weder Grant noch Mac beachteten das Malheur.

Sobald sie aus dem Raum stürmte, folgte er ihr und riss die Schlafzimmertür auf, die sie ihm vor der Nase zugeworfen hatte. Obwohl sie in der Wohnung allein waren, schloss Grant die Tür hinter ihnen und konnte beobachten, wie Mac – herrlich zerzaust und barfuß – im Schlafzimmer hin und her lief.

„Könnten wir vielleicht in aller Ruhe darüber reden?“, bat er sie und lehnte sich mit dem Rücken gegen die verschlossene Tür.

Seine Frage ließ sie in ihrem nervösen Marsch nicht innehalten. „Wenn die Einladungskarte zu eurer Hochzeit nicht in der Post verloren gegangen wäre, hätte ich dich damals an der Tankstelle erkannt, so wusste ich nur, dass du dunkelhaarig und ein Arbeitskollege von Harper bist. Wenn ich Harper damals am Telefon besser zugehört hätte, wäre mir sofort ein Licht aufgegangen, als du mir deinen Namen gesagt hast.“ Sie sprach eher zu sich als zu ihm. „Verdammt, wie konnte das nur passieren?“

Als hätte sie eine Eingebung, blieb sie wie vom Blitz getroffen stehen und zeigte auf das völlig zerwühlte Doppelbett. Auch wenn es nicht möglich schien, wurde sie noch blasser. „Ich habe mit dir in diesem Bett geschlafen.“ Ihre Stimme überschlug sich beinahe. „In Harpers Bett! Ich ... ich habe meine Freundin hintergangen – in ihrem eigenen Bett!“

„Das ist nicht Harpers Bett, sondern meines“, widersprach er grimmig. „Sie hat ihre eigene Wohnung. Das hier ist meine.“ Es war wohl besser, ihr zu verschweigen, dass Harper zwar ihre eigene Wohnung behalten hatte, aber viel Zeit hier verbracht hatte. Er wollte nicht noch mehr Drama heraufbeschwören, als es ohnehin schon gab.

„Aber ich habe mit ihrem Verlobten geschlafen“, schrie sie ihn förmlich an. „Während sie mit gebrochenem Herzen darunter gelitten hat, dass sie vor dem Traualtar verlassen wurde, haben wir in einer Badewanne gefickt und eine ganze Kondompackung verbraucht!“

Sie zitterte und schien kurz davor zu stehen, in Tränen auszubrechen. Grant merkte, wie er selbst langsam wütend wurde.

„Verdammt noch mal, ich habe Harper nicht das Herz gebrochen!“ Er konnte es nicht mehr hören. „Und wir beide haben nicht gefickt! Wir hatten Sex und haben miteinander geschlafen, aber wir haben nicht gefickt.“

Mit gespenstisch großen Augen starrte Mac ihn an. „Du hast Harper vor dem Altar stehen gelassen! Glaubst du wirklich, dass du ihr nicht das Herz gebrochen hast? Jede Frau ...“

Er fluchte, denn er hatte sich dieses Gespräch völlig anders vorgestellt – rationaler. Als er mit Harper Schluss gemacht hatte, war jenes Gespräch gesittet und vor allem ruhig vonstattengegangen. Mac dagegen war viel ... leidenschaftlicher und lauter. „Ich habe zwei Tage vorher mit ihr geredet und ihr gesagt, dass diese Hochzeit keine gute Idee war. Ich habe sie nicht vor dem Altar stehen gelassen", betonte er. „Unsere Trennung passierte nicht zwei Minuten vor der Trauung."

„Das macht es nicht besser!"

„Weißt du, dass du dich viel mehr über unsere Trennung aufregst als Harper? Sie hat sogar verständnisvoll und erleichtert reagiert, als ich ihr erklärt habe, dass wir beide nicht das fühlen, was verliebte Paare füreinander empfinden sollten, wenn sie heiraten wollen."

„Natürlich hat Harper verständnisvoll reagiert! Sie ist immerhin Harper. Weißt du eigentlich, dass sie nach eurer Trennung verschwunden ist und nur einen Zettel hinterlassen hat, dass sie Zeit für sich braucht?" Anklagend starrte sie ihn an. „Und du willst mir weismachen, dass sie erleichtert war, als du die Hochzeit abgesagt hast?"

Das hatte er nicht gewusst, aber im Gegensatz zu Mac war er dabei gewesen, als er mit Harper Schluss gemacht hatte. Er hatte genau gesehen, dass sie erleichtert aufgeatmet hatte, als einer von ihnen beiden den Mut besessen hatte, das Ganze abzusagen. Wenn sie verschwunden war, dann bestimmt nicht, um sich etwas anzutun oder mit gebrochenem Herzen ihre Wunden zu lecken. „Geht es hier um dich und mich oder um Harper? Wir beide – du und ich –, wir sind uns nahegekommen, Mac. Darüber sollten wir reden."

„Was soll es da zu bereden geben? Du wolltest meine Freundin heiraten ..."

„Aber ich habe sie nicht geheiratet", unterbrach er sie ungeduldig. „Stattdessen haben wir uns kennengelernt und Gefühle füreinander entwickelt. Du bist für mich ..."

„Wo zum Teufel ist mein Handy?" Mac unterbrach ihn so eilig und so panisch, dass es ihn kränkte, denn Grant hatte ihr sagen wollen, dass er für sie empfand wie für keine Frau vor ihr.

„Wieso suchst du dein Handy? Wir reden gerade!"

„Das Gespräch ist beendet."

Seine Brust verengte sich bei dem Gedanken, dass sie einfach aus seinem Leben hinausspazieren würde, ohne dass er diese Geschichte ins Reine bringen konnte. „Wen willst du anrufen? Etwa Harper?"

„Nein, ich rufe nicht Harper an", erwiderte sie mit schneidender Stimme und warf ihm über die Schulter einen verächtlichen Blick zu. „Ich wüsste nicht, wie ich ihr momentan unter die Augen treten könnte ..."

„Du dramatisierst das Ganze", warf Grant ihr vor. „Harper und ich haben uns im Guten getrennt. Keiner ist auf den anderen wütend oder verletzt. Und niemandem wurde das Herz gebrochen."

Steif wie ein Brett fuhr sie zu ihm herum und sah aus, als würde sie ihm zumindest gerne eine Ohrfeige geben. „Sie wollte dich heiraten, Grant! Sag mir nicht, dass keine Gefühle zwischen euch waren."

Er zuckte zusammen. „Es waren nicht solche Gefühle zwischen uns, die man haben sollte, wenn man einander die ewige Treue schwört."

Offenbar hatte er das Falsche gesagt, weil ihre Augen verdächtig glänzten. Auch ihre Stimme klang gebrochen. „Ich rufe Lucy an und bitte sie, mich hier abzuholen."

„Tu das nicht, Mac", flehte er.

Plötzlich war die Wut zwischen ihnen verpufft. An ihre Stelle trat Verzweiflung. Auf beiden Seiten.

„Weißt du eigentlich, was du getan hast? Was ich getan habe?" Offenbar stand sie wirklich kurz vor einem Tränenausbruch. „Ich habe in meinem Leben schon großen Mist gebaut, aber noch nie ... *noch nie* ... habe ich meine Freundinnen im Stich gelassen! Ich habe noch nie meine Freundinnen angelogen oder sie ... betrogen." Sie schniefte.

„Du hast Harper auch nicht betrogen", antwortete er eindringlich und wollte schon auf Mac zugehen, als sie abwehrend die Arme vor der Brust verschränkte.

„Du kannst das nicht verstehen, Grant", entgegnete sie mit heiserer, zittriger Stimme. „Aber Harper, Blair und Lucy sind nicht nur meine Collegefreundinnen. Sie sind meine besten Freundinnen. Sie sind meine *Familie*. Ich kann mich immer auf jede Einzelne von ihnen verlassen, und deinetwegen bin ich diejenige, die das alles kaputt gemacht hat. Wenn sie erfahren, was ich getan habe ..." Die Vorstellung musste so schlimm sein, dass sie nicht weiterredete.

Nun wurde auch ihm schlecht. „Mac, Liebling ..."

„Sag das nicht", wehrte sie flüsternd ab. „Sag das nicht zu mir, Grant! Was das auch immer zwischen uns ist, ist falsch."

„Was das auch immer zwischen uns ist?", wiederholte er ungläubig und kam nun doch auf sie zu. „Wir beide wissen genau, was das zwischen uns ist. Wir haben uns ineinander verliebt – und zwar Hals über Kopf und unwiderruflich. Wir sind verliebt und wollen zusammen sein."

„Harper ist meine Freundin", erinnerte sie ihn eindringlich, widersprach ihm jedoch nicht. „Ich kann nicht in dich verliebt sein. Ich darf es nicht!"

„Aber du bist es."

Grant konnte sehen, wie sie die Hände zu Fäusten ballte und stockend Luft holte.

„Ich bin Harpers Freundin."

„Harper wäre die letzte Person auf Erden, die dich verurteilen würde", unterbrach Grant sie und hoffte, dass er Mac nicht schon wieder belog und dass Harper tatsächlich kein Problem damit hätte, dass ihr Ex und ihre Freundin ein Paar wären. „Wenn sie erst einmal weiß, dass wir ineinander verliebt sind, wird sie es verstehen."

„Wie soll ich von ihr erwarten, dass sie mich

versteht? Ich weiß nicht, ob ich es verstehen und akzeptieren könnte, wenn ich in ihrer Situation wäre." Sie schüttelte den Kopf. „Keine meiner Freundinnen hat mich je verurteilt, dass ich nicht lange an einem Ort gewohnt habe, dass ich ständig meine Jobs gewechselt habe und dass ich mich nie binden wollte, sondern lieber Spaß hatte. Während sogar meine Mom mir vorgeworfen hat, mich wie ... wie jemand zu benehmen, der nicht sonderlich wählerisch ist, was seine Sexpartner betrifft, hat mir keine meiner Freundinnen jemals einen solchen Vorwurf gemacht. Aber jetzt ... jetzt habe ich ..." Sie legte sich eine Hand über die Augen. „Aber jetzt habe ich mit dem Mann geschlafen, der mit meiner Freundin verlobt war. Sogar mehrmals. Wie nennst du *so* jemanden?"

„Du wusstest nicht, dass Harper mit mir verlobt war."

„Trotzdem bin ich diejenige, die mit dir in halb Großbritannien geschlafen hat, während Harper verschwunden war und während ihr beide eigentlich auf Hochzeitsreise hättet gehen sollen. Das kann ich nicht so einfach vergessen."

Automatisch machte Grant einen Schritt auf sie zu, berührte sie jedoch nicht, sondern raunte heiser: „Und ich kann nicht so einfach vergessen, dass ich für dich empfinde wie für niemanden zuvor und dass ich mich so sehr in dich verliebt habe, dass ich bei dem Gedanken verrückt werde, dich zu verlieren."

Langsam zog sie die Hand zurück und schaute ihn mit ihren bernsteinfarbenen Augen unglücklich an. „Noch gestern wollte ich mein Leben in die richtigen Bahnen lenken und endlich etwas aus mir machen. Du ... du kamst auch in diesem Plan vor, aber wie soll ... wie soll ich neu anfangen und etwas erreichen, wenn ich gleichzeitig das Gefühl habe, meine Freundin zu verraten?"

Grant konnte nicht anders, als seine Hand auszustrecken und sie auf Macs heiße Wange zu legen. Dass sie nicht zurückschreckte, hielt er für ein gutes Zeichen. Das ungute Gefühl, das nicht erst bei ihrem letzten Satz in ihm hochgestiegen war, ließ sich hingegen nicht unterdrücken. „Und was heißt das jetzt für uns?"

„Das heißt, dass ich gehen muss", flüsterte sie und entzog ihm ihr Gesicht.

Verzweiflung machte sich in ihm breit. „Wo willst du denn hin? Nicht einmal die Wäsche ist fertig."

Mac zuckte unschlüssig mit den Schultern und senkte den Kopf. „Irgendetwas fällt mir schon ein."

„Du musst nicht gehen, Mac. Wir können das klären."

„Wie sollen wir das klären?" Sie schüttelte den Kopf. „Lässt ... lässt du mich bitte allein? Ich muss nachdenken."

Wie ein geprügelter Hund verließ Grant das Schlafzimmer und fragte sich, warum er geglaubt hatte, dass die Blumen und das Frühstück irgendetwas daran ändern würden, dass er sie belogen hatte.

~

EINEN TAG später fuhr er sie zum Flughafen.

Im Auto herrschte beredtes Schweigen. Eigentlich wollte Grant viel sagen. Er wollte sich entschuldigen und sie davon überzeugen, dass ihr Entschluss falsch und übereilt war und dass sie abwarten sollte, bevor sie zurück nach Miami flog, aber da er wusste, dass Mac ihre Meinung nicht ändern würde, hielt er die Klappe und fuhr sie auf ihren Wunsch zum Flughafen.

Den kompletten gestrigen Tag hatte sie in seinem Schlafzimmer verbracht und telefoniert.

Ein paarmal hatte er an die Tür geklopft, aber Mac hatte nicht viel mit ihm geredet, sondern ihn nur wissen lassen, dass sie einen Flug nach Miami für den kommenden Morgen bekommen hatte. Auf seine Frage, ob sie Geld brauchte, um den Flug bezahlen zu können, weil er sich nicht wie ein Idiot verhalten wollte, der ihre Geldprobleme ignorierte, sobald sie sich von ihm trennte, hatte sie ihm knapp geantwortet, dass ihr Bruder den Flug bezahlt hatte.

Grant hätte gerne gewusst, von welchem Bruder sie sprach, aber er hatte nicht nachgefragt, um es nicht noch schlimmer zu machen.

Mac hatte anscheinend auch mit Lucy telefoniert

und Harper zu erreichen versucht, aber dazu hatte sie ihm auch nichts weiter gesagt bis auf die Tatsache, dass sie Lucy nichts von ihm und ihr erzählt hätte.

Auch wenn es böse und herzlos klang, aber weder Lucy noch Harper beschäftigten ihn zurzeit. Sein Interesse galt der dunkelhaarigen Frau an seiner Seite, die sich in ihre Jacke gekuschelt hatte und ihn gleich verlassen würde. Die Frau, die heute Nacht in seinem Bett geschlafen hatte, während er versucht hatte, auf der Couch ein bisschen Schlaf zu finden. Der Versuch war kläglich gescheitert – nicht, weil die Couch unbequem gewesen war. Er hatte keine Ruhe finden können, weil er nur daran denken konnte, dass Mac heute Seattle verlassen würde.

Und irgendwie glaubte Grant nicht, dass er sie so schnell wiedersehen würde. Wenn überhaupt …

Zwei oder drei verlockende Male hatte er sich nachts ausgemalt, wie er sich zu ihr ins Bett schlich und mit ihr schlief, woraufhin Mac auf wundersame Weise ihre Entscheidung überdachte und bei ihm blieb. Aber leider war ihm klar gewesen, dass Mac ihre Meinung durch etwas Sex nicht ändern würde, so gern sie auch mit ihm schlief und beim Orgasmus seinen Namen schrie.

Also war er auf der Couch geblieben und hatte sich nicht ins Schlafzimmer geschlichen.

Grant konnte nichts anderes tun, als ihr Zeit zu geben und zu hoffen, dass sich alles einrenken würde.

Was hätte er auch sonst tun sollen? Sie knebeln und an sein Bett fesseln und über sie bestimmen? Er war doch kein Perversling, der gerne Frauen in seiner Gewalt hatte. Er liebte Mac und wollte, dass sie glücklich und zufrieden war.

Je näher sie dem Flughafen kamen, desto düsterer wurde seine Laune. Und desto schmerzhafter wurde der Kloß in seiner Kehle. Außerdem wurde er das Gefühl nicht los, dass ihm die Zeit durch die Finger rann. Irgendetwas musste er noch sagen, bevor sie in das Flugzeug nach Miami stieg.

Irgendetwas, was sie zum Nachdenken brachte.

Warum hatte man nie einen Platten, wenn man ihn brauchte? Ein geplatzter Reifen wäre perfekt, um etwas Zeit zu gewinnen, damit er mit ihr reden konnte, bevor sie flog. Leider funktionierte sein Auto einwandfrei.

Die Abfahrt zum Terminal A kam in Sicht. Jetzt dauerte es nicht mehr lang.

„Hast du alles, was du brauchst?"

„Ja."

„Okay", erwiderte er niedergeschlagen.

Er wollte gerade das Parkhaus anfahren, als Mac ihm kurz die Hand auf den Arm legte und den Kopf schüttelte.

„Nein, du musst nicht parken. Lass mich einfach bei einer Haltebucht raus."

„Ich bringe dich bis zum Gate", protestierte er und

holte tief Luft. „Du kannst nicht von mir verlangen, dich einfach hier abzusetzen, Mac."

„Aber ich möchte es so, Grant. Bitte", fügte sie leise hinzu.

Er knirschte mit den Zähnen, während ihm das Blut in den Ohren dröhnte. „Kann ich nichts sagen, was dich deine Meinung ändern lässt?"

„Es ist besser so. Außerdem ist der Weg zum Gate nicht lang."

„Ich meinte eigentlich nicht den Weg zum Gate, sondern deinen Flug", grollte er leise.

„Ich weiß", flüsterte sie zurück. „Und nein, du kannst nichts sagen. Es ist besser so, wenn ich nach Hause fliege."

„Du weißt, wie leid es mir tut, oder? Ich wollte dich nie anlügen und dir wehtun."

„Grant", erwiderte sie erstickt. „Das ist schon schwer genug. Lass ... lass mich einfach dort vorne raus, ja?"

Wirklich alles in ihm schrie danach, sie nicht abzusetzen und sie nicht gehen zu lassen, doch alles, was er tun konnte, war, im Schneckentempo die Haltebucht anzupeilen.

„Rufst du mich wenigstens an, um mir Bescheid zu geben, dass du gut nach Hause gekommen bist?"

„Ich denke nicht, dass das eine gute Idee wäre."

„Wieso nicht?" Seine Hände umklammerten das Lenkrad seines Wagens.

„Weil wir Abstand brauchen." Sie löste ihren Sicherheitsgurt.

Das mit dem Abstand klang in seinen Ohren furchtbar. „Aber ich will wissen, ob du gut nach Hause gekommen bist."

„Dann schicke ich dir halt eine Nachricht."

Ihm lag bereits eine sarkastische Bemerkung auf der Zunge, dass sie sich ja bei Facebook eine Freundschaftseinladung schicken könnten, um in Kontakt zu bleiben, die er jedoch nach unten schluckte.

„Gut, dann schick mir bitte eine Nachricht, damit ich mir keine Sorgen machen muss."

„Mach ich", entgegnete sie tonlos.

Als Grant sich ebenfalls abschnallen wollte, schüttelte Mac ein weiteres Mal den Kopf. „Bleib einfach sitzen, ich ..."

„Mac", unterbrach er sie gepresst und schaute ihr fest in die Augen. „Selbst wenn du nicht willst, dass ich dich bis zum Flugzeug bringe, bleibe ich verdammt noch mal nicht hier im Auto sitzen. Ich steige aus, ob es dir passt oder nicht."

An ihrer widerspenstigen Miene sah er, dass ihr seine Antwort ganz und gar nicht passte.

„Aber der Fahrer darf in der Haltebucht nicht aussteigen." Sie wies ihn auf das Verbot hin, auf das sogar auf mehreren Schildern aufmerksam gemacht wurde.

„Sehe ich aus, als ob mich das interessiert?" Ohne

einen weiteren Kommentar parkte er den Wagen und schnallte sich ab. „Sollen sie mich doch verhaften."

Grant wartete nicht darauf, was Mac eventuell antwortete, sondern stieg aus und öffnete widerwillig den Kofferraum, um ihre Reisetasche herauszunehmen. Unschlüssig hielt er sie in der Hand und ließ seinen Blick zu Mac schweifen, die gerade aus dem Auto stieg und die Beifahrertür zuschlug, bevor sie mit einer ebenso unschlüssigen und unglücklichen Miene, die man sicherlich auch auf seinem Gesicht finden konnte, zu ihm lief.

Wie einen Schutzschild hielt sie ihre Handtasche vor ihren Körper und streckte ihre freie Hand nach ihrer Reisetasche aus.

Er dachte gar nicht daran, ihr die Tasche einfach in die Hand zu drücken und dann mit anzusehen, wie sie sich umdrehte und ihn verließ.

„Grant ... meine Tasche", raunte sie ihm leise und auffordernd zu.

Stumm starrte er ihre Hand an und ließ seinen Blick über ihren ausgestreckten Arm bis zu ihrem Gesicht wandern. Statt ihr die Tasche zu geben, ließ er sie einfach auf den Boden fallen und zog Mac an sich.

Eine Hand vergrub er in ihrem Haar und die andere legte er um ihre Taille, während er seinen Mund auf ihren senkte. Er konnte hören, wie sie erschrocken nach Luft schnappte, als er sie quasi überfiel, und gab ihr einen tiefen und leidenschaftlichen Kuss, den sie zu seiner Freude und Erleichterung nicht weniger leidenschaftlich erwiderte.

Grant wusste nicht, wie lange er dort direkt neben der Haltebucht stand und sie küsste, aber er war derjenige, der den Kuss beendete und sich von ihr löste. Mac sah völlig wirr aus und blinzelte heftig. Ihre Lippen waren geschwollen, ihre Augen glänzten und ihr Atem ging verdächtig schnell. Zudem konnte sie ihren Blick offenbar nicht von seinem lösen.

Auch sein Atem raste, und sein Puls pulsierte so heftig durch ihn hindurch, dass er ihn in seinen Ohren klopfen hören konnte. Außerdem konnte er auf seiner Zunge noch immer ihren Geschmack kosten.

Obwohl seine Hände zitterten, hob er die Tasche vom Boden auf und drückte sie Mac in die Hand.

„Du hättest das nicht tun sollen", erklärte sie mit brüchiger Stimme.

„Ich hätte vieles nicht tun sollen, aber dieser Kuss gehört ganz sicher nicht dazu, Liebling."

Etwas Widerspenstiges blitzte in ihren Augen auf, sobald er sie Liebling nannte, aber Grant gab ihr keine Chance, etwas zu erwidern, weil er mit fester Stimme von sich gab: „Das hier ist kein Lebwohl. Wir sehen uns bald wieder."

„Aber ..."

„Bis bald", unterbrach er sie heftig, küsste sie schnell auf die Wange und ließ sie dann einfach stehen, um ins Auto zu steigen.

Seine Sorge galt weniger einem Strafzettel, sondern dem Umstand, dass er sich lächerlich gemacht hätte, wenn er nur eine Minute länger geblieben wäre. Dann hätte er sie nämlich höchstwahrscheinlich angefleht, nicht zu gehen, aber er wollte, dass sie aus freien Stücken zu ihm kam.

Und nicht, weil sie sich gezwungen fühlte.

KAPITEL 15

„Haben Sie bitte noch eine Minute Geduld, Mr. Summers. Ich vergleiche nur schnell die Daten Ihrer Reservierung mit den Angaben Ihres Wagens und gebe Ihnen anschließend die Schlüssel. Offenbar glaubt der Computer, heute nicht arbeiten zu müssen."

„Das ist sehr liebenswürdig von Ihnen, Mac. Wir haben alle Zeit der Welt."

Mac schenkte ihrem Kunden ein unverbindliches Lächeln und ignorierte großzügig, dass er sich gegen ihren Arbeitsplatz lehnte und sie seit fünf Minuten lasziv beobachtete, wie sie seine Autoreservierung bearbeitete. Die Tatsache, dass sie saß und er stand, half ihm zudem, ihr ständig in den Ausschnitt ihrer Bluse zu glotzen. Sie hatte ihn dabei erst vor wenigen

Sekunden erwischt, aber anstatt beschämt den Kopf einzuziehen oder beiseite zu schauen, hatte er gelächelt. Seitdem musste sie die Zähne zusammenbeißen, um ihm nicht eine zu scheuern. Dabei war es egal, dass Mr. Summers ein attraktiver Mann war. Ob er nun einen Buckel besessen hätte, zahnlos gewesen wäre und einhundert Kilogramm zu viel gehabt hätte oder eben ein gut aussehender Mann mit vollem blondem Haar und einem breiten Lächeln war, spielte für Mac keine Rolle. Sie wollte generell nicht, dass Männer ihr in den Ausschnitt starrten und es für ihr gottgegebenes Recht hielten.

Daher musste sie sich darum bemühen, freundlich und höflich zu bleiben, während sie aufzählte: „Sie haben die Premiumklasse mit unbegrenzten Freikilometern und dem kompletten Schutzpaket inklusive Vollkasko ohne Selbstbeteiligung, Diebstahlschutz, Insassenunfallversicherung und Unterbodenschutz sowie einer Glas- und Reifenschadenversicherung gebucht. Die Haftpflichtversicherung mit einer Höhe von fünf Millionen Dollar ist ebenfalls in diesem Paket enthalten. Die Mietdauer beträgt fünf Tage und Sie werden das Fahrzeug wieder mit vollem Tank an dieser Station abgeben. Sind diese Angaben korrekt, Sir?"

„Korrekt. Das haben Sie wunderbar aufgezählt, Mac."

„Vielen Dank, Sir", erwiderte sie und merkte, dass Mr. Summers nicht sonderlich empfänglich für Ironie zu sein schien. „Jetzt bräuchte ich nur noch Ihre Kreditkarte und muss einen Blick auf Ihren Führerschein werfen, bevor Sie auch schon starten können."

Mit einer großspurigen Geste zog er sein Portemonnaie heraus und hielt es so in der Hand, dass sie vermutlich mit Absicht einen Blick auf die dicken Geldbündel werfen konnte. Innerlich verdrehte sie die Augen, denn manche Männer waren alles andere als subtil.

Mit einer ähnlich großspurigen Geste warf er ihr förmlich seine Platinum American Express entgegen. Ohne mit der Wimper zu zucken, nahm Mac die Karte auf und zog sie durch das Kartenlesegerät. Normalerweise war das die Gelegenheit, bei der sie mit ihren Kunden Small Talk betrieb und sie darüber ausfragte, was sie in den kommenden Tagen Schönes tun würden oder ob sie hier in Miami im Urlaub waren, aber dazu hatte sie keine Lust und gab daher einfach weiter die Daten ein, kontrollierte den Führerschein und reichte ihm diesen sowie die Kreditkarte zurück.

Nachdem sie seine aktuelle Handynummer in das System eingetragen hatte, war sie froh, dass sie ihn gleich los sein würde und anschließend Feierabend machen konnte. Sie hatte heute Abend nämlich nicht nur eine Verabredung, sondern war ziemlich geschafft. In den vergangenen zwei Wochen hatte sie wie ein Tier geschuftet, um immer beschäftigt zu sein und nicht an

Grant oder daran zu denken, was in Seattle geschehen war, dass sie jetzt einfach nur noch schlafen wollte.

„So, Mr. Summers, ich habe nun alle Daten eingegeben und Ihr Fahrzeug im System freigegeben. Sie müssten nun nur noch zu unserer Fahrzeugübergabestelle nach draußen gehen und bekommen von meinem Kollegen Ihr Auto für die nächsten Tage. Haben Sie noch Fragen?"

„Eigentlich nur eine." Er lächelte sie an und wollte vermutlich lässig herüberkommen. „Hätten Sie Lust auf ein schönes Abendessen mit mir? Nach einem erfolgreichen Geschäftsabschluss ist es mir nämlich ein Vergnügen, eine schöne Frau zum Essen auszuführen."

Ihr lag auf der Zunge, ihm zu sagen, dass er doch bitte seine Frau zum Essen ausführen sollte, immerhin hatte sie in seinem Datenblatt gesehen, dass er bei früheren Buchungen sowohl seine Frau als Zweitfahrerin eingetragen, als auch diverse Male einen Kindersitz gemietet hatte. Doch selbst wenn der Blondhaarige mit dem etwas schleimigen Lächeln nicht verheiratet und Familienvater gewesen wäre, hätte Mac seine Einladung abgelehnt.

Sie wollte keine Dates haben.

Für eine ganze Weile nicht.

Momentan hatte sie noch am letzten Mal zu knabbern, an dem sie sich auf einen Mann eingelassen hatte. Das war erst zwei Wochen her und seither ging es ihr richtig beschissen. Sie dachte ständig an Grant, was wohl auch daran lag, dass er sich täglich bei ihr zu melden versuchte und ihr Blumen nach Hause schickte. Das hatte sie davon, dass sie mit ihm geflogen war, denn beim Check-in hatte er einen Blick in ihren Pass werfen können und sich anscheinend ihre Adresse gemerkt. Sie wollte keine Blumen von ihm bekommen. Das machte alles doch nur noch schwieriger für sie.

Schwierig war auch, dass sie mit keiner ihrer Freundinnen über Grant reden konnte, denn sie hatte weder Lucy etwas gesagt, als sie an jenem Tag mit ihr telefoniert hatte, an dem Grant ihr alles gebeichtet hatte, noch hatte sie Blair erzählt, was passiert war, als sie ein paar Tage später mit ihr telefonierte. Und mit Harper hatte sie noch gar nicht gesprochen. Zwar war sie zurück in Seattle und hatte Mac zurückgerufen, nachdem sie ihr eine wirre Nachricht auf dem Anrufbeantworter hinterlassen hatte, aber Mac hatte sie weggedrückt. Sie befürchtete nämlich, dass Harper ihr selbst durch die Telefonleitung anhören würde, was sie getan hatte. Und mit wem sie es getan hatte.

Mac war furchtbar durcheinander und wusste nicht, was sie tun sollte.

Auf der einen Seite hatte Lucy ihr erzählt, dass Harper im Überschwang der Gefühle einen Schotten geheiratet hatte, nachdem Grant die Hochzeit abgesagt hatte. Das klang für sie tatsächlich nicht so, als litte ihre Freundin an einem gebrochenen Herzen. Auf der anderen Seite gab es da dieses Telefonat mit Blair, die ihr nicht nur erzählt hatte, dass Jake und sie in Schottland geheiratet hatten, sondern dass Harper ihre spontane Hochzeit bereits bereute und ihr Leben gerade komplett auf den Kopf stellte und eine Weltreise plante – ohne ihren Mann.

Das schlechte Gewissen nagte seither so sehr an Mac, dass sie sich abends einfach nur die Decke über den Kopf zog.

Und da gab es noch die Tatsache, dass Grant sie belogen hatte. Er hatte sie belogen und eine Situation geschaffen, die untragbar war, weil sich Mac wie eine Verräterin fühlte. Sie hatte nicht nur mit dem Exverlobten ihrer Freundin geschlafen, sondern sich auch noch in ihn verliebt. Welche loyale Freundin tat so etwas? Freunde, Verlobte und Ehemänner – egal ob aktuell oder ehemalig – waren verboten. Sie waren Sperrgebiete, sozusagen ein Niemandsland wie die Todeszone um Tschernobyl herum.

„Wenn Sie mir Ihre Nummer geben, könnte ich Sie anrufen, Mac."

Sie sah auf zu Mr. Summers und reichte ihm betont höflich die Unterlagen. Anstatt ihn zu bitten, seiner Frau schöne Grüße auszurichten, etwas von Firmenpolitik zu faseln oder ihm einfach zu sagen, dass er sich verpissen sollte, entgegnete sie lediglich: „Ich wünsche Ihnen eine gute Fahrt und hoffe, dass Sie mit unserem Service zufrieden waren, Sir."

Er war irritiert, dass sie seine Anmache überging,

verzog sich dann jedoch mit einer gemurmelten Verabschiedung.

Mac atmete durch und loggte sich aus ihrem Account aus.

Als sie sich von ihren Arbeitskollegen verabschiedete, sah sie erfreut, dass ihr Boss bereits gegangen war, was bedeutete, dass ihr ein Gespräch mit ihm erspart blieb. Seit sie vor zwei Wochen wieder ihren Dienst angetreten war, benahm er sich wie das letzte Arschloch, was vermutlich daran lag, dass sie ihm klipp und klar gesagt hatte, dass sie nicht mit ihm ausgehen würde. Das schien sein Ego verletzt zu haben, denn seither putzte er sie gerne vor der übrigen Belegschaft herunter oder zitierte sie in sein Büro, um sich ihre Unterlagen anzusehen und sie zu rügen, wenn einer ihrer Kunden keine zusätzliche Versicherung abgeschlossen hatte.

Männer waren so durchschaubar.

Mac hatte bereits damit begonnen, nach einem anderen Job zu suchen – nach einem besseren Job, der mehr ihren Vorstellungen entsprach und besser bezahlt wurde, nur leider brachte der Abschluss eines exzellenten Colleges nicht viel, wenn man jahrelang unterqualifizierte Jobs gemacht hatte. Ihr fehlte die nötige Berufserfahrung, um einen wirklich guten Job zu bekommen. Außerdem durfte sie die entscheidende Tatsache nicht vergessen, dass sie erst ein paar

Schulden tilgen musste, bevor sie ihre derzeitige Arbeit kündigte.

Mit einem ihrer Gläubiger war sie heute zum Abendessen verabredet, und er saß bereits am Tisch des feinen Restaurants, das er ausgesucht hatte und das weit über ihrer Preisliga lag. Allem Anschein nach gehörte ihr Bruder zu den überpünktlichen Menschen dieser Welt, denn sogar Mac war fünf Minuten zu früh dran, obwohl sie sonst meistens zu spät kam.

„Hallo, Schwesterherz", begrüßte er sie charmant und stand auf, um sie zu umarmen. „Wie gut, dass du mich nicht versetzt hast. Sonst wäre ich gezwungen gewesen, mich allein zu vergnügen, und das ist in Miami nie eine gute Idee."

„Sprichst du aus Erfahrung?", wollte sie wissen, als er ihr aus ihrem Mantel half und anschließend den Stuhl zurechtrückte, während der Kellner den Mantel zur Garderobe brachte.

Eine vage Erinnerung an einen anderen Mann, der immer den Stuhl für sie zurechtgerückt oder ihr die Türen aufgehalten hatte, blitzte in ihr auf. Rasch unterdrückte Mac das Bedürfnis, an Grant zu denken, und konzentrierte sich auf ihren Bruder, der sich ihr gegenüber an den runden Tisch setzte und breit lächelte. Es war über einen Monat her, dass sie sich auf der Beerdigung ihres Vaters kennengelernt hatten, aber inzwischen hatte sie das Gefühl, ihn gut zu kennen und nicht nur einen Bruder, sondern einen neuen Freund hinzugewonnen zu haben. Clark hatte ihr aus der Patsche geholfen, als sie in Grants Wohnung gesessen und verzweifelt überlegt hatte, was sie tun sollte. Lucy hatte sie in jener Situation unmöglich nach Geld fragen können. Also hatte sie Clark angerufen, obwohl es ihr schrecklich peinlich gewesen war, ihn um Geld zu bitten. Ihr Bruder hatte keinerlei Fragen gestellt, sondern einen Flug für sie gebucht und dann auch noch einen Wagen bestellt, der sie in Miami vom Flughafen abgeholt und nach Hause gefahren hatte. Seither telefonierten sie täglich und schickten sich Mails. Und heute gingen sie zusammen essen, weil er für eine Nacht in der Stadt war.

„Als ich zwanzig war, machte ich hier Urlaub und verliebte mich Hals über Kopf in die schönste Frau der Welt. Leider fand ich erst in *seiner* Wohnung heraus, dass die schönste Frau der Welt ein Mann war. Ich ließ meine Schuhe und meine Armbanduhr zurück, als ich mit meinen Hosen in der Hand nach draußen floh und bis zum Hotel rannte. Es waren rund fünf Meilen.“

Mac zog fragend eine Augenbraue in die Höhe und betrachtete ihren attraktiven Bruder neugierig. „Gehört das zum guten Ton unter reichen Leuten, neben den Schuhen auch die Armbanduhr auszuziehen, wenn man auf Tuchfühlung gehen will?“

Nachdenklich schürzte er die Lippen. „Darüber habe ich nie so genau nachgedacht, vielleicht frage ich mich mal durch meinen Saunaclub durch, ob sie auch alle beim Sex ihre Uhren ausziehen. Persönlich stört es mich schon ein wenig, wenn das Stahlarmband gegen das Handgelenk schlägt, wenn ich meiner Partnerin den Po versohle, schließlich stehe ich nicht sonderlich auf Bondage."

Fast hätte sich Mac an ihrem Wasser verschluckt. „Danke, Bruderherz. Die Information war eigentlich nicht nötig."

Zum Glück erschien erst jetzt der Kellner, um ihnen die Speisekarten zu reichen und sie über die Tagesempfehlungen zu informieren. Clark und sie ließen sich Zeit, um etwas zu essen auszusuchen, und unterhielten sich derweil über dies und das, bevor sie ihre Bestellung aufgaben.

Gerade als Mac dachte, dass sie den Abend genießen und etwas abschalten könnte, nickte Clark ihr zu und deutete auf das Schmuckstück, das sie am Oberteil ihres schwarzen Kleides befestigt hatte. „Das ist eine schöne Brosche, die du da trägst."

„Danke."

„Für meine Frau wäre sie viel zu unauffällig, also muss sie mir ja gefallen. Kein Blingbling."

„Hm."

„Ist das ein Bernstein in der Mitte?"

„Ja", erwiderte sie schlicht und dachte unwillkürlich an jenen Tag, als Grant ihr die Brosche gekauft und gleichzeitig gesagt hatte, dass der Stein zu ihren Augen passte.

Das fand auch ihr Bruder. „Die Farbe des Bernsteins passt zu deinen Augen."

„Zu *unseren* Augen", korrigierte sie ihn. „Wir beide haben seine Augen geerbt."

„Nur sind deine viel hübscher." Clark zwinkerte ihr zu und dachte gar nicht daran, das Thema zu wechseln. „So eine Brosche sieht ziemlich ungewöhnlich aus. Wo hast du sie her?"

„Aus Schottland. Sie ist nichts Besonderes", log sie leichthin. Die Brosche mochte nicht sonderlich kostbar sein, was den Preis betraf, aber für Mac war sie wertvoll.

Clark nahm sie in Augenschein und beugte sich dafür ein Stück über den Tisch. „Steht da etwas drauf?"

„Es ist Latein." Mac räusperte sich. „Luceo, non uro – ich brenne nicht, ich leuchte."

„Das klingt schön."

„Es ist das Clanmotto der MacKenzies." Bevor Clark weiter über die Brosche oder über Schottland oder was auch immer reden konnte, was sie schmerzlich an Grant erinnerte, wechselte sie wenig geschickt das Thema. „Hattest du dieses Meeting, für das du nach Miami gekommen bist, bereits heute oder findet es morgen statt?"

Wenn er überrascht über den Themenwechsel war, zeigte er es nicht, sondern nahm einen Schluck seines Aperitifs und lehnte sich lässig zurück. Mit einer Hand strich er eine imaginäre Falte aus dem Tischtuch und lächelte gewinnend. „Nett, dass du fragst, Mac, denn eigentlich findet das Meeting gerade jetzt statt."

„Gerade jetzt sitzt du aber mit mir in diesem Restaurant", erinnerte sie ihn skeptisch.

„Stimmt. Ich wollte mich nämlich nicht nur mit dir treffen, um einen schönen Abend mit meiner Schwester zu verbringen, sondern weil ich etwas Geschäftliches mit dir zu bereden habe."

Mac wusste zwar nicht, worauf er hinauswollte, erklärte ihm jedoch rasch: „Wenn du mir endlich sagen würdest, wie teuer der Flug von Seattle nach Miami war, würde ich noch diesen Monat beginnen, dir das Geld zurückzuzahlen, Clark."

Ihr Bruder verdrehte die Augen und wischte ihren Kommentar mit einer Handbewegung beiseite. „Die Idee vergisst du mal ganz schnell wieder. Das Geld will ich nicht zurückhaben."

„Aber ..."

„Du bist meine Schwester, und wenn ich dir sage, dass ich dir helfe, dann helfe ich dir – ohne Gegenleistung."

Sie ahnte, dass er von seinem Standpunkt nicht abzubringen war, und entgegnete daher ruhig: „Danke für deine Hilfe, Clark."

„Gern geschehen. Und jetzt könntest du mir behilflich sein."

Mac wartete so lange, bis die Vorspeisen auf dem Tisch standen, die gerade serviert wurden, bevor sie nachhakte: „Inwiefern kann ich dir behilflich sein? Ich bin mir ziemlich sicher, dass du keine Hilfe brauchst, wenn du einen Mietwagen leihen willst."

Als hätte er geahnt, dass sie Pfeffer auf ihrem Carpaccio mochte, reichte er ihr die Pfeffermühle. „Nein, damit hat meine Frage nicht zu tun, auch wenn du deinen Job bei der Mietwagenfirma aufgeben müsstest. Ich besitze nämlich eine Filmproduktionsfirma und möchte, dass du für mich arbeitest."

Mit der Pfeffermühle in der Hand starrte sie ihn unbeweglich über den Tisch hinweg an. „Was?"

Ruhig und gelassen schnitt er eine Jakobsmuschel in zwei Hälften und wirkte zufrieden, als er die eine Hälfte in die köstlich duftende Orangenvinaigrette tunkte. „Ich will, dass meine Filmproduktionsfirma mehr Filme produziert, die für das weibliche Publikum interessant sind. Filme von, für und mit Frauen, die modern sind, ihre eigenen Entscheidungen treffen und den Zeitgeist repräsentieren. Ich kann dieses verstaubte Rollenmodell nicht mehr ertragen und brauche frischen Wind. Ich brauche dich."

Sie musste sich verhört haben – oder einen wirklich fiesen Schlag auf den Kopf bekommen haben. „Moment mal, Clark ... ich wusste gar nicht, dass du eine Filmproduktionsfirma besitzt. Hast du nicht gesagt, dass Gavin und Percy in dem Geschäft tätig sind?"

Er rümpfte die Nase. „Ja, ihnen gehört *Flash Enter-*

tainment – ein lausiger Schuppen, der regelmäßig vor dem Bankrott steht. Die beiden verstehen leider nichts vom Geschäft und haben sich ein paar richtig gute Kinoknüller durch die Lappen gehen lassen. Vor einigen Jahren hatten sie die Chance, *Brokeback Mountain* zu produzieren, aber sie waren der Meinung, dass niemand einen Film über schwule Cowboys sehen wolle – außer schwulen Cowboys. Also sicherte sich *Focus Features* das Projekt."

„Und dir gehört auch eine Produktionsfirma?"

„Mir und ein paar Geschäftsfreunden. Ich halte mich eher im Hintergrund. Leider genießt der Name Huntington unter Produzenten und Regisseuren keinen sonderlich guten Ruf dank unserer Brüder."

Stirnrunzelnd fragte Mac nach: „Du hast mir auf der Beerdigung erzählt, dass du dich nicht auf das Talent unseres Vaters verlassen hast und in die Wirtschaft gegangen bist. Trotzdem besitzt du eine Produktionsfirma?"

„Mir gehören auch ein paar andere Firmen. Zum Beispiel eine Immobilienfirma in New York, aber Filme zu produzieren macht am meisten Spaß. Und was das Talent betrifft: Ich habe gesagt, dass ich mich nicht darauf verlassen habe, aber nicht, dass ich keines besitze." Er grinste und schob sich die halbe Jakobsmuschel in den Mund.

„Aha." Ihr schwirrte der Kopf, also pfefferte sie ihr

Carpaccio und stellte die Mühle beiseite, bevor sie mechanisch zu essen begann.

„In der vergangenen Zeit haben wir einige gute Filme produziert und sogar zwei Oscarnominierungen eingefahren, aber die Zeiten ändern sich. Das Publikum besteht zumeist aus Frauen, die nicht länger Filme sehen wollen, in denen Männer die Welt retten, während die Frauen danebenstehen und sich die Haare kämmen. Die erfolgreichsten Filme der letzten Jahre waren Filme mit starken Frauenrollen. Filme wie *Der große Trip*, *Hidden Figures* und *Serena*. Wenn wir es richtig machen wollen, brauchen wir mehr Frauen in unserer Firma, die uns helfen, Filme zu produzieren, die unser Publikum bewegen."

Mac schluckte einen Bissen hinunter. „Aber das heißt doch nicht, dass du mich einstellen sollst, Clark. Ich habe keine Ahnung von Filmproduktionen. Nur weil ich eine Frau bin, bin ich noch lange nicht für den Job geeignet." Ahnungslos hob sie die Schultern in die Höhe. „Ich wüsste überhaupt nicht, was ich machen sollte."

„*Dann* bist du perfekt für den Job."

Sie schnitt eine Grimasse. „Ich meine es ernst, Clark."

„Ich auch", erwiderte er salopp. „Bei dem Job ginge es darum, nach guten Filmstoffen zu suchen, Drehbücher zu lesen und an der Realisation der Produktionen teilzuhaben."

„Davon habe ich überhaupt keine Ahnung. Woher soll ich wissen, was gut ist und was nicht?"

„Da wächst man rein", erwiderte er optimistisch.

Diesen Optimismus teilte Mac nicht. „Clark, zurzeit verleihe ich Autos und verschachere unnötige Versicherungen an meine Kunden. Was hat das mit der Filmbranche zu tun?"

„Unser Vater hat sein Leben lang nichts anderes getan, als seinen Kunden etwas zu verschachern – nämlich sich selbst. Dafür ist er in verschiedene Rollen geschlüpft und konnte das verdammt gut. Vielleicht willst du das nicht hören, aber darin sind wir beide ihm ähnlich. Dieses Talent haben wir von ihm geerbt."

Zweifelnd rümpfte sie die Nase. „Ich habe zwar in der Schule gerne Theater gespielt, bin aber Welten davon entfernt, Schauspielerin zu sein, Clark."

„So hatte ich das auch nicht gemeint." Vielsagend nickte er ihr zu. „Wir können uns der Begebenheit anpassen und uns in Menschen hineinversetzen, um zu wissen, was sie wollen und wie sie ticken, damit wir ihnen dann etwas möglichst gut verkaufen können – ob es nun Autoversicherungen oder überteuerte Immobilien sind. Du bist eine Überlebenskünstlerin und gewitzt, klug und aufmerksam dazu. Und du kannst um mehrere Ecken denken. Das ist wichtig."

„Das trifft auf mindestens jede zweite Barfrau Miamis zu."

Nun schnitt er eine Grimasse. „Du weißt, dass das

nicht stimmt. Ich denke, du bist eine fantastische Problemlöserin, Mac, und hast ein natürliches Gespür dafür, was gerade gewünscht ist. Abgesehen davon bist du eine Huntington und hast einen Collegeabschluss."

„Ich dachte, der Name Huntington würde keinen sonderlich guten Ruf genießen", erinnerte sie ihn argwöhnisch.

Wieder grinste er. „Wie gut, dass du mit Nachnamen Nicholson heißt. Was will ich mehr?"

„Wie wäre es mit Berufserfahrung?", spottete sie.

Er machte eine abwertende Handbewegung. „Die wird überbewertet. Habe ich dir schon gesagt, dass dein Jahresgehalt über fünfzigtausend Dollar liegen würde?"

Ihr kam ein Verdacht.

Langsam schob sie ihren Teller von sich und schaute ihren Bruder ernst an. „Machst du das wegen des Testaments, Clark? Verschaffst du mir gerade einen Job, damit ich diese furchtbaren Kriterien erfülle und an mein Erbe komme? Ich habe es so gemeint, wie ich es gesagt habe: Ich will sein Geld nicht. Alles, was ich von ihm wollte, war Aufmerksamkeit und das Gefühl, eine Familie zu haben. Sein Geld war mir schon immer egal."

Der Überschwang aus seinem Blick verschwand. „Da haben wir noch eine Gemeinsamkeit, Mac. Ich wollte auch nie etwas anderes als seine Aufmerksamkeit und das Gefühl, zur Familie zu gehören."

„Aber das hattest du doch", konterte sie verwirrt.

Clark schnaubte verächtlich. „Da täuschst du dich. Als ich geboren wurde, lebten Dad und meine Mom schon in Trennung, also beschränkten sich seine Besuche auf ein Minimum. Und in den Ferien war es jedes Mal ein Kampf, ihn zu sehen, denn entweder drehte er irgendwo auf der Welt und war beschäftigt oder es passte Elisabetta nicht, dass sie gleichzeitig auch auf die Kinder aufpassen sollte, die er mit anderen Frauen bekommen hatte. Er war egozentrisch und narzisstisch und überließ es gerne anderen, sich um seine Probleme zu kümmern. Wenn ich auf dem Internat Mist gebaut hatte, kam sein Manager, um mit dem Schulleiter zu sprechen. Dad kam nie. Eine richtige Familie, die zusammenhielt, hatte ich nie."

Irgendwie wunderte es Mac nicht, dass Clark ähnliche Erfahrungen mit ihrem gemeinsamen Vater gemacht hatte.

„Und ich dachte all die Jahre, dass nur ich nicht zur Familie gehörte", sinnierte sie leise.

Clark schüttelte den Kopf. „Es gab nie eine Familie – nur einen Hollywoodstar, der haufenweise Kinder in die Welt setzte und sich nicht darum kümmerte, dass sie wie Geschwister aufwuchsen. Aber das könnten wir ändern. Ich meine, wir könnten zu einer Familie werden, in der man sich gegenseitig unterstützt."

Seine Worte berührten sie und weckten ein sehnsuchtsvolles Gefühl in ihr. „Verkaufst du mir gerade die

Idee, diesen Job anzunehmen, und fährst schwere Geschütze auf, oder geht es dir wirklich um die Familie?"

„Das eine schließt das andere nicht aus."

„Clark ..."

„Reizt dich dieser Job denn nicht?", wollte er wissen und sah sie eindringlich an.

Natürlich reizte er sie! Er klang sogar fantastisch. Mac konnte sich wahnsinnig gut vorstellen, bei einer Filmproduktionsfirma zu arbeiten, auch wenn sie einen gehörigen Respekt vor der Verantwortung und vor den Aufgaben hatte, die sie dort erwarten würden. Dennoch war ihr Ehrgeiz geweckt – zum ersten Mal. Zum ersten Mal wollte sie etwas schaffen und daran arbeiten, etwas gut ... nein, etwas *fabelhaft* zu machen. Mac wollte auf das, was sie tat, stolz sein.

Die Stellenbeschreibung klang herausfordernd und kreativ und würde zu ihr passen, denn sie liebte Filme und sie liebte Bücher, immerhin war Literatur ihr Hauptfach am College gewesen.

„Ich sehe dir doch im Gesicht an, dass es dich reizt, den Job anzunehmen."

Mac ließ die Schultern nach unten sacken. „Es wäre dumm, zu behaupten, dass mich diese Arbeit nicht reizen würde. Der Job klingt zu schön, um wahr zu sein. Und das Gehalt wäre ein Traum."

„Was ist dann das Problem?"

Das wusste sie selbst nicht so genau. Sie hing weder

an ihrem derzeitigen Job noch an Miami und suchte sowieso eine neue berufliche Perspektive. Eigentlich hätte sie Clarks Angebot mit Kusshand annehmen sollen.

„Liegt es an einem Mann? Gibt es jemanden hier in Miami, wegen dem du nicht umziehen willst?"

„Nein, es gibt keinen Mann. Jedenfalls nicht in Miami", fügte sie hinzu.

„Nicht in Miami?", horchte Clark auf. „Was ist mit Seattle?"

„Was soll mit Seattle sein?" Sie kniff die Augen zusammen und schaute ihren Bruder bedrohlich an, was diesen so gar nicht zu beeindrucken schien.

„Nun, ich dachte, du hättest eine *besondere Verbindung* zu Seattle", erwiderte er bedeutungsvoll. „Wir haben sogar ein paar Büros dort, falls du nicht in San José arbeiten willst. Die Flugzeit dauert gerade einmal zwei Stunden."

Ihre besondere Verbindung zu Seattle war der Mann, der sie verrückt machte und an den sie ständig denken musste. Auch jetzt – obwohl er tabu war und sie belogen hatte. Sie sollte sich zwischen Seattle und Kalifornien entscheiden? Lieber wäre sie in die Antarktis gezogen, um möglichst weit weg von Grant zu sein. Seattle war viel zu nah und zu verlockend.

„Noch habe ich nicht zugesagt, Clark", wies sie ihn zurück. „Bevor ich zusage, gibt es ein paar Punkte zu klären."

Er grinste und wirkte äußerst zufrieden. „Dad hat immer gesagt: *Kenn deinen Wert und lass dich nicht übers Ohr hauen*. Okay, Mac, dann lass uns darüber reden, wie ich es dir schmackhaft machen kann, bei uns zu arbeiten."

KAPITEL 16

Als Grant klingelte und darauf wartete, dass die Wohnungstür geöffnet wurde, hatte er mit vielem gerechnet, aber nicht damit, Harper in einer löchrigen Jogginghose und einem ausgeblichenen Shirt zu entdecken, durch das man ihren BH erkennen konnte. Die Frau, die ihm gegenüberstand und ein Tuch um ihre Haare gebunden hatte, besaß kaum Ähnlichkeit zu seiner Exverlobten, die bereits einen Anfall bekommen hatte, wenn ihre Bluse nicht gut genug gestärkt gewesen war.

Sie war nicht weniger überrascht als er, denn ihre blauen Augen rundeten sich verblüfft. „Was machst du denn hier?"

Okay – einen freundlicheren Empfang hatte er nicht verdient, wenn er ehrlich war. Vermutlich konnte er sogar froh sein, dass sie ihm nicht die Tür vor der

Nase zuschlug oder das Versprechen einlöste, das Mac ihm damals an jener Tankstelle gegeben hatte, indem sie seine Eier attackierte. Vier Wochen war das nun her, doch ihm kam es viel länger vor. Seit zwei Wochen war er zurück in Seattle, und sofern Zac gestern nicht gelogen hatte, als er ihn in seine Wohnung gelassen hatte, war auch Harper zur gleichen Zeit wieder nach Hause gekommen.

Die ganze Situation war ein einziges Chaos – und schuld daran war er. Laut Zac plante Harper, ein halbes Jahr freizunehmen und sich von der Arbeit beurlauben zu lassen. Grant fühlte sich verantwortlich und hatte deshalb heute seine Wohnung verlassen, um mit ihr zu reden. Wenn sie denn mit ihm reden wollte. Sollte sie seinetwegen nicht mehr ins Büro kommen wollen, war die einzige vernünftige und anständige Konsequenz, dass er kündigte.

Er seufzte schwer. „Ich wollte nach dir sehen. Lässt du mich rein?"

„Meinetwegen", entgegnete sie schlicht und ging zur Seite, um ihn hineinzulassen.

Sobald er ihre Wohnung betrat, entdeckte er überall Umzugskartons und leere Stellen, an denen zuvor noch Möbelstücke gestanden hatten.

Geradezu zivilisiert fragte Harper ihn: „Willst du etwas trinken?"

Auch auf die Gefahr hin, dass sie Abführmittel in

sein Getränk gab, nickte er und fragte nach: „Hast du einen Kaffee da?“

„Sicher.“ Harper marschierte an ihm vorbei in die Küche.

Die Aussicht auf einen Kaffee weckte seine Lebensgeister, und er folgte ihr. Ein kurzer Blick in den Spiegel im Flur bestätigte seine Vermutung, dass er wie ein Schwerverbrecher aussah, der den letzten Monat in einer Isolationszelle ohne frische Luft und Tageslicht verbracht hatte. Zac hatte gestern einen ähnlichen Kommentar von sich gegeben, und angesichts der dunklen Ringe unter seinen Augen musste Grant seinem Kumpel sogar recht geben.

Während er Harper in die Küche folgte und ihr dann dabei zusah, wie sie Kaffeepulver in den Automaten gab, fragte er sich, wie es ihr in den vergangenen zwei Wochen wohl ergangen war. Die permanente Anspannung, die sie in Schottland und bereits in den Wochen zuvor gezeigt hatte, sowie die Gereiztheit und Nervosität waren verschwunden. Stattdessen strahlte Harper eine eigenartige Ruhe aus, die man fast für Gleichgültigkeit halten konnte.

Außerdem kannte er Harper in derart nachlässiger Kleidung nicht. Die Frau, die er beinahe geheiratet hätte, hatte eine regelrechte Manie an den Tag gelegt, wenn es darum ging, das perfekte Outfit und die perfekte Frisur zu tragen oder auch Tischkärtchen zu finden, die genau den richtigen Farbton besaßen, um zur Blumendekoration zu passen. Doch die Perfektionistin war einer Frau gewichen, die Kaffeepulver nachlässig in die Kaffeemaschine gab und dabei die Hälfte über den Küchenboden verteilte.

Er war verwirrt und fragte daher argwöhnisch: „Renovierst du?"

„Ich ziehe aus", erwiderte sie und zuckte mit den Schultern.

„Du ziehst aus?" Grant fixierte ihren Hinterkopf.

Als wäre es das Normalste von der Welt, informierte sie ihn: „Ich habe die Wohnung verkauft. Nächste Woche ziehen die neuen Eigentümer ein – ein sehr nettes Paar. Sie ist Collegeprofessorin und er besitzt ein Autohaus. Falls du dir einen neuen Lexus anschaffen willst, kann ich dir seine Nummer geben."

Einen neuen Lexus? Wovon zum Teufel sprach sie bitte? „Ist das dein Ernst?"

„Natürlich! Er meinte sogar, ich würde Prozente bekommen."

„Das ist doch nicht das, was ich meinte", fuhr er sie geradezu fassungslos an und erlebte die nächste Überraschung, denn Harper begann zu kichern.

„Ich weiß. Und falls du fragst: Ich bereue es nicht, die Wohnung zu verkaufen."

Weil er das Gefühl nicht loswurde, dass er schuld an dieser Kurzschlussreaktion war, fragte er nach: „Wie viel hast du für die Wohnung bekommen? Die Immobilienpreise sind momentan im Keller. Sogar für

Wohnungen mit dieser Ausstattung und dieser Lage. Wenn ich ..."

Sie klang belustigt. „Der Preis war okay."

„Wenn ich dir helfen kann, sag mir Bescheid, Harper", erwiderte er und kam sich dabei ziemlich überflüssig vor.

Offenbar hatte Harper einen Heidenspaß an der Situation, da sie sich mit einem Augenzwinkern zu ihm umdrehte und die Arme vor der Brust verschränkte. „Du könntest mir tatsächlich helfen. Blair und Jake kommen am Wochenende nach Seattle, um mir beim Kistenschleppen unter die Arme zu greifen. Du bist gerne eingeladen, dich zu uns zu gesellen."

Er konnte nicht anders, als eine Grimasse zu schneiden. „Das würde ich sofort, aber dein Bruder würde mir bei der Gelegenheit sicherlich das Genick brechen wollen."

„Stell dich hinten an", entgegnete sie schlicht.

Auch wenn er nicht genau wusste, wie sie ihren letzten Kommentar gemeint hatte, wurde Grant klar, dass Harper trotz des Small Talks und der Tatsache, dass sie ihm einen Kaffee machte, eine Mordswut auf ihn haben musste und ihm vermutlich selbst gerne das Genick gebrochen hätte.

Heiser und schuldbewusst erklärte er ihr: „Ich weiß, wie sehr ich dich verletzt habe, Harper."

„Grant ..."

„Bitte lass mich weiterreden", unterbrach er sie

zerknirscht und senkte den Kopf, während er nach den passenden Worten suchte, um sich zu entschuldigen. Die Vergangenheit hatte schließlich gezeigt, dass er nicht sonderlich geschickt war, sich bei Frauen zu entschuldigen. Mac ging ihm auch nach zwei langen Wochen konsequent aus dem Weg. „Mir liegt wirklich sehr auf der Seele, was in Schottland passiert ist."

„Das muss es nicht", entgegnete Harper leichthin.

Er schaute ihr in die Augen und spannte sich wie von selbst am ganzen Körper an. „Doch, ich fühle mich schuldig, denn mir war schon lange klar, dass wir beide einander nicht glücklich machen konnten. Ich habe nicht das für dich gefühlt, was ein Mann für die Frau empfinden sollte, die er heiraten will. Aber das habe ich verdrängt. Mir gefiel nämlich die Idee, zu heiraten und Ehemann zu sein ... bis sie mir nicht mehr gefiel." Leider hatte er nicht so überzeugend geklungen, wie er sich das vorgenommen hatte, sondern eher zögerlich.

Gott, er kam sich wie ein Waschlappen vor!

„Du hattest dich in eine Idee verrannt", antwortete Harper nüchtern und sachlich. „Das kommt mir bekannt vor."

Auch wenn sie sachlich klang, hörte sich seine Stimme heiser an. „Ich muss mich entschuldigen."

„Nein, *ich* muss mich entschuldigen, Grant." Ernst sah sie ihn an. „Mir tut es leid, dass ich dich förmlich dazu genötigt habe, mir einen Antrag zu machen, und dass ich dir keine andere Wahl gelassen habe. Und es tut mir leid, dass ich dir meinen Plan und meine Vorstellungen einer perfekten Hochzeit aufgezwungen habe, ohne mich dafür zu interessieren, ob das auch das war, was du wolltest. Ich bin ganz ehrlich: Wir können beide froh sein, dass wir nicht geheiratet haben. Vermutlich wären wir als verheiratetes Ehepaar irgendwann in den Abendnachrichten gelandet, weil einer von uns es nicht mehr ausgehalten und seine eigene Entführung fingiert hätte, um sich nach Mexiko abzusetzen."

Diese Wendung hatte er nicht kommen sehen. Mac hatte ihm so oft vorgeworfen, Harper das Herz gebrochen zu haben, dass er tatsächlich schon geglaubt hatte, sich ihre Erleichterung nur eingebildet zu haben. Dass sie jetzt sogar Scherze machen konnte, zauberte ein kleines Lächeln auf seine Lippen.

„Ich habe gehört, dass du im Job eine Auszeit nimmst. Von sechs Monaten war die Rede."

„Vorerst."

„Vorerst? Soll das heißen, dass du gar nicht mehr zurück in die Firma kommst?"

„Ich weiß es nicht", erwiderte sie und ließ den Kaffee in die beiden Tassen einlaufen. Eine reichte sie ihm und führte die anderen an ihren Mund, um an dem heißen Kaffee zu nippen.

Er musste einfach wissen, ob er der Grund war, weshalb sie sich eine Auszeit nahm. „Liegt es daran, dass ich bei *Callahan, Weinstein & Smith* arbeite?"

„Nein, es liegt nicht an dir", entgegnete sie und verdrehte tatsächlich die Augen. „Glaub mir, ich hätte kein Problem damit, mit dir zusammenzuarbeiten und dir vor allen Leuten zu widersprechen, wenn du falschliegst."

„Damit hattest du noch nie ein Problem", stimmte er ihr zu und konnte nicht anders, als sie zu foppen. „Ich glaube, deine rechthaberische Art in Teammeetings werde ich nicht sonderlich vermissen."

„Ich bin nicht rechthaberisch, sondern ehrgeizig. Das ist ein Unterschied."

Neugierig sah er sie über den Rand seiner Kaffeetasse an. „Ja, Ma'am. Wenn es nicht an mir liegt, warum überlegst du dann, in der Firma aufzuhören?"

Harper wirkte völlig geerdet, als sie zugab: „Mir ist in letzter Zeit einiges klar geworden – zum Beispiel, dass ich zu ehrgeizig einen Plan verfolgt habe, der mich nicht glücklich gemacht hat. Du hast dazugehört."

„Ich?" Fast hätte er sich an seinem Kaffee verschluckt. „Was habe ich denn gemacht?"

„Eigentlich gar nichts. Du warst nur am falschen Ort zur richtigen Zeit. Oder umgekehrt." Sie lachte leise auf. „Zu meinem Plan gehörte nicht nur eine perfekte Karriere, sondern ein perfekter Ehemann, der mit mir zwei perfekte Kinder bekommen sollte. Du warst der perfekte Anwärter dafür – klug, kultiviert, attraktiv, mit einem großartigen Job."

Grant stieß ein Grollen aus, denn irgendwie gefiel

ihm nicht, was er hörte. Es erinnerte ihn zu sehr an Macs Vergleich mit Tiger Woods. „Wenn du weiter so über mich sprichst, muss ich mir wohl die Pulsadern aufschneiden. Ich klinge sterbenslangweilig und wie ein Kandidat der republikanischen Partei!"

„Du bist schon ganz okay."

Ganz okay. Innerlich schnaubte er auf. „Was willst du machen, wenn du nicht länger als Finanzberaterin arbeitest?"

„Vielleicht schreibe ich ein Buch. Vielleicht eröffne ich in Puerto Rico eine Strandbar. Mal sehen. Ich werde mich einfach treiben lassen."

Bei aller Liebe, aber wer war diese Frau vor ihm? Er hatte den Eindruck, eine völlig neue Harper vorzufinden. Zu gerne hätte er gewusst, was im letzten Monat passiert war, dass sie sich dermaßen verändert hatte. „Wer sind Sie und was haben Sie mit Harper gemacht?"

„Du warst schon einmal komischer, Grant."

Das ließ er unkommentiert. „Was sagt deine Familie zu deinem Vorhaben?"

Sie lächelte schwach. „Sagen wir einfach, dass sie meine Entscheidung akzeptiert hat."

Oje – er konnte sich denken, was sie damit meinte.

Beide schwiegen im stillen Einvernehmen und tranken ihren Kaffee.

Das Gespräch lief besser als erwartet, auch wenn er Harpers totale Verwandlung noch nicht nachvollziehen konnte. Zwar war er nicht hergekommen, um mit ihr über Mac zu sprechen, weil er nicht im Traum damit gerechnet hätte, beinahe freundschaftlich mit Harper reden zu können, aber womöglich war es eine gute Idee, die Gunst der Stunde zu nutzen. Er wusste einfach nicht mehr weiter.

Der Grund, weshalb er sich wie ein Zombie in seiner Wohnung verbarrikadiert hatte und auch noch nicht wieder zur Arbeit gegangen war, lebte nämlich in Miami und weigerte sich standhaft, mit ihm zu reden. Er schickte ihr Blumen, Briefe und Nachrichten aufs Handy, aber Mac ignorierte sie alle. Außer kurzen Antworten, in denen sie ihn bat, ihr nichts mehr zu schicken und sich nicht mehr bei ihr zu melden, herrschte absolute Funkstille zwischen ihnen. Sie gab ihm nicht einmal eine Chance, ihre Probleme aus der Welt zu schaffen.

So hilflos hatte er sich noch nie gefühlt.

Grant hatte keine Ahnung, ob er einen Fehler machte, wenn er mit Harper über die Situation sprach, denn Mac hatte ihm unmissverständlich erklärt, dass sie nicht wollte, dass ihre Freundinnen erfuhren, was zwischen ihnen beiden vorgefallen war, aber er musste es einfach versuchen. Schlimmer als jetzt konnte es zwischen Mac und ihm sowieso nicht werden.

„Harper“, begann er daher räuspernd. „Ich muss noch eine andere Sache mit dir besprechen.“

Aus ihren blauen Augen sah sie ihn neugierig an. „Die da wäre?“

„Ich habe jemanden kennengelernt", antwortete er schlicht und erwartete ihre Reaktion.

Beinahe emotionslos zwinkerte sie. „Aha?"

Grant stellte seine Tasse auf der Kücheninsel ab und nickte. „Ich weiß, dass es sich nicht gehört, so kurz nach einer Trennung loszuziehen und jemand anderen kennenzulernen, aber es ist nun einmal passiert und ..."

Belustigt unterbrach sie ihn. „Willst du etwa meinen Segen?"

„Ich habe noch keinen Verlobungsring gekauft, wenn es das ist, was du wissen willst." Er zögerte einen winzigen Moment, bevor er fortfuhr: „Aber ich glaube, dass ich verliebt bin."

„Du *glaubst*, dass du verliebt bist?"

Warum zum Teufel fand sie das alles so lustig? Eigentlich hatte er Empörung erwartet, dass er einen Monat nach ihrer Trennung vor ihr stand und davon berichtete, eine andere Frau zu lieben.

„Wir kennen uns schließlich erst seit einem Monat."

„Ein Monat ist ziemlich lang. Da solltest du wissen, ob du verliebt bist."

Natürlich wusste er, dass er verliebt war. Mehr noch – er liebte Mac. Aber das konnte er Harper nicht so einfach mitten ins Gesicht sagen. „Es ist schwierig. Sie ist so unberechenbar und ..."

„Sie?"

Jetzt wusste er, dass Harper ihn auf den Arm nahm.

Finster grollte er daher: „Denkst du, ich bin plötzlich schwul geworden?“

Breit grinsend hob sie die Schultern in die Höhe. „Man hört doch immer wieder von Männern in den Dreißigern, die urplötzlich die Vorliebe fürs eigene Geschlecht entwickeln. Also meinen Segen hast du.“

„Ich stehe noch immer auf Frauen. Du hast mich nicht ans andere Ufer getrieben, keine Sorge.“

„Da bin ich aber froh“, entgegnete sie fröhlich. „Wenn du frisch verliebt bist, verstehe ich nicht, weshalb du nicht vor Glück strahlst. Oder erwidert sie deine Gefühle nicht?“

„Ich denke, sie erwidert meine Gefühle - nein, ich *weiß*, dass sie meine Gefühle erwidert, aber ... es ist kompliziert.“

„Wieso? Was ist das Problem?“

Was das Problem war? Außer dass er Mac belogen hatte, lag das Problem darin, dass sie glaubte, ihre Freundin zu verraten und zu betrügen, wenn sie mit ihm zusammen war. Sie war loyal bis aufs Blut und warf ihm vor, sie in eine Situation gebracht zu haben, die sie nicht ertragen konnte. So genau konnte er es Harper jedoch nicht sofort erklären und meinte daher schwammig: „Ich war nicht besonders ehrlich zu ihr. Außerdem gibt es einen Punkt, über den wir uns nicht einig sind. Sie ist sehr stur und loyal.“

Harper runzelte die Stirn und schien seiner

schwammigen Erklärung nur schwer folgen zu können. „Ehrlichkeit ist wichtig, Grant."

Er schluckte und fand es an der Zeit, Tacheles mit ihr zu reden. „Ich weiß. Deshalb bin ich ja auch hier. Und zwar ist die ..."

„Hör mal, Grant", unterbrach sie ihn und glaubte wohl, dass er ein schlechtes Gewissen hatte, weil er ihr erzählt hatte, verliebt zu sein. „Es ist wahnsinnig rücksichtsvoll von dir, dass du hergekommen bist, um mir zu erzählen, dass du dich verliebt hast, aber du musst deshalb kein schlechtes Gewissen haben. Ganz im Gegenteil." Sie machte eine unbedachte Bewegung mit der Hand. „Nur ein paar Stunden nachdem du Schluss gemacht hast, habe ich einen anderen Mann kennengelernt, mich Hals über Kopf in ihn verliebt und ihn geheiratet."

„Was?" Grant glaubte, gerade von einem Pferd überrannt worden zu sein. Fassungslos starrte er sie an. „Du hast geheiratet?"

„Ja, ich habe geheiratet."

Sprachlos starrte er sie an und bemerkte eine Sekunde später, dass sie keinen Ring trug. „Und wo ist dein Ring?"

„Das ist eine lange Geschichte", entgegnete sie ruhig.

Er verschränkte die Arme vor der Brust. „Komischerweise habe ich heute noch nichts anderes vor."

Es klingelte an der Tür. Beinahe grimmig ließ

Harper ihn wissen: „Das wird der Postbote sein. Du kannst mit ihm zusammen den Aufzug nach unten nehmen. Ich will dich nicht länger aufhalten."

„Keine Chance, Harper", widersprach er ihr mit einem verächtlichen Schnauben. „Ich glaube, ich bleibe doch hier und helfe dir beim Packen, während du mir diese lange Geschichte erzählen kannst."

Sie antwortete nicht, sondern öffnete die Tür.

Selbst aus einigen Metern Entfernung sah Grant, dass nicht der Postbote vor der Tür stand, sondern ein ziemlich großer, blondhaariger Mann mit einem riesigen Blumenstrauß in der Hand, der Harper ansah, als hätte er niemals etwas Schöneres auf der Welt gesehen. Der Fremde lächelte breit.

„Hallo, Harper", begrüßte er sie mit einer tiefen Stimme, die einen rauen, typisch schottischen Klang besaß.

Grant war erstaunt. Harper dagegen wütend.

Sie schlug dem Mann nämlich kommentarlos die Tür vor der Nase zu.

Die gelassene Ruhe, die Grant noch vor wenigen Minuten an ihr entdeckt und sogar bewundert hatte, war dahin. Stattdessen blitzten ihre Augen wütend auf und sie stapfte durch den Flur.

„Was will dieser ... dieser ... Was zum Teufel will er hier?" Sie fluchte wie ein Bauarbeiter und gab dabei Töne von sich, die Grant noch nie aus ihrem Mund gehört hatte.

Interessiert verfolgte er, wie Harper im Flur auf und ab lief und allem Anschein nach Selbstgespräche führte. Es hätte nicht viel gefehlt und sie hätte irgendetwas als Punchingball verwendet.

„Wie kann er es wagen, einfach vor meiner Tür aufzukreuzen! Nach zwei Wochen. Und dann bringt er auch noch Blumen vorbei, der Idiot!"

Grant konnte sich des Eindrucks nicht erwehren, dass Frauen von heute allergisch auf Blumengeschenke reagierten, denn Mac schickte seine Blumenlieferungen ständig zurück.

Räuspernd machte er Harper auf sich aufmerksam und wollte gelassen wissen: „Wer ist denn der Idiot, der es wagt, vor deiner Tür aufzukreuzen und dir Blumen mitzubringen?"

„Mein Mann!"

„Ah." Er grinste breit.

Das schien ihr nicht zu gefallen. „Wieso grinst du so?", fuhr sie ihn unbeherrscht an.

Eine unbeherrschte Harper war ihm allemal lieber als diese gelassene, blutleere Harper von vorhin, auch wenn er sie noch nie so ... wütend und außer sich erlebt hatte. Komischerweise machte ihr Verhalten ihm Mut, denn ihre Reaktion auf den Mann vor der Tür konnte nur heißen, dass er ihr sehr viel bedeuten musste. Man konnte nur derart wütend werden, wenn man tiefe Gefühle für einen Menschen hatte.

Und wenn Harper einen anderen Mann liebte,

würde Mac vielleicht endlich von dieser aberwitzigen Idee loskommen, dass sie Harper betrog, wenn sie ihren Gefühlen nachgab.

„Ich hatte ja keine Ahnung, dass du einen Schotten geheiratet hast."

„Einen Highlander", korrigierte sie ihn schnaubend. „Einen sturen, unmöglichen, dreisten und hinterhältigen Highlander, der hier nichts zu suchen hat."

„Vielleicht will er seine ehelichen Rechte einfordern?"

„Der kann mich mal!"

Grant konnte nicht anders und begann zu lachen. „Was willst du eigentlich, Harper? Wenn er ein waschechter Highlander ist, musst du ihm nicht einmal einen Kilt besorgen, weil er sicherlich schon einen besitzt."

Offenbar fand sie die Erinnerung an sein Hochzeitsoutfit, das sie in Form eines traditionellen Kilts für ihn ausgesucht hatte, nicht sehr komisch. Mit hochrotem Kopf zeigte sie zur Tür. „Raus!"

„Okay, okay ... ich gehe ja schon."

Harper warf ihn förmlich aus ihrer Wohnung, sodass er sich gleich darauf im Hausflur wiederfand und dem blonden Mann gegenüberstand, der ihn misstrauisch musterte. Selbst der fröhliche und bunte Blumenstrauß täuschte nicht darüber hinweg, dass der Schotte wie einer dieser kräftigen Riesen wirkte, die auf richtigen Highland Games Baumstämme durch die

Gegend warfen und verlorene Schafe auf ihren Schultern meilenweit tragen konnten.

Neugierig schaute Grant ihn an. „O Mann, ich weiß zwar nicht, was Sie ausgefressen haben, aber so wütend habe ich Harper noch nie erlebt!"

Argwöhnisch runzelte der Schotte seine Stirn. „Und Sie sind?"

Grant erkannte einen eifersüchtigen Mann, wenn er ihm gegenüberstand. Freundschaftlich streckte er ihm die Hand hin und erklärte so unbefangen wie möglich: „Grant – der Mann, der Ihre Frau eigentlich heiraten wollte und dann gekniffen hat. Schön, Sie kennenzulernen."

Geradezu widerwillig ergriff Harpers Mann seine Hand und fragte grimmig sowie angriffslustig nach: „Und weshalb genau waren Sie bei meiner Frau?"

„Ich wollte nach ihr sehen und etwas mit ihr besprechen. Hätte ich gewusst, dass sie verheiratet ist, hätte ich ..."

Er wurde vom Schotten unterbrochen. „Dann hätten Sie sich die Mühe nicht gemacht?"

Grant entwand seine Hand aus dem festen Griff des anderen Mannes und stellte klar: „Nein, ich hätte Popcorn mitgebracht. Nehmen Sie es mir nicht übel, aber ich würde mein letztes Geld auf Harper verwetten, wenn Sie beide gegeneinander antreten."

Augenblicklich wirkte der hünenhafte Schotte zerknirscht und wie ein an Liebeskummer erkrankter

Mann. Grant konnte nicht anders, als Mitgefühl zu empfinden – ihm ging es immerhin genauso. Wenn sich Männer bei Frauen in die Scheiße geritten hatten, mussten sie zusammenhalten.

„Ich will nicht gegen sie antreten", widersprach der andere Mann reumütig. „Ich will mich bei ihr entschuldigen."

Grant musterte die Blumen. „Ich weiß zwar nicht, was Sie ausgefressen haben, aber so wütend wie Harper war, werden die Blumen allein nicht reichen."

„Sprechen Sie aus Erfahrung?"

„Nicht, was Harper betrifft", erwiderte er dumpf und dachte an Mac. „Viel Glück", riet er Harpers schottischem Mann und machte sich auf den Weg zum Fahrstuhl.

~

Kaum war Grant zu Hause angekommen, befand sich seine Laune auf dem Tiefpunkt.

In seiner Post fand er nämlich einen Scheck von Mac über zweihundertfünfzig Dollar. *Nur* einen Scheck. Es gab keinen Brief, keine Notiz, kein gar nichts. Nur diesen Scheck.

Er griff nach seinem Handy und rief sie an. Zu seiner absoluten Überraschung nahm sie den Anruf sogar an.

Ihre Stimme klang müde. „Grant ..."

Weil er keine Lust darauf hatte, abzuwarten, was sie zu sagen hatte, oder sich abspeisen zu lassen, unterbrach er sie und schnarrte in den Hörer hinein: „Wieso liegt in meiner Post ein Scheck über zweihundertfünfzig Dollar?“

„Können wir vielleicht später darüber reden?“

„Nein, können wir nicht“, erwiderte er grob. „Ich komme nach Hause und finde diesen Scheck, ohne dass du irgendetwas dazu geschrieben hast.“

Sie seufzte verärgert in den Hörer. „Ich wollte dir noch eine Mail schreiben, dass ich damit beginne, dir das Geld zurückzuzahlen, das ich dir noch schulde. Im nächsten Monat werden es vermutlich sogar dreihundert Dollar sein.“

„Wovon zum Teufel redest du?“ Er war so wütend, dass er sich am liebsten die Haare gerauft hätte. Außerdem war es verdammt unbefriedigend, sie durchs Telefon anzubrüllen. Er hätte es lieber gesehen, wenn sie vor ihm gestanden hätte, damit sie den Streit von Angesicht zu Angesicht hätten ausfechten können – außerdem war Versöhnungssex auch nicht zu verachten. Wenn es nach Mac gegangen wäre, so fürchtete er, würde er ihr jedoch sehr lange nicht mehr so nahe kommen, dass Versöhnungssex ein Thema zwischen ihnen war.

„Ich rede von dem Geld, das ich dir schulde. Die dreihundert Pfund für die kaputte Fensterscheibe, die Hotelkosten, der Sprit, die Brosche …“

„Die Brosche?" Rastlos wanderte er in seinem Wohnzimmer umher und konnte nicht fassen, was er hörte. „Die Brosche war ein Geschenk, verdammt noch mal! Und das restliche Geld will ich auch nicht haben."

„Ich will dir nichts schuldig bleiben."

Obwohl sie leise gesprochen hatte, traf der Satz ihn mitten ins Herz. Er war noch immer wütend – sogar fuchsteufelswild – und gleichzeitig empfand er einen erdrückenden Verlust. Weil es nichts brachte, wenn sie sich am Telefon stritten, atmete er tief durch und setzte sich auf die Couch, nachdem er die zerknautschte Decke zur Seite geschoben hatte. Seit er Mac vor zwei Wochen zum Flughafen gebracht hatte, hauste er in seiner Wohnung wie ein Einsiedler, ernährte sich von diversen Lieferdiensten und hatte seiner Putzfrau abgesagt. Dementsprechend sah seine Wohnung aus.

„Du bist mir nichts schuldig, Mac."

„Aber du hast den Urlaub bezahlt. Ich will dir die Ausgaben erstatten, die du meinetwegen hattest."

Sie machte es ihm wirklich nicht leicht, ruhig und geduldig zu bleiben. „Könnten wir bitte damit aufhören, über Ausgaben zu reden und sie gegeneinander aufzurechnen? Wenn ich an unsere gemeinsamen zwei Wochen denke, erinnere ich mich vor allem daran, wie schön der Urlaub mit dir war."

„Die Zeit war auch schön", entgegnete sie leise. „Aber das heißt nicht, dass ich nicht meinen Teil dazu beitrage. Ich schulde dir Geld und will es zurückzahlen."

„Und dann?" Seine Kehle verengte sich, denn er wusste, was Mac damit bezweckte, indem sie ihm Schecks schickte. „Du willst mit der Sache abschließen, richtig? Du willst mit mir abschließen. Sobald du deine *Schulden* bezahlt hast, ist es für dich vorbei."

„Es ist doch schon vorbei, Grant", erinnerte sie ihn ruhig und gefasst.

„Kannst du das so einfach? Ich kann es nämlich nicht, Mac. Was wir beide geteilt haben, war nicht irgendein Urlaubsflirt, sondern viel mehr." Er strich sich eine störende Strähne seines viel zu langen Haares aus der Stirn. „Du musst mir nicht weiszumachen versuchen, dass du keine Gefühle für mich hast, denn ich weiß es besser. Und du weißt, dass ich für dich empfinde wie für keine Frau vor dir. Auch nicht für Harper."

„Du sollst so etwas nicht sagen."

„Aber es ist die Wahrheit."

„Verdammt, Grant", herrschte sie ihn an. „Du hast mich angelogen!"

„Das tut mir leid, aber ich fange nicht an, dich ein weiteres Mal zu belügen, indem ich dir versichere, dass ich es nie wieder tun würde, wenn ich noch einmal in der gleichen Situation wäre, denn wenn ich dir damals an der Tankstelle gesagt hätte, wer ich war, hätten wir uns niemals so kennenlernen können, wie wir es getan haben."

„Eine Entschuldigung klingt tatsächlich anders."

„Die würdest du doch sowieso nicht annehmen." Er biss die Zähne zusammen. „Wusstest du eigentlich, dass Harper verheiratet ist? Mit einem Schotten?"

Es dauerte ein paar Sekunden, bis sie antwortete. Ihre Stimme klang kühl. „Ja, das weiß ich. Sein Name ist Cameron. Lucy hat mir schon von dieser Blitzhochzeit erzählt, als ich in Seattle war und mit ihr telefoniert habe."

Er hatte das Gefühl, als hätte man ihm den Boden unter den Füßen weggezogen. „Was? Du wusstest es und hast es mir nicht erzählt?"

„Wieso hätte ich dir davon erzählen sollen?"

„Wieso?" Er schnappte nach Luft. „Vielleicht weil du mir vorgeworfen hast, Harper das Herz gebrochen zu haben, und weil du dich darauf berufen hast, dass du ganz unmöglich mit mir zusammen sein könntest, da ich der Ex deiner Freundin bin." Zornig senkte er den Kopf. „Dabei wusstest du längst, dass sie verheiratet war? Glaubst du noch immer, dass ich ihr das Herz gebrochen habe, wenn sie einen Tag später einen anderen Mann geheiratet hat? Du weigerst dich seit zwei Wochen, mit mir zu reden – wegen Harper –, dabei weißt du die ganze Zeit, dass sie verheiratet ist?"

„Das tut doch nichts zur Sache, ob sie verheiratet ist oder nicht", wehrte sie ab. „Sie ist meine Freundin ..."

„Und ich bin der Mann, in den du verliebt bist. Der Mann, der auch in dich verliebt ist. Zählt das gar nicht?“

Mac klang regelrecht verzweifelt. „Wie stellst du dir das vor? Wie soll ich vor meiner Freundin rechtfertigen, dass ich die Nutznießerin ihrer abgesagten Hochzeit war?“

„Das sind doch nur Ausreden!“

„Das sind sie nicht! Außerdem weiß ich von Blair, dass Harper sich von ihrem Mann getrennt hat und ziemlich durch den Wind ist. Deshalb ist sie wieder in Seattle. Soll ich sie etwa in dieser Situation anrufen? Ich muss Rücksicht auf sie nehmen!“

Frustriert schüttelte er den Kopf. „Ich weiß, dass sie wieder in Seattle ist, schließlich war ich heute bei ihr. Und rate, wer dort mit einem riesigen Blumenstrauß aufgetaucht ist? Ihr schottischer Mann ...“

„Du warst bei Harper?“ Mac klang entsetzt. „Warum warst du bei ihr?“

„Warum wohl? Ich will diese ganze Sache aus der Welt schaffen.“

Ihre Stimme überschlug sich beinahe. „Das wirst du nicht tun! Wir erzählen niemandem davon. Das war unsere Abmachung!“

„Das war *deine* Abmachung. Wenn es nach mir ginge, wüssten alle Bescheid, und wir müssten nicht ...“

„Ich will nicht, dass Lucy, Blair und Harper etwas

davon wissen, Grant", unterbrach sie ihn hastig. „Vor allem nicht Harper!"

„Bei dir klingt es, als wäre es schmutzig, dass wir beide uns kennen und uns ineinander verliebt haben", warf er ihr aufgebracht vor.

„Sie sind meine Freundinnen", erwiderte Mac, als würde das alles erklären.

Ihm riss der Geduldsfaden. „Dann versteck dich doch weiterhin hinter deinen Freundinnen, Mac!"

„Ich verstecke mich nicht hinter ihnen."

„Doch, das tust du. Du wehrst dich mit Händen und Füßen gegen eine Beziehung und schiebst Harper als Ausrede vor, die dafür herhalten muss, dass du zu feige bist, um mal etwas zu wagen. Niemand würde dich verurteilen, dass du dich verliebt hast – ganz besonders nicht Harper, die jetzt gerade vermutlich ihren schottischen Mann herumkommandiert und dabei verdammt glücklich sein wird. Ausgerechnet die verrückte, übermütige und abenteuerliche Mac zieht den Schwanz ein, wenn es ernst wird. Wovor hast du denn Angst?"

„Ich habe keine Angst", feuerte sie zurück. „Hast du vergessen, dass du mich belogen hast? Zwei Wochen lang hast du mir nicht erzählt, wer du bist!"

Grant rieb sich mit der Hand übers Gesicht. Sie drehten sich im Kreis. „Was zählt mehr für dich, Mac? Dass ich dir nicht gesagt habe, dass ich der Mann war, der deine Freundin verlassen hat, oder dass wir beide zwei Wochen miteinander verbracht haben und uns dabei so nahegekommen sind, dass wir alles voneinander erfahren haben? Ich denke, du hast einfach Schiss vor einer richtigen Beziehung. Dein Vater war nie für dich da, also glaubst du, dass kein Mann jemals für dich da sein wird. Aber weißt du was, nur weil dein Dad ein Arschloch war, bin ich das nicht."

Er konnte hören, wie sie scharf Luft holte. „Das ist nicht fair, Grant."

Ihm war es egal, ob es fair war, ihren Vater zu erwähnen. Er war einfach nur müde, frustriert und resigniert. Sie hatte sich so sehr darauf versteift, dass sie nicht zusammen sein konnten, dass er sich vermutlich die Zunge blutig reden konnte. Mac würde ihre Meinung nicht ändern. Was brachte es da, sie am Telefon anzubetteln?

Grant atmete tief durch. „Gut, Mac. Ich hab's verstanden. Es ist aus. Schick mir die Schecks oder schick sie mir nicht. Mir ist es egal. Ich werde mich nicht mehr bei dir melden, schließlich will ich dich nicht belästigen."

„Aber, Grant ..."

„Du weißt ja, wo du mich finden kannst. Wenn du etwas von mir willst, musst du schon von allein kommen." Dann legte er einfach auf.

KAPITEL 17

„Da schlägt ganz eindeutig ein Herz, Miss Nicholson. Hier können Sie das Baby sehen."

Mac starrte auf den Monitor, auf dem sie lediglich graue Schatten, weiße Punkte und einen sich hektisch bewegenden Flecken erkennen konnte. Sie wollte die Kompetenz der Ärztin nicht infrage stellen, aber für sie sah ein Baby anders aus. Die Frau musste sich irren und brauchte vermutlich eine Brille. Auch der Schwangerschaftstest, den sie vor ein paar Tagen gemacht hatte, musste defekt sein. Der Drugstore hatte ihr wahrscheinlich einen bereits abgelaufenen Test verkauft, der selbst dann positiv ausgefallen wäre, wenn ein neunzig Jahre alter Priester draufgepinkelt hätte. Und die ständige Übelkeit, die Müdigkeit und die plötzlich auftretenden Heulattacken kamen von dem immensen Stress, den sie momentan durchmachte. Ein bevorstehender Umzug, die Aussicht auf einen neuen Job und Liebeskummer hinterließen nun einmal ihre Spuren.

Für alles gab es eine völlig plausible Erklärung.

Sie musste nicht zwangsläufig schwanger sein.

„Sie sind schwanger. Ungefähr in der achten Woche."

Scheiße.

Mac legte den Kopf zurück und schloss die Augen, während sie den Fluch unterdrückte, der ihr auf der Zunge lag. Sie wollte vor ihrer Ärztin nicht fluchen, während ihre Füße noch in den Steigbügeln steckten und sie gleichzeitig befürchtete, sich jeden Moment übergeben zu müssen. Außerdem war es dem Baby nicht fair gegenüber. Immerhin konnte es nichts dafür, dass es gezeugt worden war. Verantwortlich dafür waren seine Mom und sein Dad – ein Mann, der sein Versprechen eingehalten und sich seit über einem Monat nicht ein einziges Mal bei Mac gemeldet hatte.

Langsam öffnete sie die Augen und starrte an die Decke des Untersuchungszimmers.

Diese verdammten Hormone waren schuld daran, dass ihr schon wieder Tränen in die Augen stiegen, sobald sie an Grant dachte. Sie hatte ihn regelrecht vertrieben und in die Flucht geschlagen, bis er aufgegeben hatte. Und anstatt erleichtert darüber zu sein, litt sie seit Wochen an Liebeskummer und Sehnsucht danach, ihn zu sehen und bei ihm zu sein. Einzig der Gedanke, dass Harper nicht erfahren hatte, dass Mac sich ihren Exverlobten unter den Nagel gerissen und mit ihm den Honeymoon verbracht hatte, der eigentlich für Harper bestimmt gewesen war, war ein Trost gewesen – wenn auch ein sehr schwacher Trost.

Und jetzt stellte sich heraus, dass ein Baby während dieses ergaunerten Honeymoons entstanden war. Wie sollte sie das Harper erklären? Und was noch wichtiger war: Wie sollte sie Grant von dem Baby erzählen, nachdem er sich im Streit von ihr getrennt hatte?

Ein weiteres Mal hatte Mac ihr Leben ins Chaos gestürzt, dabei hatte sie geglaubt, es endlich in den Griff zu bekommen.

„Sie werden sicherlich einige Fragen haben." Dr. Parsons schaltete das Ultraschallgerät aus und lächelte sie aufmunternd an. Vermutlich hielt sie Macs feuchte Augen für Anzeichen von Rührung. „Ziehen Sie sich erst einmal an. Dann können wir alles Weitere besprechen."

Obwohl Mac bereits vor Tagen gewusst hatte, dass der Roadtrip mit Grant durch halb Schottland und England Folgen gehabt hatte, war ihr ziemlich zittrig zumute, als sie mit wackeligen Beinen vom Untersuchungstisch rutschte. Sie musste sich an einer der Beinhalterungen festhalten, um nicht zu stolpern. Mit weichen Knien lief sie zum Paravent, hinter dem sie bereits in den Untersuchungskittel geschlüpft war, und wischte sich erst einmal über die feuchten Augen, bevor sie durchatmete und mit ungeschickten Händen den Kittel auszog.

Während sie in ihre Unterwäsche schlüpfte, dachte sie angestrengt darüber nach, wie es zu dieser Schwangerschaft gekommen sein konnte, schließlich hatten sie immer verhütet. *Immer.*

Wirklich jedes einzelne Mal. Grant hatte ein halbes Vermögen in Kondome investiert.

Als sie ihre Hose angezogen hatte und gerade dabei war, die Knöpfe ihrer Bluse zu schließen, trat sie hinter dem Paravent hervor und berichtete ihrer Ärztin gedankenverloren genau davon. „Ich verstehe das nicht. Wie konnte ich schwanger werden? Wir haben immer ein Kondom genommen – wenn ich immer sage, dann meine ich auch immer." Sie schluckte schwer und schloss den letzten Knopf. „Sogar in der Badewanne oder in der Dusche haben wir mit Kondom verhütet."

Ahnungslos sah sie zu Dr. Parsons, die gerade ein paar Papiere ausfüllte und aufsah, um ihr einen leicht belustigten Blick zu schenken.

„Ich möchte mich nicht wie eine Oberlehrerin anhören, Miss Nicholson, aber ich predige bereits Schulkindern von zwölf Jahren, dass Sex unter der Dusche oder in der Badewanne nicht wirklich das ist, was wir unter Safer Sex verstehen. Zuerst einmal kann das Kondom leicht abrutschen und zum anderen enthalten manche Badezusätze Inhaltsstoffe, die das Latex brüchig machen können."

„Verdammt", fluchte Mac nun doch leise.

„Das Baby war also nicht geplant?"

Mac antwortete mit einem Kopfschütteln.

Ihre Ärztin schob die Papiere beiseite und wandte sich ihr zu, bevor sie ernst nachfragte: „Möchten Sie über Alternativen aufgeklärt werden? Bei ungeplanten Schwangerschaften und dem Wunsch nach einem Schwangerschaftsabbruch kann ich einige Stellen empfehlen, die spezialisiert sind, sich ..."

„Meinen Sie eine Abtreibung?" Mac schüttelte den Kopf, während ihr schon wieder übel wurde. Der Gedanke an ein Baby begleitete sie schon ein paar Tage, aber nicht ein einziges Mal hatte sie daran gedacht, es nicht zu bekommen. Sie war verängstigt, verzweifelt und verunsichert, aber eines wusste sie genau – sie könnte ihr Baby nicht wegmachen lassen. „Nein, eine Abtreibung steht nicht zur Debatte."

Dr. Parsons lächelte. „Dann sollten wir darüber reden, was Sie sich selbst und dem Baby in nächster Zeit Gutes tun können."

Nur wenige Minuten später verließ Mac die Arztpraxis und trug in ihrer Tasche nicht nur einen Haufen Informationsblätter, sondern auch Schwangerschaftsvitamine und das Ultraschallbild des Babys mit sich herum. Sie wusste, worauf sie in nächster Zeit achten und was sie vermeiden sollte.

Wenn Dr. Parsons ihr zusätzlich gesagt hätte, was sie mit dem Vater des Babys machen sollte, wäre es Mac um einiges leichter ums Herz gewesen.

KAPITEL 18

„Was machst du denn noch hier?"

Grant hob den Blick von den Unterlagen, die auf seinem Schreibtisch lagen, und schaute zur Tür, in deren Rahmen Zac stand und ungläubig auf die Uhr an seinem linken Handgelenk schaute.

Sein Arbeitskollege und bester Kumpel war offenbar nachts noch kurz ins Büro gekommen, nachdem er längst Feierabend gemacht hatte. Woher Grant das wusste? Man sah es Zacs Kleidung an. Obwohl Zac nämlich mit Hingabe in Jeans, T-Shirt und Lederjacke zur Arbeit kam, trug er im Büro niemals Sportschuhe, Jogginghosen und Kapuzenshirts so wie jetzt.

„Ich arbeite", entgegnete Grant ruhig und nickte ihm zu. „Und was tust du hier?"

Zac schlenderte unaufgefordert in Grants Büro und ließ sich auf den Besucherstuhl fallen. Während er seine Beine von sich streckte, erwiderte er lässig: „Ich habe dummerweise meinen Laptop vergessen und wollte ihn holen. Wir haben fast elf Uhr."

„Ja, das sehe ich selbst. Danke."

„Willst du nicht langsam nach Hause gehen und dir eine Mütze Schlaf gönnen? Du siehst ziemlich beschissen aus."

Das mochte er an Zac – dessen unverfälschte Offenheit. Und dass er beschissen aussah, wusste er selbst, schließlich schlief er in letzter Zeit schlecht, ernährte sich ausschließlich vom Essen diverser Lieferdienste und kam nicht zur Ruhe. Um sich davon abzulenken, dass die Frau, die er liebte, aus seinem Leben verschwunden war, vergrub er sich in Arbeit und schuftete wie ein Tier. Irgendwann käme er schon darüber hinweg, dass sein Leben zurzeit ein einziges Chaos war, aber noch nicht jetzt.

„Morgen habe ich ein Meeting und muss noch ein paar Zahlen zusammenstellen. Wenn das erledigt ist, fahre ich nach Hause."

Zac seufzte schwer. „Du bist erwachsen und musst selbst wissen, was du tust, aber wenn du dich nicht langsam in die Falle legst, könnte das Meeting in einer Katastrophe enden, solltest du dabei einschlafen, wenn Mr. Callahan seinen obligatorischen Einstiegsmonolog hält. Du weißt doch, dass er eine Diva ist und völlige Aufmerksamkeit erwartet."

Grant schnitt eine Grimasse. „Wozu gibt's Kaffee?"

„Außerdem gebe ich zu bemerken, dass die neue Praktikantin eventuell abgeschreckt sein könnte, wenn du mit blutunterlaufenen Augen, die auf eine Abhängigkeit von harten Drogen hinweisen könnten, beim Meeting aufkreuzt. Die Kleine scheint sich sehr für dich zu interessieren, also solltest du dich duschen, mal schlafen und nicht wie jemand aussehen, der sein College als Bahnhofsstricher finanziert hat."

Er schenkte seinem Kumpel einen finsteren Blick. „Bahnhofsstricher? Sprichst du aus Erfahrung?"

„Glücklicherweise: nein."

„Gut. Dann halt die Klappe." Er schaute wieder auf den Computerbildschirm vor sich und merkte, dass er die Kalkulationstabellen vor lauter Müdigkeit nur noch verschwommen erkennen konnte.

Zac dachte anscheinend nicht daran, die Klappe zu halten. „Ich denke nur an dein Wohl. Ein bisschen Ablenkung in Form einer süßen, gut gebauten Praktikantin würde dir ganz guttun und dich auf andere Gedanken bringen."

„Woher willst du wissen, ob ich auf andere Gedanken gebracht werden muss?", hakte er desinteressiert nach und öffnete eine weitere Tabelle. Grant wusste nicht einmal, von welcher Praktikantin Zac sprach.

„Vielleicht weil du dich seit deiner Trennung von Harper wie ein Zombie aufführst und keine Anstalten machst, ein wenig soziale Kontaktpflege einzugehen."

Wenn Zac damit meinte, dass er um die Häuser ziehen und irgendeine Frau aufreißen sollte, konnte er sich die Atemluft sparen. Die letzten Erfahrungen, die Grant mit dem anderen Geschlecht gemacht hatte, hatten ihm die Erkenntnis gebracht, dass Frauen ein wahres Mysterium waren und einen Mann sogar dann kastrieren konnten, wenn sie ihm nicht einmal die Eier abrissen. Tatsächlich fühlte er sich wie ein alter, kastrierter Kater, den man ins Tierheim gebracht hatte, weil man ihn nicht mehr wollte, und der lustlos darauf wartete, dass es zu Ende mit ihm ging.

„Such dir eine Frau ..."

Mit einem verächtlichen Schnauben unterbrach er Zac. „Guter Tipp! Das hat ja beim letzten Mal schon wunderbar geklappt."

„Harper war nicht die Richtige."

Grant hatte nicht an Harper gedacht, sondern an ihre Freundin. An Mac – eine quirlige, spontane, lustige, aufgeweckte und grauenvoll sture Frau, die einen Mann mit einem einzigen Blick aus ihren bernsteinfarbenen Augen zu Boden zwingen und ihm das Gefühl geben konnte, sich in ihrer Gegenwart wie ein hilfloser, unsicherer Teenager zu verhalten, der zum ersten Mal in seinem Leben verliebt war.

„Ich brauche keine soziale Kontaktpflege und keine Frau", widersprach er seinem Freund sarkastisch. „Immerhin habe ich dich, der mir auf den Sack fällt, während ich meine Ruhe haben will. Eine Frau wäre demnach völlig überflüssig."

Sein Freund schnalzte mit der Zunge. „Aber eine Frau könnte Sachen machen, die ich nicht für eine Million Dollar mit dir tun würde."

Grant verdrehte die Augen. „Gut zu wissen. Ich wollte dich nämlich schon fragen, wann du endlich deine Klamotten ausziehst und für mich auf den Kopierer hüpfst – oder behältst du dieses Privileg den süßen, wohlgeformten Praktikanten vor?", fragte er und spielte auf das offene Geheimnis an, dass Zac eine Vorliebe für Sex auf dem Kopierer hatte.

„Mich lenkst du nicht mit der Erwähnung von Sex auf dem Kopierer ab." Zac lehnte sich mit dem Stuhl zurück und balancierte diesen auf den hinteren Stuhlbeinen. „Macht es dir zu schaffen, dass Harper in den letzten Wochen nackt an diversen brasilianischen Stränden mit ihrem schottischen Ehemann herumgeturnt ist, während du hier den depressiven, griesgrämigen Eremiten gespielt hast?"

Sollte Harper tatsächlich nackt an diversen brasilianischen Stränden in Begleitung ihres Mannes herumgeturnt sein, hatte er überhaupt nichts dagegen einzuwenden, sondern war sogar froh, dass wenigstens sie die Kurve gekriegt hatte. Bei ihm dagegen sah es ziemlich düster aus.

„Erstens bin ich weder ein Eremit noch depressiv oder griesgrämig und zweitens kann Harper machen, was sie will."

„So klingt ein depressiver, griesgrämiger Eremit."

Er zeigte Zac den Mittelfinger. „Woher weißt du überhaupt, dass Harper in Brasilien war?"

„Lucy hält mich auf dem Laufenden, was Harper betrifft."

„Lucy?" Stirnrunzelnd richtete er sich auf und bedachte Zac mit einem argwöhnischen Blick. „Was hast du mit Lucy zu schaffen?"

„Ein Gentleman genießt und schweigt." Sein Freund grinste lediglich breit und zuckte unschuldig mit den Schultern.

Grant schnaubte abfällig. „Das wäre ja mal etwas völlig Neues. Seit wann schweigst du über deine Eroberungen? Allein durch deine bildlichen Beschreibungen vergangener One-Night-Stands habe ich den Eindruck, all die Frauen selbst nackt gesehen zu haben, mit denen du geschlafen hast."

Unbeeindruckt verschränkte Zac die Arme vor der Brust. „Auf jeden Fall weiß ich von Lucy, dass es Harper ziemlich gut geht. Mit ihrem Mann."

„Das ist schön für sie."

Die linke Augenbraue seines Freundes wanderte nach oben. „Meinst du das ernst?"

„Natürlich“, entgegnete er leichthin. „Wenn sie glücklich ist, freut mich das.“

„Also bereust du es nicht, die Hochzeit abgesagt zu haben?“

Beinahe hätte er gelacht. „Nein, das tue ich nicht.“

„Aber irgendetwas scheinst du zu bereuen“, mutmaßte Zac nachdenklich. „Sonst würdest du nicht so beschissen aussehen und bis spät in die Nacht im Büro sitzen.“

Einige Sekunden lang dachte Grant darüber nach, Zac zu erzählen, was mit ihm los war und weshalb er sich wie ein depressiver, griesgrämiger Eremit verhielt. Bislang hatte er niemandem von seiner Zeit mit Mac erzählt oder davon, dass er sich verliebt hatte und wusste, dass auch Mac sich in ihn verliebt hatte, aber aus verquerer mädchenhafter Treue einer Beziehung mit ihm im Weg stand. Wenn er mit Zac darüber hätte reden können, wäre sein Verdacht vielleicht bestätigt worden, dass Mac Harper nur vorschob. Wieso sonst sollte sie darauf beharren, nicht mit ihm zusammen sein zu können, weil sie ihre Freundin nicht verletzen wollte, während die mit ihrem Mann in Brasilien herumturtelte?

Er biss die Zähne zusammen, weil er nicht schon wieder darüber nachdenken wollte. Es brachte nichts. Mac hatte sich entschieden, und er sollte aufhören, sich den Kopf über Gründe zu zerbrechen, die nur sie verstand.

Er sollte aufhören, über sie nachzudenken, und stattdessen einfach weitermachen.

Daher schaltete er den Computer aus und sah Zac auffordernd an. „Hast du Lust auf ein Bier?“

„Ich dachte, du fragst nie.“

KAPITEL 19

Ihre Mom hatte im Vorgarten neue Blumenbeete angelegt und die Veranda in einem helleren Farbton gestrichen.

Das fiel Mac zuerst auf, als sie ihren Mietwagen in der Einfahrt ihrer Mutter parkte und den Motor ausschaltete. Ansonsten sah das Haus, in dem Mac aufgewachsen war, noch genauso aus wie zu Weihnachten vor drei Jahren, als sie sich mit ihrer Mom so sehr gestritten hatte, dass sie beide seither nicht mehr miteinander sprachen. Heute kam Mac der damalige Streit absolut bedeutungslos vor, denn im Grunde hatte sich ihre Wut nicht gegen ihre Mom, sondern gegen ihren Dad gerichtet. Und Mac glaubte auch, dass die Vorwürfe, die ihr ihre Mom gemacht hatte, eher etwas mit ihrem Dad zu tun hatten. Seit sie mit Grant über ihre Eltern gesprochen hatte und er ihr zu bedenken gegeben hatte, dass es für ihre Mutter nicht leicht gewesen sein musste, sie allein aufzuziehen und nie den Vater ihres Kindes an ihrer Seite zu haben, wenn es zu Schulaufführungen und dergleichen gegangen war, dachte Mac intensiver an ihre Mutter als in den Jahren zuvor.

Und seit sie wusste, dass sie ein Baby bekam, wurde der Drang immer größer, mit ihrer Mom zu reden und sich mit ihr auszusöhnen. Sie fühlte sich allein und hatte noch niemandem erzählt, dass sie schwanger war, und sie wusste noch nicht, wann sie es Grant sagen sollte – oder wie. In dieser Situation brauchte sie ihre Mom. Mac brauchte das Gefühl, nicht mutterseelenallein zu sein.

Eigentlich war sie nach Kalifornien geflogen, um sich mit ihrem Bruder zu treffen, das Studio zu besichtigen, in dem sie bald arbeiten würde, und um nach einer Wohnung in San José zu suchen. Doch anstatt die verschiedenen Wohnungsbesichtigungen in Anspruch zu nehmen, die für sie infrage kamen, war sie ins Auto gestiegen und ins etwa zwei Autostunden entfernte Sacramento gefahren, um ihre Mom zu sehen.

Mac wusste nicht, wie ihre Mom reagieren würde, wenn sie sich nach drei Jahren wiedersahen, aber sie hoffte auf das Beste. Daher atmete sie tief durch und stieg aus, bevor sie die Veranda betrat und an die Fliegengittertür klopfte.

Ungefähr zehn Sekunden später hörte sie die Stimme ihrer Mom durch das Haus rufen.

„Einen Moment, bitte! Ich bin sofort da."

Völlig automatisch spannte sich Mac an und wartete darauf, dass ihre Mom die Haustür öffnete. Das tat sie auch wenige Sekunden später und schaute sie verdattert an.

„MacKenzie ... hallo. Das ist ja eine Überraschung."

Sie lächelte ihrer Mom zittrig durch das Fliegengitternetz hindurch zu. „Hallo, Mom. Störe ich dich?"

„Natürlich nicht." Ihre Mom drückte gegen die Fliegengittertür und öffnete sie, sodass Mac ein paar Schritte zur Seite gehen musste. Als sie über die Türschwelle lief, umarmte ihre Mutter sie – wenn auch kurz und unschlüssig. Trotzdem genoss Mac das Gefühl, wieder zu Hause zu sein, und den vertrauten Duft ihrer Mom.

„Komm doch rein, mein Schatz."

Mit so einer Begrüßung hatte sie nicht gerechnet, auch wenn Mac nicht sagen konnte, womit sie genau gerechnet hatte. Sie war noch etwas überrascht und betrat daher auch eher zögernd das Haus ihrer Mutter. Nun, da sich das Fliegengitter nicht mehr zwischen ihnen befand, konnte Mac auch sehen, dass sich ihre Mom in den vergangenen drei Jahren kaum verändert hatte. Noch immer war sie eine hübsche Frau mit vollem dunkelblondem Haar und wahnsinnig feinen Gesichtszügen sowie hellblauen Augen, um die Mac sie immer beneidet hatte. Ihre Mom war etwas kleiner als sie und zart wie eine Elfe. Bis auf die hohen Wangenknochen und den vollen Mund besaßen sie beide kaum Ähnlichkeiten, da Mac ganz nach ihrem Vater kam. Dass der vor rund dreißig Jahren eine Affäre mit ihrer Mom begonnen hatte, konnte sie ihm nicht verübeln, denn ihre Mutter war eine klassische Schönheit. Als Teenager war Mac immer wieder aufgefallen, dass sich Männer nach ihrer Mom umgedreht hatten, und sie war erleichtert gewesen, dass ihre Mutter nie Anstalten gemacht hatte, mit einem Mann auszugehen. Damals hatte Mac noch gehofft, dass ihre Eltern irgendwann zusammenkommen würden.

Heute bedauerte sie, dass ihre Mom niemals mit einem anderen Mann ausgegangen war und vielleicht einen netten Freund oder Ehemann gefunden hatte.

„Ich habe draußen im Garten gesessen und gelesen", erklärte ihre Mom ebenso zurückhaltend wie Mac und lächelte unsicher. „Außerdem habe ich frischen Eistee da. Willst du dich vielleicht mit mir auf die Terrasse setzen?"

„Das wäre wunderbar", erwiderte sie leise und lächelte zurück.

Sobald sie auf der Terrasse im Schatten saßen und beide mit Eistee versorgt waren, ließ Mac ihren Blick über den prächtigen Blumengarten wandern und dachte daran, wie sie Grant in jenem schottischen Schlossgarten erzählt hatte, dass ihre Mom begeistert über die Farbenpracht des wilden Gartens gewesen wäre.

„Wie geht's dir, MacKenzie?"

„Ganz gut", entgegnete sie und verschwieg, dass die Morgenübelkeit der letzten Tage sie ziemlich erschöpft hatte. „Und dir, Mom? Du siehst sehr gut aus."

„Ach, ich fühle mich auch sehr gut." Sie lächelte. „Mittlerweile mache ich jeden Morgen Yoga und bin an den meisten Wochenenden wandern, seitdem ich einem Sportclub beigetreten bin. Außerdem war ich mit ein paar Freunden vor zwei Monaten auf einer Kreuzfahrt. Mir geht es wirklich gut."

„Das ist schön, Mom." Sie meinte es so, wie sie es sagte, denn in letzter Zeit hatte sie des Öfteren gegen ein schlechtes Gewissen ankämpfen müssen. Als ihre Mom mit ihr schwanger geworden war, war sie erst Mitte zwanzig gewesen – jünger als Mac es jetzt war. Aber sie hatte sich für das Kind entschieden und es allein großgezogen, ohne einen Mann an ihrer Seite zu haben. Ihre Mom war immer für sie da gewesen und hatte versucht, das Fehlen ihres Vaters zu kompensieren. Das hatte Mac vergessen, als sie sich beide verletzende Dinge an den Kopf geworfen hatten, denn sicherlich hatte sich ihre Mom ihr Leben anders vorgestellt, als alleinerziehende Mutter zu sein. Doch sie war nicht davongerannt, sondern hatte Verantwortung für ihre Tochter übernommen.

„Wolltest du mich besuchen kommen oder bist du aus einem anderen Grund in Kalifornien?"

Mac fuhr sich über ihre Lippen und suchte nach den richtigen Worten. „Ich wollte mich schon lange bei dir melden, Mom, aber ... aber ich dachte, dass ein Telefonanruf zu unpersönlich sei. Momentan schaue ich mich in San José nach Wohnungen um und hielt es für an der Zeit, dass ich vorbeischaue, damit wir reden können."

Ihre Mutter legte den Kopf schief und atmete zittrig ein. „Das finde ich sehr schön, dass ... dass du vorbeischauen und reden wolltest. Seit unserem letzten Streit habe ich viel nachgedacht."

„Ich auch", flüsterte Mac. „Es sind Worte gefallen, die ... die verletzend und ungerecht waren. Von meiner Seite. Ich muss mich dafür entschuldigen, Mom, aber ich weiß nicht, wie."

„Du musst dich nicht entschuldigen, MacKenzie. Du hattest ja recht damit, dass ich dir nicht vorgelebt habe, wie eine funktionierende Beziehung aussieht, und dass ich nicht etwas von dir erwarten darf, was ich selbst nicht hinbekommen habe."

Mac hatte einen Kloß im Hals und schüttelte den Kopf. „Dennoch war es ungerecht, Mom. Ich war sauer auf ihn ... auf Dad, aber an dir habe ich es ausgelassen. Das war nicht richtig."

Ihre Mutter nahm ihre Hand in ihre und drückte sie. „Soll ich dir was sagen? Mir ging es ähnlich. Ich war wütend auf deinen Vater und habe es auch an dir ausgelassen."

Das überraschte sie, denn ihre Mutter war eine Meisterin darin gewesen, jede Kritik an Macs Vater abzuschmettern. „Wieso warst du wütend auf ihn?"

Unschlüssig sah ihre Mom beiseite und zuckte hilflos mit den Schultern. „Ich war wütend, weil er nie da war und weil du einen Vater gebraucht hättest, der dir beigebracht hätte, dass es anständige Männer gibt, die mehr von einer Frau wollen als nur Sex. Du hättest ein männliches Vorbild gebraucht, um zu lernen, dass man sich auf Männer verlassen kann. Und ich war wütend auf ihn, weil ich Angst hatte, dass du seinetwegen irgendwann in meine Fußstapfen treten und alleinerziehende Mom werden könntest."

Der Kloß in ihrem Hals wurde größer und größer. Ihre Mom konnte nicht wissen, dass Mac schwanger war und höchstwahrscheinlich eine alleinerziehende Mom sein würde.

„Empfindest du es als schlimm, eine alleinerziehende Mom gewesen zu sein?", wollte sie ohne einen Anflug von Groll oder Vorwurf wissen. „Hättest du mich lieber nicht bekommen?"

„Nein." Wieder drückte ihre Mom ihre Hand. „Ich war sehr glücklich, dich bekommen zu haben, MacKenzie. Aber für dich würde ich mir wünschen, dass du irgendwann das ganze Paket hast – nicht nur ein Baby, das du liebst, sondern auch einen Mann, auf den du dich verlassen kannst."

Stille senkte sich zwischen sie, in der sie beide offenbar über das Gesagte nachdachten.

„Ich war auf seiner Beerdigung", erklärte Mac, ohne zu wissen, warum sie auf einmal darüber sprach und das Thema wechselte.

„Oh." Etwas zuckte im Gesicht ihrer Mom, was Mac nicht so recht zuordnen konnte. „Ich hatte vermutet, dass du nicht hingehen würdest."

„Doch, das musste ich – immerhin war er mein Vater. Und irgendwie hatte ich gehofft, dass ... dass ich mich mit ihm versöhnen könnte, auch wenn er tot war."

„Aber das hast du nicht." Ihre Mom hatte es nicht als Frage formuliert.

Mac schüttelte den Kopf und merkte, wie ihre Augen feucht wurden. „In seinem Testament sprach er davon, dass ich eine Enttäuschung wäre und dass ich nichts aus meinem Leben gemacht hätte."

„Oh ... MacKenzie", flüsterte ihre Mom gequält und rückte näher an sie heran. „Schätzchen ..."

Sie rieb sich über ihre tränenden Augen. „Seitdem muss ich ständig daran denken, dass du mich vielleicht ... vielleicht auch für eine Enttäuschung hältst, Mom."

„Nein, das tue ich nicht." Ihre Mom klang plötzlich wütend, und Mac ahnte, dass sich diese Wut nicht gegen sie, sondern gegen ihren Vater richtete. „Du bist keine Enttäuschung. Ganz und gar nicht. Der Einzige, der eine Enttäuschung war, war dein Vater. Er hätte sich um dich kümmern sollen und für dich da sein müssen, aber das hat er nicht. Stattdessen hat er Geld überwiesen und dich geheim gehalten, als würde etwas mit dir nicht stimmen, dabei war er derjenige, mit dem etwas nicht stimmte. Er war derjenige, der Fehler gemacht und Mist gebaut hat. Dass er so etwas über dich in sein Testament geschrieben hat, macht mich so wütend, dass ich ihn glatt erschlagen könnte, wenn er nicht schon tot wäre."

Fast hätte Mac gelacht. Fast.

Stattdessen flüsterte sie erstickt: „Ich habe ziemlichen Mist gebaut, Mom."

Fragend forschte ihre Mom in ihrem Gesicht. „Was meinst du? Inwiefern hast du Mist gebaut?"

„Ich ... ich bin schwanger, und ich weiß nicht, was ich tun soll."

Ihre Mutter holte erschrocken Luft. „Was soll das heißen? Weißt du etwa nicht, wer der Vater des Kindes ist?"

„Natürlich weiß ich, wer der Vater ist", antwortete sie müde. „Das ist ja das Problem."

Sie erzählte ihrer Mom von Harpers Hochzeit und von ihrer eigenen Odyssee, die damit geendet hatte, dass sie an jener Tankstelle Grant kennengelernt hatte. Sie erzählte ihr von den zwei wunderschönen Wochen mit ihm, in denen sie sich in ihn verliebt hatte, und von jenem Morgen in Seattle, als er ihr gebeichtet hatte, wer er war. Und sie erzählte ihr von Harpers Hochzeit und vom Streit mit Grant, bei dem er ihr am Telefon gesagt hatte, dass sie nur einen Vorwand suchte, um keine Beziehung zu einem Mann eingehen zu müssen, weil ihr Vater ein Arschloch gewesen war.

Und sie beendete die Erklärung mit folgendem Satz: „Wie kann ich mit Grant eine Beziehung führen und mit ihm ein Baby bekommen, wenn ich das Gefühl nicht abstellen kann, meine Freundin hintergangen zu haben?"

„MacKenzie, du hast deine Freundin nicht hintergangen, weil du nicht wusstest, wer er war, und weil die beiden getrennt waren, als ihr euch kennengelernt habt."

„Einen Tag!" Sie stieß den Atem aus. „Sie waren erst seit einem Tag getrennt, Mom."

„Aber anscheinend waren die beiden kein sehr enges oder gar verliebtes Paar, wenn Harper einen Tag nach der Trennung einen anderen Mann geheiratet hat *und* jetzt sehr glücklich mit ihm ist."

Warum musste ihre Mom auch nur so scharfsinnig und logisch sein?

„Trotzdem fühle ich mich schuldig. Ich komme mir vor, als hätte ich meiner Freundin den Mann gestohlen. Wie soll ich meiner Freundin erklären, dass ich mich in ihren Exverlobten verliebt habe?"

Ihre Mutter schaute ihr mit ernster Miene in die

Augen. „Hast du dir denn schon überlegt, wie du irgendwann deinem Kind erklären willst, warum es nicht mit seiner Mom und mit seinem Dad zusammenlebt, obwohl seine Eltern sich lieben?“

Mac dachte sich nichts dabei, den Wohnungstürschlüssel zu benutzen, den sie noch vom letzten Mal besaß, als sie für ein paar Wochen bei Lucy untergekommen war und auf ihrer Couch geschlafen hatte. Es war erst später Mittag, was bedeutete, dass Lucy sowieso im Brautmodengeschäft war, in dem sie arbeitete, und erst in frühestens vier Stunden nach Hause kommen würde. Bis dahin hätte Mac gekocht und sich einen Plan überlegt, wie sie Lucy von Grant und dem Baby erzählen und sie darum bitten wollte, ihr zu helfen, die Misere gerade zu rücken. Lucy war nämlich ein Genie in Herzensangelegenheiten. Als Verkäuferin von Brautkleidern war das sozusagen eine Voraussetzung.

Auf dem Weg von ihrer Mom nach San Francisco war Mac wie selbstverständlich davon ausgegangen, dass sie genügend Zeit haben würde, um sich einen Schlachtplan auszudenken, da Lucys Tagesablauf sehr vorhersehbar war.

Weniger vorhersehbar war jedoch der Schockmoment, als Mac die Wohnungstür aufschloss und plötzlich einem wildfremden, nackten Mann gegenüberstand, der durch Lucys Wohnung spazierte und eine Flasche Sprühsahne in der Hand hielt.

Sie war so erschrocken, dass sie aufschrie.

Er musste sich ebenfalls erschreckt haben, weil er die Sprühsahne losließ, die daraufhin zu Boden fiel und über den Wohnungsflur rollte.

Der Mann mit den haselnussbraunen Haaren, die ihm fast bis auf die Schultern fielen, dem Augenbrauenpiercing und dem Tattoo auf seiner linken Brust hob beschwichtigend beide Hände und machte einen Schritt zurück. Das änderte jedoch nichts an der Tatsache, dass er keinen Fetzen Kleidung am Leib trug. Mac glaubte zwar nicht, dass ein Einbrecher nackt durch fremde Wohnungen lief, aber das hier war immerhin San Francisco. Hier liefen einige gestörte Gestalten herum – eventuell sogar Triebtäter mit der Vorliebe für Sprühsahne.

„Hey", begrüßte er sie mit einer leicht rauchig klingenden Stimme und winkte gelassen mit seiner rechten Hand – so gelassen, wie man nur sein konnte, wenn man einer fremden Frau hüllenlos gegenüberstand. „Bist du eine Freundin von Lucy?"

Verstört blinzelte sie ihn an und konnte nicht anders, als ihn mit großen Augen anzustarren. Apropos *groß* ... Bevor sie Stielaugen bekommen konnte, schlug sie sich beide Hände vors Gesicht.

„Und wer bist du?", fragte sie ihn fassungslos.

Bevor er antworten konnte, hörte Mac das Geräusch eiliger Fußschritte auf dem Boden, bevor Lucys atemlose und erschrockene Stimme erklang. „Um Himmels willen, Mac! Was machst du denn hier?"

„Eigentlich wollte ich dich überraschen", krächzte sie und spähte durch ihre Finger hindurch.

Sie konnte nur sehen, wie eine ebenfalls splitternackte Lucy in ihren Morgenmantel schlüpfte und ihn fest um ihre Taille band. Der nackte Mann hatte sich einen Bilderrahmen geschnappt, der auf Lucys verspielter Kommode gleich neben der Eingangstür gestanden hatte, und hielt diesen schützend vor seinen Unterleib. Die Komik dieser Situation ließ Macs Schultern beben, denn perverserweise zeigte das Bild im Rahmen Lucy mit ihren Eltern zusammen in Disneyworld, wie sie alle mit Mickymaus-Ohren auf den Köpfen ein Eis aßen. Zudem war der Rahmen nicht groß genug, um wirklich *alles* von ihm zu verbergen.

„Könntest du ihm ein Handtuch oder so geben?", verlangte sie mit einem Krächzen. „Mich verstört der Anblick deiner Eltern im Bilderrahmen, den sich dein Freund vor sein Gemächt hält."

Wenigstens besaß der Nackedei Humor, weil er dröhnend lachte.

Lucy hingegen schnaubte und eilte ins Badezimmer, bevor sie mit einem Handtuch zurückkam, das der Mann um seine Hüften verknotete. Sobald der

Bilderrahmen wieder an Ort und Stelle stand, nahm auch Mac ihre Hände runter.

Sie betrachtete das Paar vor sich und rümpfte die Nase. „Will ich wissen, wofür die Sprühsahne gedacht war?"

Lucy wurde knallrot. „Was tust du hier? Ich dachte, du wärst in San José."

Und sie hätte nicht gedacht, dass die ordentliche und schüchterne Lucy am helllichten Tag Unzucht mit einem Mann trieb, der aussah, als wäre er ein Anhänger der Rolling Stones. „Ich war schon fertig und wollte auf einen Kaffee vorbeikommen. Kuchen wäre auch nicht schlecht – selbst ohne Sahne", ergänzte sie bedeutungsvoll.

Es war faszinierend, ihre Freundin zu beobachten, die am liebsten im Erdboden versunken wäre, während ihr ... *was auch immer* ... reuelos grinste und dabei einen Tick zu großspurig wirkte. Jedoch musste sie ihm zugestehen, dass er einen Grund dafür hatte, großspurig zu sein, wenn man bedachte, was der Kerl in der Hose hatte.

Lucy war leider nicht sonderlich geschickt, wenn es darum ging, peinliche Themen zu umschiffen, da sie übertrieben interessiert nachfragte: „Hast du dir schon eine Wohnung ausgesucht? Und wie ist die Nachbarschaft? Brauchst du lange bis zu deiner Arbeitsstelle?"

Mac verzog den Mund und verdrehte die Augen.

Anstatt ihrer Freundin zu antworten, hielt sie dem Mann ihre Hand hin. „Hi, ich bin Mac."

Er erwiderte ihren Händedruck. „Freut mich, Mac. Ich bin Zachary, aber Zac genügt vollkommen."

Zac.

In ihrem Kopf dröhnten alle Alarmsignale, denn Zac konnte niemand Geringeres als Grants Kumpel Zac sein, der ebenfalls zu Gast auf der vermeintlichen Hochzeit gewesen war. Auch wenn sie keine Ahnung hatte, wie Zac in Lucys Wohnung gekommen war und was zwischen den beiden ablief, wusste sie doch, dass sie ihrer Freundin ganz unmöglich von Grant und dem Baby erzählen konnte, solange Grants Kumpel dabei war.

Die Situation war schon kompliziert genug, auch ohne Grants besten Freund, der von Macs Schwangerschaft erfuhr, bevor es der werdende Vater wusste.

„Also? Hast du eine Wohnung gefunden?"

„Ich habe mich noch nicht entschieden", antwortete sie ihrer Freundin ausweichend.

Mac würde Lucy nicht in Zacs Anwesenheit erzählen, dass sie sich gar keine Wohnung angeschaut hatte, sondern die Nacht bei ihrer Mom verbracht hatte. Und dass sie auch nicht nach San José ziehen würde, sondern das Angebot ihres Bruders überdachte, ihre Stelle im Büro in Seattle anzutreten.

Während sie in ihrem alten Kinderzimmer gelegen und sich daran erinnert hatte, wie oft sie als Mädchen davon geträumt hatte, ihren Dad bei sich zu haben und Teil einer völlig normalen Familie zu sein, die morgens zusammen frühstückte und am Wochenende gemeinsam etwas unternahm, war sie zu dem Entschluss gekommen, dass sie ihrem Baby das bieten wollte, was sie nie gehabt hatte – einen Dad. Ihr Baby sollte mit seinem Vater aufwachsen und ihn immer sehen können. Dafür würde sie nach Seattle ziehen, auch wenn Grant keine Beziehung mehr mit ihr führen wollte.

„Du willst nach San José ziehen?", wollte nun Zac wissen, der für einen Mann mit nur einem Handtuch um die Hüften erstaunlich gelassen aussah. „Dann hast du vermutlich vor, im Silicon Valley zu arbeiten, oder?"

Mac kniff die Augen zusammen, weil sie es etwas schräg fand, mit ihm über ihren Job zu plaudern, während er vor zwei Minuten noch nackt gewesen war.

„Mac wird in der Filmbranche arbeiten", entgegnete Lucy beinahe stolz. „Deshalb zieht sie von Miami nach Kalifornien."

Noch war nichts beschlossen, doch das mussten die beiden nicht wissen. „Bevor wir über meinen Job reden, könntet ihr euch vielleicht anziehen", schlug sie vor. „Mir wäre es echt unangenehm, wenn dieses Handtuch verrutscht oder sich Lucys Morgenmantel öffnet. Es fühlt sich jetzt schon wie der Beginn eines schlechten Pornos an."

Lachend tippte sich Zac an die Stirn. „Wie die Dame wünscht." Er drehte sich um und warf Lucy einen ganz bestimmten Blick zu. „Ich bin im Schlafzimmer, falls du mich brauchst."

Wenn Lucy nicht bereits knallrot gewesen wäre, hätte sie spätestens jetzt wie im Fieber geglüht.

Kaum war Zac mit einem fröhlichen Pfeifen auf den Lippen verschwunden, starrte Mac ihre Freundin eindringlich an. „Lucy, was hat das zu bedeuten? Seid ihr ein Paar?"

„Nein." Sie schüttelte den Kopf und gab sich geradezu weltmännisch, als sie leichthin erklärte: „Wir haben nur Spaß."

„Nur Spaß?" Mac blinzelte ungläubig, denn Lucy war nicht der Typ für nur Spaß. Die Lucy, die sie seit über zehn Jahren kannte, war eine Romantikerin durch und durch, die für gemeinsame Spaziergänge am Strand, Wochenendurlaube in Pärchenhotels und kitschige Hochzeiten schwärmte.

„Ja, Zac und ich haben Spaß miteinander. Ganz unverbindlich."

Mac klebte die Zunge am Gaumen. Sie konnte kaum glauben, was sie da hörte. Sie war sogar so verwirrt, dass sie herausplatzte: „Pass auf, dass er dir nicht wehtut. Grants Kumpel wirkt wie ein Aufreißer."

Lucy stockte und runzelte die Stirn. „Woher weißt du eigentlich, dass Zac Grants Freund ist? Und woher kennst du Grant? Du warst doch gar nicht auf der Hochzeit."

Innerlich fluchend schnitt sie eine Grimasse. „Du würdest es mir nicht glauben, wenn ich es dir erzähle."

„Hast du etwas angestellt?"

„Könnte man so sagen", murmelte sie.

KAPITEL 20

Grant kam gerade vom Joggen zurück und wollte noch schnell zu Starbucks hineinspringen, das sich dankenswerterweise direkt im Gebäude neben seinem Wohnhaus befand, als ein Taxi vor dem Haus hielt.

An und für sich war das nichts Besonderes, denn Taxis prägten das Stadtbild genauso wie in New York oder jeder anderen Großstadt, doch der Fahrgast, der aus diesem Taxi ausstieg, ließ Grant mitten im Schritt stolpern. Fast wäre er über seine eigenen Füße gefallen, als er die schwarzhaarige Frau erkannte, die ihre Reisetasche aus dem Fahrzeug hob und mit einer Verabschiedung auf den Lippen die Tür zuschlug.

Er blinzelte mehrmals und schalt sich einen Idioten, weil er glaubte, schon Halluzinationen zu haben, denn Mac konnte ganz unmöglich hier in Seattle sein und dann auch noch vor seinem Haus stehen – mit ihrer Reisetasche in der Hand.

Doch als sie zufällig den Kopf zur Seite drehte und ihm dabei ins Gesicht schaute, wusste er, dass er unter keinen Halluzinationen litt. Er hätte ihre bernsteinfarbenen Augen unter Tausenden sofort erkannt. Augenblicklich schlug ihm sein Herz schmerzhaft gegen die Rippen, und die Atemlosigkeit, die er nach mehreren Meilen Lauftraining sowieso verspürte, verstärkte sich noch um ein Vielfaches.

Grant hatte keine Ahnung, was Mac hier tat, aber ihre Miene veränderte sich in der Sekunde, in der sie ihn ebenfalls erkannte.

Der zögerliche Ausdruck war noch da. Gleichzeitig wirkte sie erleichtert, unsicher und zurückhaltend. Sowie sehnsüchtig. So viele Emotionen zeichneten sich in ihrem Gesicht ab, dass Grant einfach nur noch verwirrt war.

Was wollte sie hier?

Fast sechs Wochen war es her, dass sie ihm am Telefon gesagt hatte, dass es zwischen ihnen vorbei sei, weil sie nicht vergessen konnte, dass er sie angelogen hatte, und weil Harper zwischen ihnen stand.

Sechs Wochen, in denen er erst langsam auf die Beine gekommen war und gerade damit begonnen hatte, seinen Alltag wieder in den Griff zu bekommen. Wenn man die zwei Wochen dazuzählte, in denen er sich in seiner Wohnung verbarrikadiert hatte, nachdem Mac sich von ihm zum Flughafen hatte fahren lassen, hieß das, dass Mac nach zwei Monaten, in denen es ihm verdammt beschissen ergangen war, plötzlich wieder vor ihm stand. Wenn sie hergekommen war, um alte Wunden aufzureißen, hätte sie sich keinen schlechteren Zeitpunkt aussuchen können.

Langsam ging er auf sie zu und bemühte sich darum, seinen Groll, seinen Frust und seine eigene Sehnsucht nicht an die Oberfläche schwappen zu lassen. Er wollte sie weder vergraulen noch sich von ihr herumschubsen lassen. Gleichzeitig war er neugierig, was sie hier tat.

„Hey."

„Hallo, Grant." Ihr Lächeln fiel ziemlich zittrig aus. „Es sieht so aus, als kämst du gerade vom Joggen."

Angesichts seiner Sportkleidung und des verschwitzten Shirts war das wohl der naheliegendste Grund. „Mhm."

„Wie geht's dir so?"

War das ihr Ernst? Wollte sie Small Talk mitten auf dem Bürgersteig betreiben?

„Ganz gut." Er wischte sich mit dem Ärmel seines Shirts über seine verschwitzte Stirn und nickte in Richtung Starbucks. „Ich wollte mir gerade einen Kaffee holen. Willst du mitkommen?"

„Ja", flüsterte sie zurückhaltend.

Grant nahm ihr die Reisetasche ab und ließ ihr den Vortritt, als sie das Lokal betraten, das gerade jetzt an einem Samstagnachmittag brechend voll war. Während sie sich anstellten und nebeneinanderstanden, schwiegen sie und warfen sich gegenseitig verstohlene Blicke zu.

Als sie endlich an der Reihe waren, um ihre Bestellung aufzugeben, war Grant geradezu erleichtert, weil er das Schweigen keine Sekunde länger ausgehalten hätte. Für sich bestellte er einen großen Cappuccino und war erstaunt, dass Mac einen Eistee nahm anstelle etwas Koffeinhaltigem. Glücklicherweise dauerte es nicht zu lange, bis ihre Bestellung fertig war. Da kein Platz frei war, verließen sie wieder das Lokal.

Mac überraschte ihn, als sie ihm zurück auf dem Bürgersteig vorschlug: „Was hältst du davon, wenn wir beide uns ein schönes Plätzchen drüben im Park suchen und dort reden?“

Der Vorschlag sagte ihm zu, schließlich verband er keine guten Erinnerungen an ihr letztes Gespräch in seiner Wohnung. Also machten sie sich auf in den kleinen Park, der sich schräg gegenüber dem Wohnhaus befand und samstags vor allem von Familien mit Kleinkindern besucht wurde. Grant stellte ihre Reisetasche auf der Parkbank ab, die sie in der ruhigsten Ecke unter einem Baum gefunden hatten, und setzte sich anschließend ebenfalls hin. Er trank von seinem Cappuccino und beobachtete aus dem Augenwinkel, wie Mac sich neben ihn setzte und fast schon zurückhaltend an ihrem Eistee nippte.

„Schön ist es hier."

Er brummte seine Antwort und beobachtete einen älteren Mann, der mit einem Pudel spazieren ging.

„Und das Wetter ist richtig schön, obwohl wir Anfang November haben."

Wieder brummte er seine Antwort und trank seinen Cappuccino mit zwei großen Schlucken leer, bevor er den Becher in den Abfallkorb neben der Bank warf. Er verschränkte die Arme vor der Brust und wandte sich Mac zu.

„Sei mir nicht böse, Mac, aber du bist doch sicherlich nicht nach Seattle gekommen, um mit mir in einem Park über das Wetter zu plaudern."

Sie wich seinem Blick aus und schüttelte den Kopf. „Nein, das bin ich nicht."

Er betrachtete, wie sie sich an ihren Becher Eistee klammerte, und konnte sich keinen Reim darauf machen, was mit ihr los war.

„Ich habe meinen Job gekündigt", erklärte sie ihm unvermittelt. „Für meinen neuen Job soll ich nach Seattle ziehen."

„Aha." Das hatte er nicht kommen sehen.

„Ja, und deshalb wollte ich mit dir reden."

Auch wenn er nicht gedacht hätte, dass Mac es schon wieder schaffen würde, ihm einen Hieb zu versetzen, war es ihr ein weiteres Mal gelungen. Wenn sie nach Seattle ziehen wollte und extra zu ihm kam, um mit ihm darüber zu reden, konnte das nur eines bedeuten. „Bist du deshalb hergekommen?“, schnarrte er. „Sozusagen, um die Lage zu sondieren und um mich daran zu erinnern, dass ich mir nicht anmerken lassen soll, dass wir uns kennen, wenn wir uns über den Weg laufen sollten?“

„Nein, das bin ich nicht“, entgegnete sie heftig. „Wieso sagst du so etwas?“

Ihr verletzter Gesichtsausdruck machte ihn beklommen, dennoch wollte er ihr nicht zeigen, wie viel Macht sie noch immer über ihn hatte. „Erinnere dich doch bitte an unser letztes Telefonat. Ich hatte den Eindruck, dass es dir wichtiger war, was deine Freundinnen von dir halten könnten, als dass du Rücksicht auf uns genommen hättest.“

„Das stimmt nicht, Grant.“

Er kniff die Augen zusammen. „Warum hast du dich dann immer damit herausgeredet, Harper nicht verletzen zu wollen, aber gleichzeitig keine Skrupel besessen, uns keine Chance zu geben?“

„Das klingt bei dir nach schwarz und weiß, aber ...“

„Weil es eine Entweder-Oder-Frage ist. Entweder willst du eine Beziehung mit mir führen oder nicht. Dazwischen gibt es nichts.“

Als sie nicht sofort antwortete, erhob er sich. Grant wollte ihr nicht die Pistole auf die Brust setzen, aber er hatte nicht vor, schon wieder wie ein Hampelmann darauf zu warten, wie sie sich entschied.

„Was tust du?“, fragte sie ihn entsetzt.

„Ich gehe in meine Wohnung zurück. Anscheinend fällt es dir schwer, dich zu entscheiden."

„Mir fällt es ganz und gar nicht schwer, mich zu entscheiden", brauste sie auf. „Nur ..."

„Nur?"

„Nur gibt es ein paar Dinge, die ... die kompliziert sind."

„Hast du Harper mittlerweile erzählt, was zwischen dir und mir passiert ist?"

„Nein, aber ..."

Grant drehte sich um und wollte gehen, als sie seine Hand ergriff und sie festhielt.

„Verdammt, warte!" Mit ihrer linken Hand kramte sie in ihrer Tasche herum und zog ihr Handy heraus. Ihr Gesicht war hochrot – ob vor Wut oder Anspannung konnte er nicht sagen. „Kann ich deine Hand loslassen, um Harpers Nummer zu wählen, oder haust du ab, wenn ich sie loslasse?"

Um nichts auf der Welt hätte er verpassen wollen, was jetzt passierte. „Keine Sorge, ich bleibe hier."

„Gut." Mac funkelte ihn böse an, ließ seine Hand los und wählte eine Nummer, bevor sie den Hörer an ihr Ohr hielt. Es dauerte ewig, bis sie in ihr Handy sprach. „Hey, Harper, hier spricht Mac ... natürlich weiß ich, wie spät es ist. Wir haben ... Oh ... ich wusste nicht, dass du in Schottland bist. Dann entschuldige die späte Störung. Ich will dich auch gar nicht lange vom Schlafen abhalten." Sie schaute ihn herausfordernd an, nahm den Hörer von ihrem Ohr und drückte auf die Lautsprechertaste, woraufhin ein Rauschen zu hören war. „Harper?“

„Hm?“ Harpers verschlafene Stimme erklang. *„Worum geht's denn, Mac? Ich ... ich bin echt müde. Mach schnell.“*

Mac atmete tief durch, sah ihm in die Augen und sprach in ihr Telefon hinein. „Du weißt, dass ich dich liebhabe, oder? Und du weißt, dass ich dir niemals mit Absicht wehtun würde.“

„Ich hab dich auch lieb“, nuschelte Harper zur Antwort. *„Auch wenn du total verrückt bist.“*

Grant musste einfach grinsen.

Mac dagegen reagierte gar nicht auf den Kommentar ihrer Freundin, sondern fuhr fort: „Ich will dir nicht wehtun und ich will unsere Freundschaft nicht zerstören, aber ... aber ich habe jemanden kennengelernt, der mir noch wichtiger ist als unsere Freundschaft. Jemanden, dem ich wehtue, wenn ich jetzt nicht das Richtige tue.“ Sie schluckte schwer. „Harper, ich habe mich in Grant verliebt. Und er sich in mich. Wir haben das nicht geplant, aber es ist passiert. Ich möchte mit ihm zusammen sein und hoffe, dass du auch weiterhin meine Freundin sein willst. Doch selbst wenn das nicht der Fall ist, werde ich ihn nicht verlassen.“

Grant hatte gar nicht gemerkt, dass er den Atem angehalten hatte, während Mac sprach. Er schob seine

Hand in ihre und drückte sie aufmunternd. Ihre kurze Rede hatte etwas in ihm zum Klingen gebracht, was jetzt aufgeregt in ihm widerhallte.

„Das ist alles? Ich dachte, es wäre etwas Schlimmes passiert“, empörte sich Harper.

„Äh ...“ Mac wirkte verwirrt. „Hast du auch zugehört? Grant, dein Ex, und ich ... wir sind zusammen. Wir ...“

„Ja, das habe ich schon verstanden. Grant und du seid ein Paar. Also meinen Segen habt ihr.“

Fassungslos öffnete Mac den Mund. „Meinst du das ernst?“

Harper gähnte in den Hörer. *„Natürlich. Wenn du einen Tipp willst, iss bloß nicht seinen letzten Joghurt auf und verschließ immer die Zahnpastatube – sonst stellt er sich wie eine Diva an und schmollt.“*

„Ich höre alles mit, Harper“, rief er ins Handy.

„Gut, das solltest du auch. Lasst ihr uns jetzt weiterschlafen? Cameron ist nämlich auch schon wach geworden.“ Im Hintergrund waren Geräusche zu hören, die nach einer verschlafenen männlichen Stimme mit schottischem Akzent klangen.

Da Mac ziemlich sprachlos wirkte, nahm er ihr das Handy aus der Hand und sprach hinein: „Hey, Harper, wenn ihr mal wieder zufällig in der Stadt sein solltet, sagt Bescheid, damit wir zusammen essen gehen können. Und bis dahin solltest du einen Tipp von mir annehmen: Wir Männer reagieren ziemlich allergisch darauf, wenn Frauen uns Listen mit optionalen Pinkelpausen schreiben. Falls du diesen nicht in die Flucht schlagen willst, solltest du ihn selbst entscheiden lassen, wann er aufs Klo gehen darf."

Harper schnappte ebenso nach Luft wie Mac neben ihm. Nur der Schotte, der alles mit angehört zu haben schien, stieß ein verschlafenes, krächzendes Lachen aus.

Grant unterbrach den Anruf und gab Mac das Telefon zurück.

„Du hast nicht wirklich gesagt, dass sie Cameron nicht in die Flucht schlagen soll, oder?"

Er schaute auf sie hinab und grinste. „Er fand es lustig."

„Ja, aber Harper ..."

„Harper wird vermutlich viel zu beschäftigt sein mit ihrem Schotten, als dass sie sich über mich aufregen kann."

„Hm." Auch Mac lächelte zögerlich.

„Hast du das ernst gemeint, was du gesagt hast? Dass ich dir wichtiger bin als deine Freundschaft zu ihr?"

Er konnte ihr ansehen, dass sie schwer schluckte, bevor sie sacht nickte.

„Ja, ich habe es ernst gemeint. Ich wusste es die ganze Zeit, aber ..." Mac stockte und suchte offenbar nach den richtigen Worten. „Aber ich hatte mich so sehr in die Vorstellung verrannt, dass ich in allen

Dingen versagt hatte, dass ich wenigstens eine gute Freundin sein wollte, die loyal genug war, sich nicht in den Ex ihrer Freundin zu verlieben. Und du hattest recht", meinte sie gequält.

„Womit, Liebling?"

„Dass ich eine Ausrede brauchte, um keine Beziehung mit einem Mann einzugehen, weil mein Vater ..."

„Das hätte ich nicht sagen sollen, Mac."

„Doch." Sie griff wieder nach seiner Hand. „Ich war bei meiner Mom, und wir haben geredet – über meinen Vater und darüber, dass ich nie lernen konnte, mich auf einen Mann zu verlassen. Es ... es hat mir die Augen geöffnet. Auch darüber, dass ich uns erst gar keine Chance gegeben habe, eben weil mein Vater so war, wie er war."

So verworren es auch klang, Grant verstand, was Mac ihm damit sagen wollte. „Aber jetzt willst du uns eine Chance geben?"

„Ja, das will ich." Sie holte tief Luft und forschte zögernd in seinen Augen. „Du hast mir gesagt, dass du für keine Frau jemals empfunden hast wie für mich. Und mir geht es genauso, Grant. Ich liebe dich. Das wusste ich schon in Schottland. Ich wusste es auch die ganze Zeit, als wir getrennt waren. Nur brauchte ich einen kleinen ... Schubs."

„Was meinst du mit Schubs?"

Mac leckte sich über die Lippen und flüsterte zaghaft: „Es gibt einen Grund, weshalb ich noch nicht mit Harper geredet hatte. Du ... du solltest es zuerst erfahren."

Weil er ahnte, dass ihm das, was Mac ihm nun sagen würde, weiche Knie bescheren würde, setzte er sich wieder auf die Parkbank neben sie. Mac demonstrierte ihm, was sie meinte, als sie seine Hand auf ihren flachen Bauch legte.

„Der Grund ist etwa neun Wochen alt und wurde höchstwahrscheinlich in einer englischen Badewanne gezeugt – jedenfalls glaubt das meine Ärztin." Mac presste seine Hand weiterhin gegen ihren Bauch und murmelte: „Ich hingegen kann auf dem Ultraschallbild nicht viel erkennen."

In seinem Kopf herrschte absolute Leere, während er froh war, dass er saß, weil er wirklich das Gefühl hatte, auf seinem Hintern zu landen, wenn er stehen würde.

Ein Baby.

Hatte sie ihm wirklich gerade gesagt, dass sie ein Baby von ihm bekam?

„Hast du das Bild dabei?", fragte er nach und erkannte seine eigene Stimme nicht wieder, so kratzig, hoch und heiser wie sie klang.

„Ja, habe ich", flüsterte sie und kramte in ihrer Tasche herum.

Als er das Ultraschallbild in seiner linken Hand hielt und er seine rechte noch immer gegen ihren Bauch presste, musste er tief Luft holen und spürte, wie seine Brust vor Stolz und Glück anschwoll. Gleichzeitig hätte er sich vor Angst beinahe in die Hose gemacht. Außerdem hatte Mac recht, denn er konnte auf dem Bild ebenfalls nicht viel erkennen – ein paar weiße Flecken auf dunklem Hintergrund. Wie eine kleine Krabbe.

Seine Erinnerung an den Morgen in der Badewanne stand ihm plötzlich sehr präsent vor Augen. Konnte das möglich sein? Konnte das, was auf dem Bild verschwommen zu erkennen war, dort seinen Anfang genommen haben?

Macs leise Stimme drang an sein Ohr. „Ich erwarte nicht, dass du mich heiratest, Grant, oder dass ich morgen bei dir einziehe. Aber ... aber ich möchte, dass wir uns beide um das Baby kümmern. Es soll einen Dad haben und dich immer sehen können, wenn es will. Außerdem möchte ich, dass du zu jeder Schulaufführung und zu jedem Sportereignis kommst, alles mit einer Videokamera aufnimmst und neben mir sitzt. Wenn das Baby mit Lampenfieber auf der Bühne steht und ins Publikum schaut, soll es seine Mom und seinen Dad nebeneinandersitzen sehen."

„Ich werde da sein. Immer", versprach er ihr ernst, weil er merkte, wie wichtig ihr das war.

„Mehr will ich gar nicht", raunte sie erleichtert.

Grant sah vom Ultraschallbild zu Mac, die einerseits unschlüssig und andererseits bestimmt neben ihm saß.

„Liebst du mich?", fragte er sie ruhig.

„Ja, ich liebe dich. Das weißt du."

Er legte seine Hand, die sich gerade noch auf ihrem Bauch befunden hatte, an ihre Wange. „Und ich liebe dich. Wieso sagst du dann, dass du gar nicht mehr willst? Du verdienst das ganze Paket. Und ich auch."

Ihre Augen – so groß wie Untertassen – wurden feucht. „Ich will das ganze Paket, aber ich habe dich weggestoßen und ..."

Grant unterbrach sie, indem er seine Stirn gegen ihre lehnte und lächelte. „Wenn du nur immer zu mir zurückkommst, Mac, kannst du mich gerne wegstoßen."

„Aber das will ich nicht", flüsterte sie und schlang ihre Arme um seinen Hals. „Ich glaube, ich bleibe lieber bei dir. Jetzt und für immer."

In seinen Ohren klang das fabelhaft.

EPILOG

„Zeig mir noch mal das Kleid."

„Nein, Lucy, halt das Handy nicht so schräg! Ich sehe nur ihre Füße … Himmel, Mac! Bist du sicher, dass es nur eines ist? Ist es normal, im sechsten Monat schon so eine Kugel vor sich herzuschieben?"

„Gut, dass du es ansprichst, Blair, denn ich habe mir schon die gleiche Frage gestellt", dröhnte Harpers Stimme aus dem Telefon. *„Verschweigst du uns etwa, dass es Zwillinge werden? Oder gar Drillinge?"*

Mac verzog den Mund und bedachte sowohl Lucy als auch ihre Mom mit einem gequälten Blick, während die Stimmen ihrer anderen beiden Freundinnen aus dem Telefonhörer kamen. Sie würde in weniger als einer Stunde heiraten und war sowieso schon nervös genug, auch ohne die Kommentare von Blair und Harper, die heute nicht nach Seattle fliegen konnten, um an der Hochzeit teilzunehmen. Dafür hatten sie auf einer Videokonferenz bestanden, während sie sich für die Trauung zurechtmachte und das hübsche Spitzenkleid anzog, das sie sich zusammen mit ihrer Mom in Lucys Geschäft vor einigen Wochen ausgesucht hatte.

Ein edles, weißes Kleid, das bis zu den Knien ging, mit Spitzenärmeln bis zu den Ellenbogen und einem zarten, unauffälligen Ausschnitt, der nicht viel preisgab. Darauf hatte Mac bestanden, denn ihre Brüste waren mittlerweile so groß, dass sie nicht ordinär aussehen wollte, wenn sie Grant im Standesamt bei einer schlichten Zeremonie das Jawort gab. Sie hatte nicht die Absicht, später ihre Hochzeitsbilder anzuschauen und sich zu fragen, welcher Teufel sie geritten hatte, aller Welt ihre riesigen Möpse zu präsentieren, während sie ihrem Mann die ewige Treue schwor.

Der Gedanke, dass sie gleich heiratete und Grant zum ersten Mal ihr Brautkleid vorführte, machte sie glücklich und aufgeregt zugleich. Bisher war sie nicht sonderlich nervös gewesen und hatte seit dem Abend, als Grant sie mit einer Badewanne voller Rosenblüten, unzähligen Kerzen und einem Kniefall überrascht hatte, eher ruhig und gelassen auf die knappe und vor allem unkomplizierte Hochzeitsvorbereitung reagiert. Eine schlichte Zeremonie im Standesamt mit nur wenigen Gästen und anschließend einem gemeinsamen Essen im Restaurant ohne Menüvorbereitung, ohne Fotografen und ohne eine Band. Nicht einmal

Tischkärtchen gab es. Grant und sie wollten es genau so. Weshalb hätte sie also nervös sein sollen? Immerhin bekamen sie beide ein Baby – eine Hochzeit war dagegen ein Kinderspiel.

Jedenfalls hatte sie das gedacht.

Aber jetzt glühte sie regelrecht vor Lampenfieber.

„Nein, es ist nur eins“, entgegnete Lucy an ihrer Stelle. „Auf dem letzten Ultraschallbild konnte man es genau sehen. Außerdem sollte man einer Braut nicht kurz vor der Trauung sagen, dass sie fett aussieht.“

„Wir haben nicht gesagt, dass sie fett aussieht!“

„Mac sieht wunderschön aus!“

„Ich habe es schon verstanden“, entgegnete sie kichernd in Richtung Telefon und warf einen letzten Blick in den Spiegel ihres Schlafzimmers, bevor sie sich zu ihrer Mom und Lucy umdrehte. Sie wollte die Männer nicht allzu lange zappeln lassen, die im Wohnzimmer darauf warteten, dass Mac fertig war, damit sie zum Standesamt fahren konnten. Die Hochzeitsgesellschaft fiel sehr übersichtlich aus. Lucy und Zac würden als Trauzeugen fungieren und ihre Mom sowie Clark waren auch dabei. Später würde noch Grants Boss mit seiner Frau zu ihnen stoßen. Außerdem hatte ihre Mom eine Begleitung dabei. Einen sympathischen Mann namens Derek, der im gleichen Alter wie ihre Mom war und laut ihrer Aussage *nur* ein Freund war. Aber sicher. Mac hatte bereits gestern Abend beim gemeinsamen Abendessen in ihrer Wohnung gesehen, wie *freundschaftlich* die beiden miteinander umgegangen waren. Auch Grant war es aufgefallen, immerhin hatte er ihr immer wieder belustigt zugezwinkert, während er das Essen serviert hatte, das sie gemeinsam gekocht hatten.

„Natürlich sieht Mac wunderschön aus, wenn man bedenkt, dass wenigstens eine meiner Freundinnen zu mir gekommen ist, als sie ein Hochzeitskleid gesucht hat“, pampte Lucy via Videokonferenz plötzlich die beiden nicht physisch anwesenden Frauen an.

Überrascht zog Mac die Augenbrauen in die Höhe, denn Lucy versprühte schon den ganzen Tag eine ziemlich miese Laune, was sehr untypisch für sie war. Hoffentlich hatte es nichts damit zu tun, dass auch Zac eine finstere Miene aufgesetzt hatte, sobald er heute Morgen Lucy begegnet war.

Innerlich verdrehte Mac die Augen, denn sie wollte nicht ausgerechnet an ihrem Hochzeitstag Zeuge einer Auseinandersetzung zwischen den beiden werden.

„Keine Sorge, Lucy, sollte ich noch einmal heiraten, werde ich mir das Kleid natürlich von dir aussuchen lassen“, versprach Blair.

Harper antwortete mit einem Schnauben. *„Solltest du noch einmal heiraten? Wenn du dich von meinem Bruder trennst und ihn unglücklich machst, Blair Kincaid, wirst du dein blaues Wunder erleben.“*

Ihre Mom schaltete sich ein und klopfte Lucy auf die Schulter. „Schätzchen, gib Mac doch schon einmal den Brautstrauß. Wir müssen uns nämlich etwas beeilen, wenn wir nicht zu spät zum Termin beim Standesamt kommen wollen", erinnerte sie alle zusammen. „Die Männer warten schon auf uns. Grant wird sicherlich langsam ungeduldig."

„Seid ihr sicher, dass er noch da ist? Es wäre nicht das erste Mal, dass er Fersengeld gibt, wenn es um seine Hochzeit geht."

Mac nahm Blair den Kommentar nicht übel. Tatsächlich fand sie ihn sogar lustig und gluckste auf, während sie den hübschen Brautstrauß entgegennahm.

Harper sah das ganz anders. *„Mein armer Bruder! Was hat er nur verbrochen, mit einer Frau wie dir geschlagen zu sein?"*

Blairs lautes Lachen war vermutlich bis nach Kanada zu hören.

„Mädchen, wir müssen jetzt auflegen", rief ihre Mom.

„Ich hab dich lieb, Mac. Und du siehst wunderschön aus!"

„Ich hab dich auch lieb und denk dran: Er kann sich glücklich schätzen, dich zu bekommen."

„Danke", entgegnete sie gerührt in Richtung Handy und blinzelte die Tränen beiseite.

Sobald ihre Mom das Handy weggesteckt hatte, lächelte sie Mac aufmunternd an und küsste sie auf die Wange. „Ich sage ihnen Bescheid, dass du fertig bist und dass sie die Taxis rufen können."

„Danke, Mom."

„Hast du alles?“, wollte Lucy von ihr wissen, als ihre Mom das Schlafzimmer verlassen hatte, das Mac nun seit rund drei Monaten mit Grant teilte.

„Noch nicht.“ Sie übergab ihrer Freundin den Blumenstrauß und ging eilig zur Kommode neben dem Fenster, um die oberste Schublade zu öffnen. „Beinahe hätte ich etwas Wichtiges vergessen.“

Lächelnd nahm sie die Brosche heraus, die Grant ihr damals in Schottland gekauft hatte, und strich mit dem Daumen über den kühlen Bernstein. „Die hier will ich Grant anstecken, bevor wir zum Standesamt fahren. Kannst du den Blumenstrauß noch etwas länger halten?“ Sie zwinkerte Lucy zu. „Eigentlich könntest du ihn sowieso behalten, schließlich werde ich ihn dir später zuwerfen, damit du die Nächste bist, die heiratet.“

Ihre Freundin Lucy, die bereits bei der Erwähnung einer Hochzeit fremder Paare Sternchen in den Augen hatte, und diejenige, die als kleines Mädchen ein Hochzeitsalbum angelegt und sich ausgemalt hatte, wie ihre Traumhochzeit aussehen sollte, verzog verächtlich den Mund. „Nichts für ungut, Mac, aber tu mir einen Gefallen und wirf deiner Mom den Strauß zu. Ich würde ihn sowieso nicht fangen wollen.“

„Aber ...“

Es klopfte an der Tür und Clarks Stimme erklang. „Die Taxis sind in zwei Minuten da, Mädels. Beeilt euch ein bisschen.“

„Lucy?“ Mac schaute ihre Freundin alarmiert an. „Willst du mir nicht sagen, was los ist?“

„Nein.“ Sie schüttelte den Kopf. „Nicht heute. Heute heiratest du.“

Bevor sie ihr widersprechen konnte, scheuchte Lucy sie aus dem Schlafzimmer.

Kaum sah Mac ihren Zukünftigen im Wohnzimmer stehen, wo er merklich nervös auf seine Uhr schaute, vergaß sie prompt, was sie Lucy hatte fragen wollen. Sie konzentrierte sich allein auf Grant, dessen dunkle Augen aufleuchteten, als er sie sah und seinen Blick voller Bewunderung über ihre Gestalt wandern ließ.

Mac fühlte sich wie die schönste Frau auf der Welt und lächelte ihm zu, denn in seinem dunklen Anzug und dem ordentlichen Hemd sowie mit der penibel geknoteten Krawatte um seinen Hals sah Grant zum Anbeißen aus. Und er sah wie ein Anwalt aus – wie ein Anwalt, der seiner Frau die Türen aufhielt, ihr den Stuhl zurechtrückte und nachts nichts lieber tat, als seine Hand auf ihren Bauch zu legen, um die Bewegungen des Babys zu fühlen.

„Mac“, flüsterte er heiser ihren Namen, als sie vor ihm stehen blieb. „Du siehst wunderschön aus.“

„Du auch“, entgegnete sie und sah zu ihm auf. „Aber eine Kleinigkeit fehlt noch.“

„Was denn?“

„Das hier.“ Sie zeigte ihm die Brosche und öffnete den Verschluss, um sie an das Revers seiner Anzugjacke zu stecken. Währenddessen legte er seine Hand auf ihren Bauch und streichelte ihn geistesabwesend.

„MacKenzie", zitierte er die Gravur, die auf der Brosche zu sehen war. „Luceo, non uro."

„Ich brenne nicht, ich leuchte." Mac lehnte sich an ihn. „Ich dachte, es wäre schön, wenn du sie tragen würdest, immerhin habe ich mich in dich verliebt, als du sie mir gekauft und gesagt hast, dass das Motto zu mir passt."

Seine Lippen berührten ihre Stirn. „Gib es zu, Liebling. Du willst doch nur, dass jeder sofort erkennt, dass ich zu dir gehöre, MacKenzie."

„Du hast mich durchschaut", flüsterte sie glücklich und legte ihre Hand auf seine, die noch immer ihren Bauch streichelte.

Just married!

Der 4. Band „Vier Hochzeiten und ein Rockstar" erscheint am 7. Juni 2018

Lucy & Zac
4
HOCHZEITEN
und ein
Rockstar
Poppy J. Anderson

NACHWORT

Ich hoffe sehr, dass ihr viel Spaß mit der Geschichte von Mac und Grant hattet. Mir sind die vier Freundinnen mittlerweile sehr ans Herz gewachsen, und ich finde es irgendwie schade, dass mit dem vierten und letzten Teil die Buchreihe bereits abgeschlossen sein wird.

Vielleicht seid ihr ja schon gespannt, wie es Lucy und Zac ergehen wird, deren Geschichte ihr bereits Anfang Juni lesen könnt.

Wie ihr sicherlich wisst, ziehen wir Autorinnen und Autoren ganz viel Energie aus euren Rückmeldungen zu unseren Büchern. Ich persönlich liebe es, Rezensionen zu meinen Romanen zu lesen, und würde mich freuen, wenn ihr eure ehrliche Meinung in Form einer Rezension oder Rückmeldung abgeben könntet. Vielen Dank dafür!

Wenn ihr über meine aktuellen Buchprojekte, Veranstaltungen und Gewinnspiele informiert werden möchtet, dann könnt ihr mir gerne folgen.

Ich freue mich, von euch zu hören!
Newsletter: www.poppyjanderson.de
Facebook: Poppy J. Anderson
Instagram: PoppyJAnderson
WhatsApp-News: 0177/1464855

Alles Liebe

Eure Poppy

Printed in Poland
by Amazon Fulfillment
Poland Sp. z o.o., Wrocław

54499757R00236